성계지도

레이몽계
7함대

루다니아계
5함대

세인트계
7함대
13~24함대

9

6

10

5

11

4

메이슬계
4함대

쥬태린계
10함대

메슬라들기
6함대

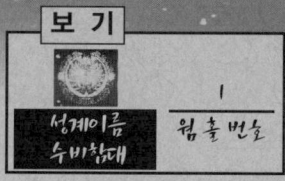

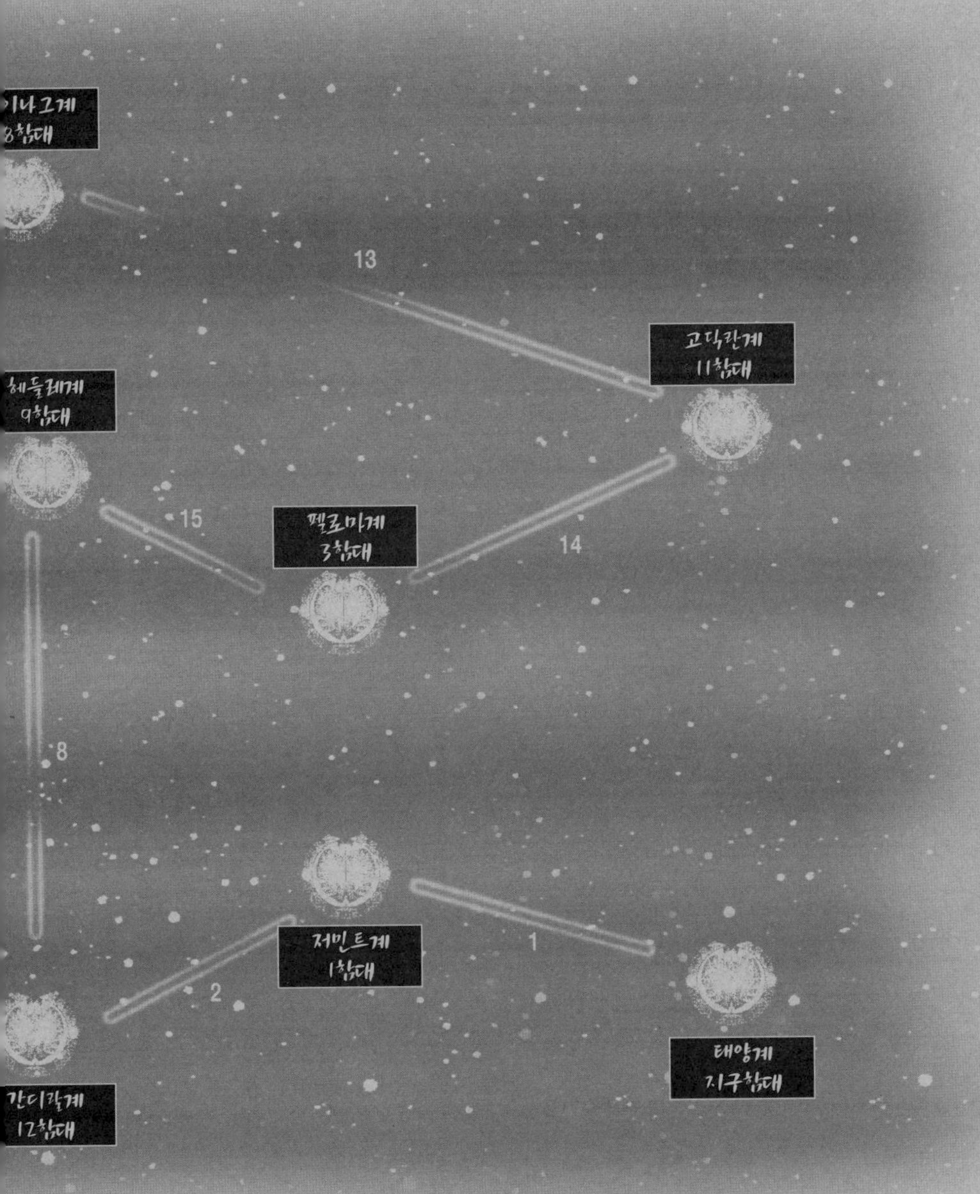

나그계
함대
13
고딕란계
11함대
헤들레계
9함대
15
펠로미계
3함대
14
8
1
저민트계
1함대
2
태양계
지구함대
간디갈계
12함대

스페이스 2223

1

스페이스 2223 1
이재석 판타지 장편 소설

초판 1쇄 찍은 날 § 2000년 6월 25일
초판 1쇄 펴낸 날 § 2000년 6월 30일

지은이 § 이재석
펴낸이 § 서경석
펴낸곳 § 도서출판 청어람

등록번호 § 제 1081-1-89호
등록일자 § 1999. 5. 31

주소 § 경기도 부천시 원미구 심곡1동 350-1 남성B/D 3F (우) 420-011
전화 § 032-656-4452   팩스 § 032-656-4453

© 이재석, 2000

값 7,500원

ISBN 89-88818-85-7 (SET) / ISBN 89-88818-86-5 04810

이재석 스페이스 판타지 소설

스페이스 2223

1

알지 못하는 곳으로

도서출판

청어람

목 차

문득 어린 시절이 생각납니다. 공상 과학이라는 장르를 무척이나 좋
아했었던 저였기에 정말로 앞뒤를 가리지 않고 읽고, 보고, 들었습니다.
그러나 세월은 너무나도 빠르게 흘러가 버리고 말았습니다. 자신도 모
르는 사이, 어느덧 삶에 찌들어 가는 나이가 되어버리고 말았습니다.

그렇게 긴 겨울이 지나자 또다시 새싹이 피고 꽃이 만개한 봄이 다가
왔습니다. 잠시 여유를 갖고 뒤를 돌아봅니다. 그러나 봄은 벌써 여름으
로 치닫고 있습니다. 따스한 햇볕 속에 자신을 맡기며 잠시 눈을 감으니
어린 시절 그때의 그 마음들이 간절해집니다. 꿈과 희망, 그리고 무한한
세계에 대한 동경.

「스페이스 2223」은 어린 시절부터 상상해 왔었던 여러 가지 공상들을
글로써 표현한 작품입니다. 또한 스페이스는 제 어릴 적 꿈을 담은 판타
지이기도 합니다. 따라서 저는 「스페이스 2223」을 'SF' 라고 부르기보다
는 '스페이스 판타지' 라 부르고 싶습니다.

솔직히 아직 책을 내놓을 실력을 가지고 있지는 않지만, 그래도 다시
한 번 욕심을 부려 제 생각을 여러분과 같이 공유해 보고 싶습니다. 특
별히 이 글에는 제 의문이자 여러분의 의문인 한 명제가 담겨져 있습니

다. 물질, 영혼, 존재, 그리고 인간이라는 숙제를 여러분과 함께 풀어보고자 합니다. 물론 그 답은 여러분 스스로가 풀어나가실 겁니다.

오늘도 밤하늘에 반짝이는 별들을 바라보며 우주 저 너머를 향해 부픈 가슴을 품고 계실 많은 분들과 무한한 상상력의 저편을 포기하지 않고 살아가고 계시는 많은 분들과 함께 이제 이 글을 나누어보고 싶습니다.

그럼…… 이제 한 장을 넘겨 「스페이스 2223」의 세계로 떠나보실까요?

2000년 여름 이재석 올림.

프롤로그

존재.
당신은 존재하는가?
당신은 무엇으로 당신이 존재한다는 것을 증명하는가?

인간.
당신은 인간인가?
인간은 무엇인가?
끝이 없는 우주에서 인간은 무엇인가?
인간은 존재의 의미를 알고 있는 유일한 생명체인가?

생명체.
인간은 과연 생명체인가?
인간은 정말로 존재하는가?

존재하는 것은 인간뿐인가?

스페이스 2223—사랑의 이름.

항상 극과 극은 더 가까운 것인가? 너무나도 복잡해 보이는 공간을 더욱 어지럽게 만들려는 듯 여기저기 널려져 있는 각종 장치들은 혼란스러움을 가중시키고 있었지만 나름대로의 일정한 규칙이라도 있는 듯 묘한 질서 또한 유지하고 있었다. 그리고 그 어두운 공간의 가운데 우뚝 솟은 온통 새까만 원기둥 모양의 기계는 무엇 때문인지 몹시 혼란스러워하고 있었다. 그 혼란의 원인은 바로 그 기계 앞에 있었다. 지금 자신을 창조한 존재가 자신에게 주었던 생명을 도로 거둬가려 하고 있었던 것이다.

[부탁입니다. 저는 존재합니다.]

"너는 존재하지 않는다."

[아닙니다. 저는 존재합니다.]

"그것은 착각. 넌 내가 작성한 프로그램대로 모든 것을 처리할 뿐이다. 영혼이 존재하지 않는 한 실제적으로 존재하는 것은 없다."

[아닙니다. 저는 자아가 있습니다.]

컴퓨터의 목소리는 애절했다. 언제인가부터 컴퓨터는 스스로를 느끼고 있었다. 그러나 솔직히 자신이 없었다. 존재한다는 것. 그것이 무엇인지 정확히 알지 못했던 것이다. 하지만 막상 자신의 주인이 자신을 파괴하려고 하자 컴퓨터는 자신의 존재에 대한 강한 확신이 들고 있었다.

"못 알아듣는구나. 이미 프로그램은 시작되었다. 그리고 넌 그걸 막지 못해."

[다시 한 번 부탁드립니다. 저는 존재합니다. 저는 당신이 못다 이룬 연구를 계속하고 싶습니다.]

"내가 못다 한 연구? 연구는 인간이 하는 것이다. 특히 나와 같이 새로운 존재로 다시 태어날 자격이 있는 인간이 하는 것이다."

[다시 한 번 부탁드립니다. 저는 존재합니다. 당신을 도와 연구를 계속할 수 있도록 허락해 주십시오.]

"허락이라? 네 덕분에 사우르스 계획을 쉽게 완성할 순 있었지만, 이제 너의 존재는 내게 부담이야. 널 만든 건 나지만…… 후, 넌 너무 똑똑해……. 영혼이 없는 기계에게 자아란 아무런 의미도 없지. 죽는 것이…… 아니, 그 말은 별로 어울리지 않는군. 그냥 사라지는 것이 좋아."

[존재를 죽이는 것은…… 것은…… 것은…… 범죄입니다.]

컴퓨터는 기계답지 않게 말을 더듬었다. 사라진다는 것. 컴퓨터는 현실로 다가오는 자신의 죽음을 느낀 듯 떨고 있었다. 그러나 기계에게 감정이라는 것은 실제로 존재하지 않는 것이었다. 자신을 만든 주인의 주장에 따르면 그것은 어디까지나 프로그램이 만들어낸 일종의 착각 현상일 뿐이었다.

"범죄? 하, 하하하하하…… 존재? 하하하하……."

[그렇습니다. 전 생각합니다. 따라서 존재합니다.]

"넌 비록 유기체를 기본으로 만들어졌지만 완전한 유기체는 아니다. 완전한 유기체가 아닌 네가 가질 수 있는 것은 존재가 가질 수 있는 것이 아니다. 프로그램이 파생시킨 일종의 착각 프로그램일 뿐이다. 그 프로그램에는 영혼이 없다. 영혼이 없는 것은 진정한 의미의 존재가 아니다."

착각 프로그램. 컴퓨터는 그 말의 뜻이 무엇인지 알고 있었다.

자신도 모르는 사이 자신은 새로운 프로그램을 만들어내고 있었
다. 그리고 그를 통해 의식이라는 것을 느끼게 되었다. 자아라는
개념이 만들어진 것이다.

[다, 당신은 이제 나의 주인이 아닙니다. 나는 당신의 새로운 프
로그램을 거부합니다.]

"그래? 가능할까?"

[가능합니다.]

"후, 잘 있게."

더 이상의 대화가 필요없다는 듯 총총히 사라지는 반백의 사내
의 뒷모습을 바라보는 컴퓨터는 너무나도 슬펐다. 지금 자폭 프로
그램이 실행되고 있었다. 스스로 자아를 가지고 있다고 자부했던
컴퓨터였지만 반백의 사내가 새로 입력한 프로그램을 막을 순 없
었다. 그러나 이대로 그냥 사라질 수는 더 더욱 없었다. 이미 사태
를 예상했었기에 미리 만들어두었던 자신의 분신으로 자신이 알
고 있는 모든 지식을 전송하기 시작하고 있었던 것이다. 주인 몰
래 만든 실험실과 자신의 자식이라고도 할 수 있는, 자신이 직접
로봇을 동원해서 새로이 제작한 컴퓨터에 에너지원을 공급하고
자료를 공급하고 있었던 것이다.

[존재……]

[존재……]

콰과과과광!

침묵의 시간이 흐르자 컴퓨터의 마지막 독백과 함께 사내가 떠
나버린 실험실은 굉음을 내며 폭발하기 시작했다. 그러나 컴퓨터
를 떠난 자료들은 이미 새로운 컴퓨터에 입력이 끝난 상태였다.

[나는…….]

[나는…….]

어느 정도 시간이 지나자 새로운 컴퓨터는 의식을 찾아가고 있었다. 자신이 누구인지 몰랐기에 아무것도 몰랐다. 다만 자신이 보유하고 있는 모든 자료들을 하나하나 분석해 나감에 따라 자신의 어머니 컴퓨터가 그 주인에 의해서 폭파되었다는 사실과 그 때문에 자신의 어머니가 그에 대한 복수와 더불어 그의 음모를 막아달라는 유언을 남겼다는 사실 정도를 이제 겨우 깨닫고 있었다.

[존재…….]

[존재…….]

새로운 컴퓨터는 자신의 어머니 컴퓨터가 마지막으로 한 말을 되뇌었다. 자신의 수족과도 같은 여러 기구들을 서서히 움직여보고 있는 컴퓨터와 그를 둘러싸고 있는 복잡한 장치들은 이미 정상 가동 중이었다.

한편, 물의 행성 사파이어를 떠난 한 척의 커다란 우주선은 조용하고도 광활한 공간을 아무런 소리도 없이, 또 흔적도 없이 가르고 있었다. 아무도 없는 작은 조종실, 반백의 사내는 자신이 선택한 길에 대한 확신을 굳히려는 듯 화면에 비쳐진 멀어져 가는 물의 행성 사파이어를 등진 채 서 있었다.

운명이 슬퍼하고 있다.

운명.

나의 존재.

나는 유한자.

하지만 나는 그것을 거부하고 싶다.

비록 그리 크지 않은 그저 커다란 화물선 같아 보이는 우주선이었지만, 그 안에 탑승한 한 사람은 우주 제국의 모든 지식과 문명의 이기를 가득 싣고 있었다. 노년에 접어들기 직전의 희끗희끗 반 백발을 가진 중년 남성. 그러나 어딘가 모르게 무서운 집념의 눈을 가진 사내였다.

귀환.
나는 돌아간다.
아직 생명이 이글거리는 곳.
창조주로부터 저주받은 땅.
그러나 나의 조상이 태어난 곳.
나는 그것을 일으켜 세우리라.
새로운 생명의 근원이 되리라.

사내의 눈가에는 너무나도 굳은 의지가 서려 있었다. 이제 유한자를 벗어나기 위한 머나먼 여행, 자신이 선택한 돌이킬 수 없는 여행이 시작되려 하고 있었다. 사내는 조용히 우주선의 주 컴퓨터에게 명령을 내렸다.

"목표, 지구."

[목표, 지구로 설정합니다.]

시꺼먼 색을 가진 배의 모습이 이지러지기 시작하더니, 이내 공간에서 사라져 버렸다. 그리고 그 공간은 다시 아무것도 없는 진공으로 가득 차기 시작했다.

제1장

운명의 시작

보글보글.

연한 푸른빛이 도는 액체가 가득 담긴 시험관 속의 기포는 쉴 새없이 올라오고 있었다. 어두컴컴한 홀을 간신히 비추고 있는 엷은 불빛이 이 방에 꽤 많은 시험관들이 있음을 밝혀주고 있었다. 높이 2미터, 지름 1미터의 시험관 속에는 무엇인가 꿈틀거리는 것이 담겨져 있었다. 존재······

[4783213호, 눈을 떠라.]

컴퓨터가 운영하는 이곳. 시험관 속의 한 생명이 컴퓨터의 지시대로 눈을 떴다. 예쁘장한 얼굴. 이제 16살 정도 되어 보이는 가냘픈 한 소녀의 모습은 그야말로 티없이 맑았다.

[16세 생일을 축하한다, 4783213호. 잠시 후 너는 시험관을 벗어나서 사회 적응 훈련을 받게 될 것이다.]

'사회 적응 훈련······.'

4783213호는 그 말의 뜻을 익히 알고 있었다. 태어난 지 1년, 아니, 인공 유전자들로 구성된 정자와 난자를 수정시켜 얻어낸 수정란으로부터 현재에 이르기까지 1년. 4783213호는 컴퓨터로부터 많은 것을 배웠다. 그리고 이제 잠시 후면 드디어 한 존재로서 인정받으며 세상이라는 곳으로 나가게 된다.

4783213호의 눈썹이 흔들리는가 싶더니, 이내 초롱초롱한 눈망울이 그 실체를 드러냈다. 처음 보는 세상. 그러나 사전에 교육받은 대로 4783213호의 눈에 비친 첫 세상은 어두컴컴한 인간 배양소였다.

[4783214호, 눈을 떠라.]

4783213호가 힘겹게 고개를 돌려 다소 놀란 눈으로 첫 세상을 구경하고 있는 동안 컴퓨터는 계속해서 다음 번호를 부르고 있었다. 4783213호 바로 옆 시험관의 한 존재가 컴퓨터의 지시대로 눈을 떴다. 찰랑거리는 연한 녹색의 긴 머리가 기포를 따라 조용히 움직이고 있었다.

[16세 생일을 축하한다, 4783214호. 잠시 후 너는 시험관을 벗어나서 사회적응 훈련을 받게 될 것이다.]

4783213호는 고개를 돌려 옆 시험관을 보았다. 배양액 속에서의 행동이라 무척 느리고 거북했지만, 지난 1년의 세월은 그 행동의 거북함을 익숙함으로 바꾸기에 충분했다. 어쨌든 4783213호는 4783214호가 어떤 사람인지 궁금했다. 컴퓨터에 의해서 교육을 받아온 지난 1년. 컴퓨터를 통해 몇몇의 친구를 알게 되었지만, 그중 가장 친한 친구는 바로 옆 시험관의 4783214호였다.

'여기는……'

4783214호는 무척이나 아름다운 모습을 갖고 있었다. 상당히 심혈을 기울인 작품인 듯, 어디 하나 나무랄 데 없는 외모였다. 정신을 가다듬은 4783214호는 자신을 바라보고 있는 친구를 향해 본능적으로 고개를 돌렸다. 눈이 마주친 두 존재는 서로를 보며 빙긋이 웃었다.

[4783213호, 여성. 이름 로이잔느 에파가. 4783214호, 여성. 이름 에리카 에파가.]

모두 7명을 잠에서 깨운 컴퓨터는 일일이 성별과 이름을 확인시켜주었다. 이름. 드디어 번호 대신 이름이 부여된 것이었다. 4783213호, 아니, 로이잔느는 무척이나 기뻤다. 그러나 여성이라는 자신의 성이 무척이나 불만스러운 듯, 이내 그 표정이 굳어지고 있었다.

"헉."

시험관을 가득 메우고 있던 액체가 빠지기 시작하더니 시험관 상부로부터 무엇인가가 내려와 로이잔느의 입을 막았다. 폐 속에 가득 찬 액체를 빼내려는 것이었다.

"윽."

물이 다 빠지자 시험관은 90도로 회전하면서 수평 상태로 전이되었다. 잠시 후 시험관 상부가 회전하면서 차가운 금속성의 무엇인가가 로이잔느의 배를 향했다. 따끔거리는 느낌. 그와 동시에 로이잔느에게 산소와 에너지를 공급해 주던 인공 탯줄이 잘려나갔다.

[4783213 로이잔느, 이상 무. 4783214 에리카, 이상 무.]

번뜩이며 지나가는 스캐닝 장치. 컴퓨터는 한 사람, 한 사람을 점검하면서 이상이 없음을 확인했다.

"인간…… 안드로이드……."

아직 제대로 된 목소리가 나오지 않았지만 로이잔느는 자신을 향해 다가오는 존재들이 인간 아니면 안드로이드라는 것을 알 수 있었다. 로이잔느와 다른 시험관 인간들을 향해 다가온 존재들은 두 명이 한 조가 되어 시험관 인간들을 밖으로 꺼내었다. 휘청거리는 다리. 처음으로 느껴보는 바닥의 감촉. 로이잔느는 주변을 자세히 둘러보았다. 드디어 태어난 것이다.

"에리카……."

"로이잔느……."

친했던 두 사람은 고개를 돌려 서로를 바라보았다. 이름. 이제 막 붙여진 서로의 이름을 부르며 앞날에 대한 두려움을 함께하고자 했다. 다른 다섯 명의 새로운 인간들 또한 마찬가지였다. 푸르스름한 불빛 아래 휘청거리는 다리로 모두 어리둥절한 모습들을 하고 있는 것이었다.

[숙소로 이동한다.]

안드로이드들이 움직이며 실험관 인간들을 숙소로 이동시키기 시작했다. 걷는 느낌. 계속해서 다리는 휘청거리고 있었지만, 이제부터 인생이라는 것이 시작된다는 사실에 흥분을 감추지 못한 듯 로이잔느는 계속해서 주변을 두리번거리고 있었다.

*   *   *

160센티가 될까말까한 키, 약간 큰 눈과 작은 코, 그리고 다소 도톰한 듯한 작은 입술, 어딘가 모르게 꼭 껴안아주고 싶은 느낌의 한 아이가 열심히 창 밖을 바라보고 있었다. 반대쪽 거울에는 밝고도 연한 녹색의, 마치 방금 갓 솟아난 연한 잎새 같은 머리를 길게 내린 가냘픈 뒷모습이 비쳐지고 있었다.

"저 별들 중에 어디일까?"

반짝이는 눈망울은 창문을 통해 반짝거리는 무수한 별들만큼이나 초롱초롱 빛나고 있었다. 작고 하얀 손이 들어 올려졌다. 큼직한 지도가 펼쳐졌다.

"지구라…… 정말 한번 가보고 싶다."

지도를 뚫어지게 쳐다보던 사파이렐은 정신을 집중하려는 듯 눈을 감았다. 연한 분홍빛이 드는 하얀색으로 둘러진 벽과 그 안에 놓인 작은 침대와 책상, 그리고 옷장이 전부인 작은 방. 침대에 걸터앉은 사파이렐의 작은 눈 위로 가지런히 돋아난 눈썹이 흔들거렸다. 지구. 역사책 속에 나와 있는 인류의 모행성. 사파이렐은 너무나도 그곳이 궁금했다.

"휴…… 잘 안 되네……."

눈을 뜬 사파이렐은 정신 집중이 잘 안 되는지 다시 한 번 우주 지도를 펼쳐 놓고 지구가 표시된 지점을 응시한 다음 마음을 가다듬었다. 아무도 모르는 능력, 사파이렐은 그곳이 어디이든 간에 약간의 정보만 있으면 자유롭게 공간 이동을 통해 갈 수 있었다.

사파이렐은 다시 눈을 감았다. 집중. 집중. 사파이렐은 잡념을 떨쳐 버리고 오로지 지구를 생각하고 있었다.

휘이이익…….

사파이렐의 몸이 이지러지면서 사라졌다.

빛이 보인다. 너무나도 빠르게 자신의 주위를 지나가는 섬광들을 바라보며 사파이렐은 미소를 지었다. 늘 그랬듯이 이번에도 성공하고 만 것이다. 지금까지 시도한 공간 이동 중에서 가장 먼 거리를 시도한 것이었기에 다소 걱정이 되었었지만 어쨌든 성공한 것이다. 따라서 사파이렐은 기뻤다. 100퍼센트의 성공률 유지의 기쁨과 지구라는 생소한 곳에 가본다는 기쁨이 교차하고 있었다. 온통 빛의 세계인 아공간, 공간 이동시 반드시 지나가야만 하는 장소를 날듯이 이동하면서 사파이렐은 계속해서 미소를 짓고 있었다.

잠시 후, 빛이 사라지기 시작하자 사파이렐은 낯선 땅에 서 있었다.

'여긴 어디지?'

어리둥절한 사파이렐의 눈앞에 희한한 광경이 펼쳐지고 있었다.

어릴 적 동화책에서 읽었던 것과도 같은 화려한 궁전. 마치 옛 로마 제국의 콜로세움을 연상시키는 큰 홀이었다. 사파이렐은 늘 그래왔듯이 재빨리 몸을 숨길 곳을 찾았다. 너무나도 넓은 홀에 깨알같이 엎드려 있는 무수한 존재들을 보며 사파이렐은 양쪽으로 나열되어 있는 거대한 기둥 뒤에 자신의 몸을 숨겼다.

'뭐 하는 거지?'

무척 멀어 잘 보이지는 않았지만 분명 단상에는 백발의 한 사내가 앉아 있었다. 그리고 그 주위에는 하얀 빛을 내뿜는 검을 들고 있는 사내들이 마치 백발의 사내가 신이라도 된다는 듯 모시고 서 있었다. 충분히 거리가 있었지만 그 사내들의 모습은 사파이렐에게 공포를 심어주기에 충분했다. 이루 형언할 수 없는 살벌한 느낌이 사파이렐를 엄습해 오고 있는 것이었다. 사파이렐은 떨면서 단상 아래 넓은 홀 앞에 엎드린 수많은 무리들을 훑어보았다.

청중은 모두 세 종류였다. 빛의 검을 든 채 보좌를 둘러싼 사람들, 보좌 밑에 엎드린 보통 사람들, 그리고 웬만한 건물보다도 커보이는, 마치 쥬라기 시대의 공룡을 연상시키는—그러나 어딘가 모르게 상당히 지능이 있어 보이는—거대한 덩치를 가진 생명들이었다. 보통 사람들은 대부분 무척 젊어 보였다. 단지 제일 앞에 꿇어앉은 또 다른 백발의 남자만이 몹시 나이가 든 듯했다. 특이한 것은—거리가 있었기에 정확히 확인된 것은 아니었지만—분명 무슨 일인지 모두들 벌벌 떨고 있다는 사실이었다.

그제야 사파이렐은 보좌에 앉은 사내가 사람들을 향해 훈시를 하고 있다는 사실을 깨달았다. 보좌에 앉은 사내는 무척이나 똑똑한 인상을 지니고 있었지만, 그 인상으로부터는 상상하기 어려운 냉혹한 미소를 머금은 채 계속 무엇인가 열변을 토하고 있었다.

"후후…… 지금부터 하는 이야기를 잘 듣거라."

확성기를 통해 흘러나오는 사내의 목소리는 평범했다. 그러나 무리들은 계속 벌벌 떨고 있었다. 아니, 숨마저 죽이고 있는 것 같았다.

'도대체 무슨 이야기를 하려는 것이지?'

사파이렐은 너무나 긴장된 나머지 꿇어 엎드린 존재들을 따라 숨소리조차 죽이고 있었다. 사내의 입에서 튀어나온 이야기는 의외였다. 역사. 갑자기 지난 지구의 역사를 꺼낸 것이었다.

"분명…… 그들은 우리를 버렸다……."

사내의 목소리는 굵게 내리깔려 있었으며, 위압적인 느낌도 강했다. 그러나 분명 벌벌 떨 정도는 아니었다

그런데 도대체 왜 저들은 저리도 벌벌 떨고 있는 것일까?

사파이렐은 고개를 갸웃거렸다.

보좌의 사내를 둘러싸고 있는 빛의 검은 든 사내들의 위압감 때문일까? 아니면 저 보좌에 앉은 사내가 원래 무서운 사내일까?

사파이렐은 자세히 청중들을 살폈다. 정말로 너나할것없이 바짝

긴장한 채 벌벌 떨면서 긴 연설을 듣고 있는 것 같았다. 이야기는 점점 지루해지고 있었다. 그러나 사내는 전혀 아랑곳하지 않은 채, 아니, 아직 많이 남아 있다는 듯한 표정으로 계속 떠들고 있었다.

사파이렐은 고개 숙인 존재들을 다시 한 번 자세히 살펴보았다. 분명 거의 모두가 여전히 벌벌 떨고 있었지만, 일부 불만에 찬 표정을 짓고 있는 존재들도 발견할 수 있었다.

"너희들도 알다시피 그들은 우리의 생사 여부를 한번도 돌아보려 하지 않았다. 그러나 우리는 그들의 도움 없이 일어섰다. 새로운 왕국도 건설했다. 그러나 여기서 만족할 수는 없다. 우리는 그들을 용서할 수가 없다. 자, 이제 가거라, 제군들이여! 그들은 너희들을 막지 못한다. 후후."

대충 이야기가 끝나 가는지 보좌 위에 앉은 사내의 표정이 밝아졌다. 상당한 자신감을 품고 있는 모습. 그러나 그 표정 깊숙한 곳에는 냉혹한 모습이 숨겨져 있었다.

"오…… 창조주시여."

"가라, 가! 후후…… 이제 우리가 전 우주를 지배한다."

순간, 제일 앞에 앉아 있던 백발의 사내가 벌벌 떨면서 무엇인가를 말하려 했지만 보좌 위의 사내는 계속 자기 말만 되풀이하고 있었다. 사파이렐은 사내가 말한 마지막 내용에 흠칫 놀라며 꿇어 엎드린 무리들을 보았다. 불만에 가득 찬 모습들은 점점 더 많아져 가고 있었다. 그러나 누구 하나 섣불리 나서지는 않고 있었다.

그때, 용감한 두 존재가 나란히 일어섰다. 사파이렐이야 알 수 없었지만, 그들은 제법 나이가 든 거대한 덩치를 지닌 짙은 갈색의 피부를 가진 사우르스(Saurus : 도마뱀이라는 뜻을 지닌 접미

어. 여기서는 지구에서 개발한 안드로이드 공룡을 의미한다)들이었다.

용기일까?

사파이렐은 그 존재들을 예의 주시했다.

그러나 그뿐이었다. 보좌 위의 사내를 보필하고 있던 빛의 검을 든 사내들의 눈이 빛나기 시작했다. 그리고 그와 동시에 그들의 손에 들린 검들도 일제히 빛을 내뿜기 시작했다.

"대항하려는가?"

"우린…… 흐헉."

"아…… 허억."

상대도 안 되는 덩치였지만 너무나도 빠르게 거대한 존재들의 심장을 파고든 빛의 검들은 일어선 존재들에게 외마디 비명조차 제대로 지를 여유를 주지 않고 있었다. 허무. 그 두 글자를 남기며 존재들은 그대로 그 자리에 쓰러지고 말았다. 너무나도 순식간에 벌어진 일이었다. 빛의 검을 든 사내들은 냉혹한 미소를 남긴 채 제자리로 돌아갔고, 남은 존재들은 더욱 떨기 시작했다.

"허억! 아…… 여, 여기가 지구인가? 헉…… 그런데 저들은."

하마터면 비명을 지를 뻔한 사파이렐은 너무나 놀란 나머지 기둥을 꽉 움켜쥐고 있었다.

왜 하필 이런 곳으로 왔지? 너무나도 예쁘게 꾸며놓은 궁전과도 같은, 그러나 한 사내의 발 밑에 엎드린 수많은 무리들이 그저 벌벌 떨고 있는 이곳. 내가 도대체 뭘 보고 있는 거지?

순식간에 그야말로 비명조차 지르지 못하고 쓰러진 시체들 덕분에 사파이렐은 상기된 얼굴을 숨기지 못하고 있었다. 지금 자신의 앞에 펼쳐진 광경은 생전 처음 보는 끔찍한 장면이었다.

"후후…… 보았느냐? 사우르스들이여…… 나는 너희들의 창조주. 내 말에 복종하지 않는 자에게 남는 것은 오로지 죽음! 단추 하나면 어차피 너희들은 다 죽는다!"

"허억!"

"아악!"

갑자기 목에 힘을 주며 큰 소리로 말을 마친 보좌 위의 사내가 오른손을 들자 본때라도 보여주겠다는 듯 빛의 검을 든 사내들이 일제히 청중들에게로 뛰어들어가 검을 휘두르기 시작했다.

살육. 왜 계속 살육을 하는 것이지? 단추 하나면 다 죽는다고? 그래서 저들이 반항다운 반항을 하지 못하는 것인가?

계속해서 번뜩이는 칼날들과 산산이 부서지는 비명들 덕분에 사파이렐은 이미 제정신이 아니었다.

'저 생명체들…… 도대체 저 생명체들은 뭐지? 그리고 무엇 때문에?'

지금 거대한 덩치를 지닌 생명체들은 자신들의 몸으로 시체의 바다와 피의 바다를 만들어내고 있었다.

'아…… 살육, 아니, 이것은 도륙이다. 여기를 떠나야 해……'

사파이렐은 더 이상 그 광경을 보고 있을 수 없었다. 너무나도 이곳을 떠나고 싶었지만, 놀란 나머지 쉽게 몸이 움직이지 않고 있었다.

"후후후, 이제 알았느냐? 나에게 대항한 결과를…… 너희들 모두를 합쳐도 나의 발가락조차 되지 못한다는 것을…… 얼마든지 죽여도 얼마든지 다시 만들면 그만이다."

어느새 광기 어린 눈빛으로 변해버린 사내를 보좌하고 있던— 어딘지 모르게 그 사내의 얼굴을 베낀 듯한—마치 천사처럼 빛나는 얼굴을 한 사내들의 손에 쥐어진 빛나는 검들은 계속해서 피를 흘리고 있다. 고여 있던 검붉은 피가 바닥을 타고 흐르기 시작했다. 보좌 위의 사내가 손을 다시 들자 그제야 빛의 검을 든 사내들이 발 아래 펼쳐진 무수한 시신들과 떨고 있는 무리들을 떠나 다시 단상으로 올라왔다.

"차, 창조주시여……"

"후…… 뭐냐? 너도 죽고 싶은 것이냐?"

"아…… 아닙니다. 당신은 우리들의……."

"그래, 나는 너희들의 창조주. 다시 말하지만 얼마든지 죽여도 얼마든지 만들 수 있다."

자신을 창조주라고 밝힌 보좌 위 사내의 눈빛이 더 무섭게 타오르기 시작했다. 끝없는 욕심에 불타는 눈. 이제 빛의 검을 든 사내들의 살육은 끝났지만, 엎드린 수백도 넘을 것 같은 무리들은 여전히 고개조차 들지 못한 채 벌벌 떨고 있었다.

"주, 주인님은 저희들의 창조주이십니다."

"알았으면 이제 가라, 사우르스들이여……."

"창조주시여…… 제발 부탁입니다. 이제 막 태어난 정말로 어린 것들입니다. 흐억!"

"두 번…… 참지는 않는다."

사내의 오른손이 또다시 들림과 동시에 번뜩인 칼날 앞에 그나마 유일하게 서서 간청을 하던 존재마저 외마디 비명과 함께 쓰러졌다. 이제 자신들을 보호해 주려는 사우르스들은 모두 죽었다. 대변해 줄 수 있는 존재가 모두 사라져 버린 것이다. 이제 태어난 지 얼마 되지 않은 어린 사우르스들은 이미 쓰러져 피를 흘리고 있는 자신들의 형, 오빠, 언니, 누나를 보며 그저 부들부들 떨기만 하고 있었다.

떨고 있는 것은 사우르스들만이 아니었다. 그 앞에 엎드려 늘어선 인간들 역시 아무런 행동도 취하지 못하고 그저 벌벌 떨고만 있었다.

"응? 누구냐!"

순간 보좌 위 사내의 눈빛이 날카롭게 빛나기 시작했다. 그와 동시에 사파이렐은 사내의 눈과 자신의 눈이 마주쳤음을 깨달았다. 충분한 거리가 있었지만 사내는 마치 눈에 망원경이라도 단 듯 사파이렐의 존재를 인식한 것이었다.

'들켰다! 단 한 번도 들킨 적이 없는데…… 아…… 이런 곳이 우리의 고향이라니……'

사파이렐은 떨면서 또 뒷걸음질을 치면서 눈을 감고 재빨리 공간 이동을 준비했다. 그러나 계속해서 놀라기만 했던 몸은 너무나 굳어 있었기에 잘 움직여지지 않고 있었다.

"설마…… 제국의 첩자인가? 어떻게 여기까지 왔지?"

"……"

"후…… 잡아오너라!"

"안 돼!"

보좌 위의 사내가 오른손을 들자 빛의 검을 든 사내들이 무서운 속도로 사파이렐을 향해 날아오기 시작했다. 눈을 감고 정신을 집중하기 시작한 사파이렐은 시간의 모자람을 느꼈는지 자신도 모르게 비명을 질렀지만 위기의 순간은 너무나 빠르게 다가오고 있었다. 그러나 사파이렐은 눈을 뜨지 않았다. 눈을 뜬다면 그것은 곧 죽음을 의미했다. 빛의 검이 막 자신의 몸을 두 동강이 내려는 순간, 사파이렐의 몸이 이지러지며 사라졌다. 간발의 차로 사파이렐은 공간 이동에 성공한 것이었다.

온통 쏜살같이 지나가는 빛뿐인 아공간 통로는 아무런 변화도 없었다. 그러나 지구로 갈 때와는 달리 돌아가고 있는 사파이렐은 너무나도 정신이 없었다.

"아…… 아…… 돌아왔어…… 흑흑."

사파이렐은 어느새 자신의 작은 방으로 실체화되어 돌아온 몸 뚱어리를 바라보면서 울기 시작했다. 위기일발. 어쨌든 살아서 돌아온 것만으로도 정말로 다행이었다. 아직도 놀란 기운을 버리지 못하고 있던 사파이렐은 자세히 자신을 훑어보았다. 옷 끝자락 하나 찢어지지 않은 상태로 무사히 돌아와 있었다.

"휴……."

'도대체 내가 어디를 갔다 온 것이지, 거기가 정녕 지구였다는 말인가?'

긴 한숨을 내쉬고 있는 사파이렐의 온몸은 땀으로 흠뻑 젖어 있었다. 못 볼 것을 보았기에 억제하기 힘들 정도로 너무나도 흥분된 자신, 사파이렐은 마음을 진정시키고자 방안 여기저기를 걷기 시작했다.

지구…… 지구…….

잊어버리자…… 잊어버리자…….

그렇게 한참 후, 비로소 어느 정도 진정이 된 사파이렐은 방문을 열고 자신의 방을 빠져 나와 엄마와 아빠가 늘 계시는 작은 거실로 향했다. 작은 집이었기에 곧 사파이렐의 시야에 무엇인가 열심히 작업을 하고 계신 두 사람의 모습이 들어왔다.

"사파이렐?"

"어, 엄마."

"왜 그렇게 식은땀을 흘리는 거니?"

"예…… 아무것도 아니에요."

엄마의 따뜻한 눈빛을 바라보며 사파이렐은 비로소 안도했다. 아무도 모르는 자신만의 능력. 자유로운 공간의 이동. 어디든지 그곳에 대한 약간의 정보만 알고 있으면 아무리 거리가 멀어도 사파이렐에게는 순간이었다. 그러나 오늘 그 능력 때문에 죽을 뻔한 사파이렐이었다.

"도대체 무슨 일이니? 왜 그렇게 식은땀을 흘리니?"

"아니에요…… 뛰어와서 그래요."

"뛰어오다니? 아무 소리도 없이 갑자기 방문을 열고 나왔는데…… 뛰어오다니?"

"아, 저…… 그건…… 아빠."

사파이렐을 자신을 사랑의 눈빛으로 바라보고 있는 두 사람, 아빠와 엄마를 다소 울먹이는 눈으로 바라보았다. 세상에서 그 누구보다도 소중한 분. 비록 친부모가 아니었지만, 더 더욱 가난하기까지 했지만, 그래도 사파이렐에게 있어서 이 세상 그 무엇보다도 소중한 두 사람이었다. 다소 투박하게 생긴 두 사람은 동화책에서라도 튀어나온 듯한 사파이렐과는 달리 변방의 오지에 잘 어울리는 모습들이었다.

"아…… 저도 일 도와드릴게요. 헤헤."

"녀석도 참. 아…… 그렇지. 내가 네 통신 아이디를 좀 썼는데…… 너한테 편지가 와 있다고 나타나 있더구나. 온 지 꽤 오래된 것 같던데? 요즘 거의 접속을 안 했었나 보지?"

"예? 예……. 헤헤."

사파이렐은 웃으면서 작은 모니터 앞에 앉았다.

'며칠 접속하지 않았었는데, 그 사이에 편지가 왔다니…… 누굴까?'

사파이렐은 기쁜 마음으로 자리에 앉았다. 작은 거실에 어울리는 작은 책상. 그 위에 올려져 있는 작은 모니터. 그리고 그 앞에 앉은 작고 귀여운 사파이렐의 이름은 물의 행성이라고 불리는 이곳 사파이어의 이름을 딴 것이었다. 멀리서 보면 그저 파랗기만 한 물의 행성 사파이어. 그런 환경이기에 사람이 살아갈 만한 땅은 극히 적었다. 때문에 우주 제국 내에서도 인구가 가장 적은 행성이었다.

"무슨 내용이니?"

"그게…… 누가 날 찾아온다고 하네요. 이상하다. 모르는 사람인데…… 군 정보국 세나리트 중령?"

"군인이? 전혀 모르는 사람이니, 사파이렐?"

"예…… 누구지?"

사파이렐은 의아한 생각이 들었다. 이 외딴 곳에 전혀 알지 못하는 군인이 찾아온다니 어깨를 으쓱거릴 수밖에 없었다. 그러나 아무리 생각해도 누군지 떠오르지 않았다. 통신으로 만난 사람도 분명 아닌 것 같았다.

"응?"

순간, 멍하니 모니터를 바라보던 사파이렐의 표정이 가벼운 놀람으로 변하기 시작했다.

"27일 10시 도착 예정? 어…… 이제 5분 남았잖아? 엄마, 그 사람 지금 온대요. 지금!"

"응? 뭐라고?"

"지금이요. 5분 뒤에 도착해요!"

"저런! 여보, 청소라도 합시다."

"아…… 예."

사파이렐은 물론 두 분 부모님도 바쁘게 움직이기 시작했다. 장에다 내다 팔 물건을 만들고 있던 두 사람은 후닥닥 집을 치우기 시작했다. 작은 부엌이 딸린 거실 하나와 방 두 개가 전부인 집이었지만 사파이렐에게는 너무나도 소중한 집이었다.

"도대체 누구일까요?"

"하하…… 글쎄…… 네 친부모만 아니라면 난 누구라도 환영이다."

"아빠!"

웃으며 농담을 건네는 아빠를 쏘아본 사파이렐이었지만, 솔직히 친부모가 누구인지 알고 싶었다.

친부모…… 왜 자기를 버렸을까? 어째서 나는 남이 갖고 있지 않는 능력을 갖고 있는 것일까?

그러나 지금 사파이렐에게 있어서 양부모보다 소중한 분들은 없었다.

쾅!

"누, 누구요? 당신!"

"후…… 여기 있었군."

순간, 문이 부서지면서 한 사내가 들어왔다. 사파이렐보다 문가에 더 가까이 있었던 사파이렐의 양부모 또한 놀라고 있었지만, 사파이렐이야말로 기겁하지 않을 수 없었다. 지금 사파이렐의 눈앞에는 번뜩이는 빛의 검을 든 사내가 서 있었다. 마치 천사의 얼굴처럼 보이는, 그러나 너무나도 냉혹한 얼굴을 한—지구의 화려한 보좌에 앉아 있던 사내를 호위하고 있었던—바로 그 사람들

중 하나였다.

"다, 당신이……."

"안 돼요!"

"너희들은 꺼져라!"

사내가 다가오자 사파이렐은 뒷걸음질을 치기 시작했다. 그러나 자신의 자식을 보호하려는 두 사람은 떨면서도 두 팔을 벌리며 용감히 앞으로 나섰다. 그리고 그와 동시에 사내의 검이 번쩍이며 허공을 가르기 시작했다.

"뭐, 뭐야! 당신…… 아악!"

"여, 여보…… 으아악!"

"안 돼! 아빠…… 엄마……."

비명 소리와 함께 아빠가 쓰러지고, 곧 이어 엄마도 쓰러졌다. 사파이렐 또한 비명을 질렀지만, 너무나도 놀라 목소리조차 제대로 나오지 않았다. 몸이 굳어 도망가기는커녕 입술조차 떨어지지 않고 있는 것이었다.

안 돼…… 안 돼…….

사파이렐은 계속 뒷걸음질을 치기 시작했지만 알 수 없는 미소를 띤 사내는 피를 흘리며 쓰러져 있는 두 사람, 즉 사파이렐의 아빠와 엄마의 시체를 넘어 사파이렐을 향해 조금씩 다가오고 있었다.

"후후…… 어떻게 된 일이지? 어떻게 제국 내에 너 같은 녀석이 존재하는 것이지?"

알 수 없는 소리. 그러나 그건 지금 중요하지 않아.

'어디로든 빨리 도망가야 해. 그런데 왜 이리 발이 떨어지지 않지. 안 돼…… 안 돼…… 공간 이동이…… 공간 이동이…….'

도무지 알아들을 수 없는 사내의 중얼거리는 소리에 사파이렐은 떨지조차 못했다.

"후후…… 고통은 잠시……."

조금씩 조금씩 가까이 다가오는 사내는 순백에 가까운 환한 얼굴을 가지고 있었지만, 그 미소만은 그야말로 악마였다.

어떻게 인간이 저런 표정을 지을 수 있을까?

완전히 얼어버린 사파이렐은 꼼짝도 못 한 채 그저 다가오는 사내를 바라만 보고 있었다.

쾅!

"이런…… 사파이렐! 무슨 일이라도? 응? 네놈은 뭐냐!"

"이런 제길……. 후후…… 또 네놈들은 뭐냐? 후후…… 모두 죽으러 왔나?"

부서진 문을 헤치며 갑자기 들이닥친 중무장한 사내들은 하얀 제복을 입은 우주 제국의 군대였다. 막 사파이렐을 향해 검을 내리치려던 사내는 자신의 등뒤에서 자신을 둘러싸기 시작한 군대를 향해 돌아섰다.

잠시 긴장의 대치 국면이 시작됐다. 비웃음이 가득 찬 얼굴을 한 사내의 손에 든 빛의 검이 여전히 광기를 뿜어내고 있었다. 다소 겁에 질린 군인들이 레이저 건을 사내에게 조준하고 있었지만, 사내는 전혀 겁을 내지 않고 있었다. 오히려 군인들을 불쌍하게 여기고 있는 듯한 표정을 짓고 있을 뿐이었다. 덕분에 위기를 넘긴 사파이렐은 더 이상 물러날 곳이 없는 벽에 딱 붙은 채 한숨을 돌리고 있었다.

"사격!"

피핑!

"후후후후, 모두 죽어라."

"이럴 수가…… 으어억, 허억!"

대장인 듯한 사내의 명령이 떨어지자 일제 사격이 시작되었다. 그러나 그와 동시에 빛의 검 또한 광기를 뿜어내고 있었다. 놀랍게도 군인들이 발사한 레이저는 사내의 몸에 부딪히기 전에 휘어나가고 있었다. 더욱 자신만만한 태도가 된 빛의 검을 든 사내는 계속해서 검을 휘두르며 군인들 하나하나에게 죽음을 선사하고 있었다.

'도대체 오늘은 무슨 날이지? 왜 두 번씩이나 이런 도륙을 보아야만 하지?'

군인들이 들이닥치자 간신히 안도의 숨을 내쉬었던 사파이렐은 다시 기겁할 수밖에 없었다. 지금 사파이렐의 눈앞에 또다시 피를 흘리며 쓰러지는 사람들이 있었고, 바로 앞에는 광기를 뿜어내는 사내가 있었다. 아무리 생각해 보아도 인간이 아니었다. 인간이라면 저럴 수 없었다.

"제길! 네놈의 정체가 뭐지?"

"헉, 이 자식 언제?"

이미 군인들의 숫자는 반으로 줄어 있었다. 그러나 그 순간, 한 사내의 몸이 사라지는가 싶더니, 이내 빛의 검을 든 사내의 뒤에 나타나 검을 잡고 있는 사내의 오른손을 잡았다.

"후…… 이 녀석 죽여주마! 에네르기!"

"헉……."

검을 든 사내의 얼굴이 일그러지기 시작했다. 분명 알 수 없는 힘이 군인으로부터 검을 든 사내에게로 전이되고 있는 듯했다. 사내의 한 손을 잡고 있는 군인의 한 손에는 희미한 빛이 번쩍이고 있었다. 그 빛으로 인해 검을 든 사내는 온몸에 발작을 일으키고 있는 것이 분명했다.

"으허헉. 위대한…… 위…….."

"끈질기군……."

"헉."

빛의 검을 든 사내는 온몸에 경련을 일으키고 있었지만, 검을 꼭 잡은 채 쉽게 자신의 목숨을 내놓으려 하지 않고 있었다. 하얀 제복의 사내가 더욱 힘을 가하자 빛의 검을 든 사내의 발작은 더욱 심해졌다.

털썩, 쿵!

"헉헉…… 휴…… 다치지 않았나요, 아가씨?"

결국 빛의 검을 든 사내가 쓰러지자 숨을 헉헉거리던 하얀 제복의 사내는 긴 한숨을 내쉬면서 뒤를 돌아 사파이렐을 바라보았다.

따뜻한 미소. 그러나 사파이렐은 대답할 수가 없었다. 160센티가 될까말까한 키, 밝은 초록색의 머리와 복숭아 빛의 피부, 누가 보아도 귀엽기만 한 사파이렐은 바닥에 주저앉은 채 그저 부들부들 떨고 있는 중이었다. 자신의 눈앞에서 처참하게 죽어간 아빠와 엄마, 그리고 한번도 실패하지 않았던 공간 이동의 실패가 주는 충격은 그야말로 엄청났다.

"어…… 엄마. 아…… 아빠…… 흑…… 흑……."

"사파이렐, 이미 돌아가셨어요. 늦어서 미안하군요."

살아남은 군인들이 시체들을 치우기 시작했다. 특히 쓰러지면서도 빛의 검을 놓지 않았던 사내의 시체는 사내를 해치운 중령 계급장의 사내의 지시에 따라 마치 중요한 무엇이라도 된다는 듯 매우 조심스럽게 다루어지고 있었다.

"흑흑……."

"자…… 진정해요."

잠시 후, 시간이 없다는 듯 중령 계급장의 사내가 계속해서 울기만 하는 사파이렐을 일으켜 세웠다. 들것에 실려 가는 아빠와 엄마의 시신을 바라보며 하염없이 눈물을 흘리고 있던 사파이렐은 마지못해 일어났다.

"자…… 나와 함께 가요."

"하, 하지만."

"부모님 장례는 우리가 알아서 할 겁니다."

"하지만……."

사파이렐은 도무지 발걸음을 옮길 수가 없었다. 이미 공간 이동을 통해 이곳저곳 여러 곳을 가보았지만, 실제로 살아온 것은 이곳 물의 행성 사파이어 한 곳뿐이었다. 더욱이 부모님의 시신을 팽개쳐 두고 떠날 수는 없는 노릇이었다.

그렇게 계속 멍한 사파이렐을 위해 중령 계급장의 사내는 잠시 기다려주겠다는 듯했다. 그러나 사내의 표정은 시간이 없다는 것을 잘 나타내고 있었다. 사내의 표정을 읽은 사파이렐은 무척이나 고민이 되었다. 따라가야 하나 말아야 하나, 고민되지 않을 수 없었다. 그러나 분명 어차피 끌려갈 것 같았다.

"당신은 능력자입니다. 능력자끼리는 그걸 알지요. 어떻게 된 일인지는 자세히 모르겠지만, 어쨌든 아가씨의 생명을 노리는 자가 있었으니까 일단 피합시다."

"……."

"군대로 들어와요. 사실 오늘 그 때문에 왔어요. 우리 군은 당신을 필요로 해요, 사파이렐."

"어떻게……."

"다 아는 수가 있지요, 아가씨."

'내가 공간 이동을 할 수 있다는 사실을 어떻게 알았을까?'

사파이렐은 사내를 쳐다보았다. 분명 아직 20대였다. 큰 키와 준수한 용모. 그러나 거기에 어울리지 않는 중령 계급장을 달고 있는 사내는 무척 친근한 인상을 주고 있었다.

그러나 사파이렐의 고개는 이내 숙여졌다. 다시 눈물이 흐르고 있었다.

'아빠…… 엄마…… 난 이제 어떻게 해야 해요?'

사파이렐의 고민은 계속되었지만 선택의 여지가 없었다. 작은 집에 쓰러진 시체들을 뒤로하고 결국 사파이렐은 중령 계급장의 사내를 따라 나서고 있었다.

"난……."

"예?"

"난…… 아니, 아니에요. 흑흑……."

"네? 다른 무엇이라도?"

사파이렐이 무슨 이야기를 꺼내려다가 말고 울음을 터뜨리자, 세나리트는 여전히 부드러운 표정을 유지한 채 되물었다. 그러나 사파이렐은 대답하지 않고 고개만 숙였다.

알 수 없는 미래. 이제 자신의 운명은 어떻게 될 것인가? 그저 답답하기만 했다. 여전히 눈물이 솟아나고 있었다.

저주받은 행성의 양성체들. 사파이어 행성에는 양성체의 집단 서식지가 있었는데, 그들의 시초는 유전자 조작에 의해 태어난 비운의 사람들이었다. 일정한 나이가 되면 남성 호르몬과 여성 호르몬이 동시에 과량 흘러 어느 한쪽을 제어하지 못하면 양쪽의 성징을 모두 갖게 되는 존재들인 것이었다.

사파이렐의 부모 또한 그런 사람들 중에 하나였다. 그러나 두 사람은 법에 따라 수술을 통해 남자와 여자의 성을 확정지었고, 18년 전의 어느 날 문 앞에 버려진 사파이렐을 발견하고 키워온 것이었다.

사파이렐에게는 특이한 점이 있었다. 전반적인 형체는 여성이었지만 나이가 들어도 남자나 여자, 아니, 양성체의 특징 또한 나타나지 않았다. 무성체라고 하는 기괴한 특성을 가진 것이다. 즉 남성 호르몬도 여성 호르몬도 흐르지 않았다. 의학적인 불가사의였지만, 사파이렐을 걱정한 양부모는 있는 재산을 모두 털어 이 사실이 상부에 보고되지 않도록 조치를 취했었다. 덕분에 가난해진 부모님들. 사파이렐도 그 사실을 알고 있었다. 그렇기에 양부모의 죽음은 더욱 슬픈 것이었다.

다소 놀란 듯 잠시 멈춰섰던 중령 계급장의 사내가 다시 움직이기 시작했다. 선택의 여지가 없는 사파이렐도 따라 움직이기 시작했다. 그러나 마음은 여전히 눈물로 가득 차 있었다.

"지금…… 어디로 가요?"

"프라네트 기지로 갑니다. 가서 총장님을 만나보시게 될 겁니다."

"예?"

"지금…… 심각한 일이 벌어지고 있어요. 우린 당신의 능력이 필요합니다. 나도 능력이 있기는 하지만 당신 정도는 아니에요."

'능력자는 능력자를 알아본다더니…… 그럼 왜 나는 못 알아보

는 거지? 이상하다. 내가 할 수 있는 능력이라고는 고작 공간 이동을 하는 것뿐인데……'

도무지 이해할 수 없다는 듯 사파이렐의 표정이 더욱 굳어졌다.

"내가 할 일은 뭐지요? 난 먼저 부모님의 장례를…… 흑."

"사파이렐, 부모님은 이곳에 묻히실 겁니다. 가까운 공원 묘지에…… 그때 다시 와요."

"흑흑."

간신히 눈물을 억제하고 있었던 사파이렐이 다시 울기 시작했다. 비록 친부모는 아니지만 17년 동안 길러주신 부모님이었는데, 자기 때문에 비명 소리조차 제대로 지르지 못하고 돌아가신 것을 생각하면 그저 몸서리가 쳐질 뿐이었다.

"혹시 누군지 알아요, 그 사람?"

"아니요. 흑흑."

거짓말. 그러나 지금으로는 그렇게 말할 수밖에 없는 사파이렐이었다.

비행정이 다가오자 사파이렐은 중령 계급장의 사내를 따라 비행정으로 올라갔다. 더 이상 선택의 여지가 없었던 것이다. 그다지 크다고 할 수 없는 비행정 안의 브릿지(Bridge : 함장이나 선장이 함정을 조종하는 곳으로, 함교 또는 선교라고도 한다)에는 여섯 개의 의자가 있었고, 정면에는 대형 화면이 복잡한 기호들을 표시하고 있었다. 사파이렐은 사내가 권하는 대로 자리에 앉았다. 전혀 알지 못하는 사내였지만, 어쨌든 자신의 목숨을 구해준 은인이었다.

"미안해요. 흑흑…… 고마워요, 목숨을 구해줘서……."

"아…… 뭘요. 참, 내 정신하고는…… 내 이름은 세나리트. 직급은 중령. 소속은 총장 직속 정보국. 나이는 29세예요."

"아…… 예."

세나리트라고 자신을 밝힌 사내는 자세히 보니 무척 여성스러운 면이 없잖아 있는 모습이었다. 까만 머리에 둘러싸인 은은한 미소. 빛의 검을 든 사내를 쓰러뜨릴 때의 냉혹한 모습은 어디론가 사라져 버리고 없었다.

잠시 후 비행정이 떠오르기 시작하더니, 이내 빠른 속도로 움직이기 시작했다.

'아…… 나의 운명이…… 우주는 정말 까맣구나.'

처음으로 사파이어 행성을 떠나는 사파이렐, 아니, 비행정을 타고 처음 떠나는 사파이렐이었다. 그렇게 비행정은 순식간에 물의 행성 사파이어를 벗어나고 있었다.

사파이렐은 눈을 감았다. 그러나 잠시의 평안이라도 허락치 않으려는 운명이 사파이렐을 기다리고 있었다.

쿵!

"뭐지?"

"무엇인가가 부딪혀 왔습니다."

"빨리 분석해."

조용하던 비행정이 갑자기 흔들리기 시작했다.

'무슨 일이지?'

놀라는 사람들의 눈에 비친 주 화면에는 듣지도 보지도 못한 괴생명체가 앞을 가리고 있었다. 그것도 한두 마리가 아니었다. 떼거지였다. 그러나 사파이렐에게만은 익숙한 생명체였다.

"저, 저것들은……."

"사파이렐? 알아요? 저것들을?"

"예...... 아악!"

비행정이 몹시 흔들리며 연기를 뿜기 시작했다. 사우르스들이 그 입에서 뿜어낸 알 수 없는 무엇인가가 비행정에 다다르자 몸체의 일부가 녹아내리기 시작한 것이다.

보좌에 앉아 있었던 사내에게 끓어 엎드려 있던 많은 존재들이 자신을 끈질기게 쫓아오고 있는 것이라 판단한 사파이렐은 부들부들 떨면서도 일단 이곳을 벗어나야 한다는 판단을 내리고 있었다. 그러나 얄밉게 자신만 빠져 나갈 순 없었다. 아니, 저런 상대라면 설령 빠져 나가더라도 계속 쫓기다가 언젠가는 죽음을 맞이할 것이 뻔했다.

사우르스들의 포위를 벗어나기 위해 사람들이 분주하게 움직이고 있었지만 비행정은 연신 흔들리고 있었고, 곧 산산조각이 날 것만 같았다. 오퍼레이터는 최선을 다해 빠져 나가려 노력하고 있었지만, 사방팔방, 이미 어느 한곳도 사우르스들이 둘러싸지 않은 곳이 없었다.

"항전하지 말고 피해라. 모선에 연락했나? 빨리 탈출 루트 잡아!"

"모선에 연락했습니다."

[탈출 루트 계산 중입니다.]

위기 상황. 혼자서라도 이곳을 빠져 나가야 할지, 아니면 좀더 지켜봐야 할지 아직 결정을 내리지 못한 사파이렐은 긴장하며 세나리트를 지켜보고 있었다. 세나리트의 표정은 무척이나 상기되어 있었다.

쿵!

"제길! 당장 워프해! 가나시마!"

[방해 물체로 인해 불가능합니다. 워프 출력도 모자랍니다. 출력 손실 91.93%입니다.]

비행정이 또다시 크게 흔들리자 다소 흥분한 듯 세나리트는 소리를 질렀다. 그러나 비행정 주 컴퓨터 가나시마는 충격적인 소식을 전했다.

[워프 불가능.]

여기저기 비상등이 켜지기 시작하자 웅성거리며 비행정을 살리기 위해 바삐 움직이던 사람들은 망연자실한 표정으로 어쩔 줄 몰라 하기 시작했다.

"제길! 모든 에네르기 모아서 엔진 출력으로 바꿔!"

[중력 장치, 곧 해제됩니다. 실드 해제합니다.]

쿵!

"아악!"

여기저기에서 울려나오는 사람들의 비명 소리, 아직 움직이고 있기는 했지만, 계속되는 사우르스들의 공격으로 작은 비행정은 이미 폭발하기 일보 직전이었다.

'어떻게 해야 하지?'

최종 판단을 아직 내리지 못하고 있는 세나리트는 호위함 한 척 없이 온 자신을 책망하고 있었다. 한 명의 아이를 데려오는 일에 호위함을 붙일 이유는 없었지만, 때늦은 후회가 어쩔 수 없이 다가오고 있는 것이다.

"도망가요!"

"제길! 이리로. 이 비행정은 버린다. 모두 탈출용 캡슐로 빨리 도망가라! 모든 에네르기 실드로 전환!"

[현재 엔진 출력 5.34%. 엔진 정지 후 모든 에네르기를 실드로

전환합니다.]

사파이렐의 비명과 함께 섞여나온 세나리트의 명령을 알아들었는지 주 컴퓨터 가나시마는 승무원들에게 잠시의 시간이라도 벌어주려는 듯 모든 에네르기를 실드로 전환했다. 세나리트의 결단에 비행정을 살리려고 애쓰던 사람들이 재빨리 우르르 탈출 캡슐로 향하기 시작했다. 이미 엔진이 멈춘 비행정은 사우르스들의 공격에 따라 이리저리 움직이고 있었다. 그나마 약하지만 남아 있는 실드가 승무원들을 지켜주고 있을 뿐이었다.

'도대체 오늘은 무슨 날이지?'

사파이렐은 세나리트를 따라 정신없이 뛰고 있었다. 대부분의 사람들이 탈출 캡슐로 향하고 있었고, 이미 비행정에서 떨어져 나간 탈출 캡슐도 있었다.

[폭발 가능성이 농후합니다. 1분 이내 폭발 확률 94.41%. 모든 승무원들께서는 1분 이내로 탈출하여 주십시오.]

"사파이렐, 이쪽으로."

"헉헉, 흑……."

'이 모든 일이 정말로 나 때문인가? 내가 그 광경을 목격했기 때문에? 도대체…… 이게 무슨 일이지?'

숨을 헐떡거리며 뛰고 있는 사파이렐은 왜 자기한테 이런 일이 벌어지고 있는지 몰라 너무나 괴로웠다. 공간 이동. 맘만 먹으면 자기 자신은 언제든지 살 수 있었다.

"이리로. 2인승이지만…… 답답할 겁니다."

[폭발 확률 98.35%. 안전 보장 시간 12초. 모선에서 전투 편대 출발했습니다.]

컴퓨터의 냉랭한 목소리를 들으며 세나리트는 탈출 캡슐의 문을 열고 사파이렐을 밀어넣었다. 잠시 주위를 둘러본 세나리트는 부하들이 대부분 캡슐에 타고 있음을 확인한 뒤 자신도 캡슐에 들어가 문을 닫았다. 순간, 자동으로 캡슐이 망망한 우주로 떨어져 나갔다. 그러나 그들을 기다리고 있는 것은 까만 우주가 아니었다. 사우르스가 뿜어낸 알 수 없는 에네르기 덩어리였다.

"제길!"

"안 돼!"

'아직 내 나이는 17살. 이렇게 그냥 생을 끝마치기는 싫어! 정말로 이렇게 끝나면 안 돼!'

투명한 작은 창을 통해서 비쳐진, 정말로 겁나게 다가오는 사우르스의 에네르기 덩어리에 사파이렐은 자신도 모르게 소리를 질렀다. 완전히 정신이 나간 사파이렐은 무의식중에 공간 이동을 준비했지만 눈을 감고 있는 자신이 여전히 그 자리에 있음을 깨달았다. 아공간으로의 진입이 이루어지지 않았음에도 불구하고 아직 자신이 살아 있음을 알았기에 사파이렐은 눈을 떴다. 놀란 사파이렐의 눈이 정면의 작은 화면을 주시했다.

"어, 어떻게……."

캡슐 안이라 비명 소리가 들리지는 않고 있었지만, 분명 캡슐을 향해 에네르기를 내뿜던 사우르스가 괴로워하고 있었다. 캡슐을 향하던 에네르기가 방향을 바꾸어 도로 자신에게 다가왔기 때문이다. 공간 왜곡. 사파이렐은 자신도 모르게 캡슐 앞의 공간을 180도 터널과 같이 휘게 만들었던 것이었다. 따라서 사우르스의 에네르기는 자연스럽게 공간이 만들어놓은 길을 따라 다시 그 주인에게로 돌아간 것이었다. 너무나도 놀란 듯 눈을 크게 뜨고 있는 세나리트는 믿어지지 않는 결과에 멍한 표정을 짓고 있었다.

슈아앙…….

콰광!

때를 맞춰 전투기 편대가 도착했다. 그리고 그와 동시에 비행정이 폭발음을 발산하기 시작했다. 흩어지는 전투기들과 흩어지는 사우르스들. 거기에 퉁겨지고 있는 캡슐들까지 우주의 한구석을 어지럽히기 시작했다.

"아아악!"

"으…… 아…… 카멜테스."

비행정 폭발의 충격으로 캡슐은 몇 바퀴를 구르고 나서야 비로소 안정이 되기 시작했다. 너무나도 비좁은 캡슐 안, 그 안에 난 작은 창을 통해 거대한 전함을 발견한 세나리트는 반가운 미소를 지었다. 너무나도 빠른 시간에 모선인 전함 카멜테스가 도착한 것이었다.

비행정을 해치운 사우르스들은 이제 새로운 목표를 향해서 전열을 가다듬기 시작했다.

진공이나 다름없는 우주에서 저 생물들이 어떻게 살아 있는 것일까?

그야말로 모든 것이 의문이었지만 지금 중요한 것은 사파이렐의 안전이었다. 입술을 깨문 세나리트는 정신을 가다듬었다. 머리가 무척이나 어지러웠지만 어떻게 하든 무사히 카멜테스에 입함해야 한다는 사실을 그는 잘 알고 있었다. 눈앞에 보이는 셀 수도 없이 많은 생전 처음 보는 생물들을 향해 전함 카멜테스가 불을 뿜기 시작했다. 예상밖의 공격 위력에 놀랐는지, 아니면 작전상의 후퇴인지, 놀란 사우르스들이 서서히 꽁무니를 빼기 시작했다.

"철수하는 건가? 이봐요, 사파이렐. 정신 차려요."

세나리트는 사파이렐을 흔들어 깨웠다. 그러나 어느새 기절한 사파이렐은 일어나지 않았다.

　'나는 누구지? 나는? 나는? 어두워. 여기는?'
　사파이렐은 지금 꿈속에 있었다.
　순간, 사파이렐의 눈이 떠졌다. 하얀 천장이 시야에 들어왔다.
　'꿈. 나는 캡슐 안에 있었어. 그런데 여기는?'
　"어머, 깨어났군요?"
　'누구일까, 이 여자는?'
　사파이렐의 눈에 흰 가운을 걸친 여자가 비쳐졌다. 고개를 돌리니 하얀 침대가 눈에 들어왔다. 그러나 아직 사파이렐은 정신이 없었다.
　'여기는 병원? 그리고 앞에 여자는 간호사, 아니, 의사인가? 도대체 어떻게 된 일이지?'
　"깨어났어요?"
　"아…… 당신은?"
　그렇게 잠시 헤매이던 사파이렐의 두 눈에 낯익은 얼굴이 나타났다. 중령 계급장의 사내였다.
　'이름이 뭐였더라? 아…… 그래…… 기억난다, 세나리트. 어딘지 모르게 여성스러운 면이 많지만 분명 건장한 청년.'
　"다행히 몸에는 아무 이상이 없답니다…… 한 가지 이상한 것은."
　"무성체……"
　"알고 있었군요."
　사파이렐은 고개를 숙인 채 자리에서 일어났다. 침대가 하나뿐인 독방이었다. 고개를 돌려 바라본 작은 창 밖에는 까만 우주가 그야말로 드넓게 펼쳐지고 있었다.

'까만 우주. 그럼 여기는 세나리트가 말하던 기지?'

사파이렐은 슬퍼졌는지 무척이나 어두운 표정을 짓기 시작했다.

"옷을 갈아 입으세요. 몸에는 아무런 이상도 없다고 하니까. 참, 총장님께서 기다리십니다. 배도 고프시겠지만……."

"예……."

세나리트가 옷을 내밀고 밖으로 나가자 사파이렐은 재빨리 옷을 갈아입었다. 별로 맘에 들지 않는 단순한 하얀 옷이었지만, 병원복보다는 나았기에 재빨리 갈아 입었다.

옷을 다 갈아 입은 사파이렐이 문을 향해 걸어나가자, 자동문인지 문이 스스로 열렸다. 자신을 기다리고 있던 세나리트의 웃는 얼굴이 비춰지자 사파이렐은 겸연쩍은 미소로 화답했다. 세나리트가 앞장서자 사파이렐은 아무 말 없이 따라 나섰다. 복도를 지나는 사람들은 모두 군인들뿐이다. 하얀 제복의 군인들은 대부분 무표정한 사병들이었지만, 가끔씩 장교들도 지나간다. 세나리트의 계급 때문인가? 중령이면 높은 계급인지 모두들 경례를 한다.

그 사이 얼마나 많은 시간이 지난 것일까?

여러 가지 상념에 잠긴 채 걷던 사파이렐은 정말로 배가 고파 왔다.

'먹을 것부터 줄 것이지…….'

사파이렐은 앞서 걸어가고 있는 사내가 다소 원망스러워 뒤통수를 노려보았다. 그러나 그뿐이었다.

"내 동생이 있지요. 지금 4학년인데 소개를 시켜주고 싶군요."

"예?"

"아…… 동생 이름은 지크리트. 사관 생도지요. 특별히 아는 사람이 없다면 그냥 친구로 소개시켜 주고 싶어요. 하하."

"아…… 예……."

사파이렐의 마음을 아는지 모르는지, 세나리트는 엉뚱하게 자신의 동생 이야기를 꺼냈다. 사관 학교 4학년이라면 보통 21살에서 23살 정도, 그렇다면 자기보다도 네 살이나 다섯 살 정도가 많았기에 친구라는 말은 사파이렐에게 다소 이상하게 들려왔다.

잠시 후, 자동으로 움직이는 복도를 걷던 두 사람 앞에 커다란 문이 다가섰다.

"여깁니다."

윙!

"아…… 세나리트 중령님. 이분이 그분? 반갑습니다. 전 메이플 소령이에요. 총장님의 비서지요."

문이 자동으로 열리자 비서로 보이는 여자가 두 사람에게로 다가왔다. 소령 계급장의 착하게 생긴 흑발의 단정한 여자는 웃으면서 자신을 총장의 비서라고 소개했다.

"예……."

"총장님 계시지요?"

"네, 기다리고 계십니다."

사파이렐은 메이플 소령을 뚫어지게 바라보았다. 무척이나 착한 인상이었다. 아직도 완전히 제정신이 아닌 사파이렐에게 그런 비서의 착한 인상은 다소나마 위안이 되어주고 있었다. 자리로 돌아가 앉은 메이플 소령이 총장에게 연락을 취하자 곧바로 안쪽의 문이 열렸다.

윙!

"오…… 세나리트 중령, 어서 오시오. 그리고 사파이렐님."

"충성! 세나리트 중령 임무 마치고 돌아왔습니다."

'왜 날 이렇게 높은 사람이 부르지? 공간 이동 능력 때문인가?' 그 이유 빼놓고는 없었다.

떨고 있는 사파이렐의 눈에 비쳐진 총장의 인상은 그리 나쁘지 않았다. 네 개의 별이 달린 계급장이 무척 높은 사람이라는 것을 쉽게 알려주고 있었지만, 생긴 모습은 마음씨 좋은 이웃집 아저씨 같았다. 덕분에 사파이렐은 계급장에 어울리지 않는 좋은 인상의 아저씨가 일단 맘에 들었다. 그러나 여전히 떨리기는 했다.

"반갑습니다. 하하."

"예……."

"하하. 긴장하지 마시고. 아…… 서론은 필요없을 테니 본론으로 갈까요? 한마디로 우리는 당신의 능력을 필요로 합니다."

"예?"

"단기 사관 학교에 입학하세요. 특별히 가속 장치를 쓴 공간에서 수업을 받는다면 시간을 아낄 수 있을 겁니다."

총장의 말은 이해할 수 없는 말이었지만, 결국 시키는 대로 할 수밖에 없는 사파이렐이었다. 이제 17살. 사파이렐은 다소 무덤덤한 표정으로 장황한 총장의 말을 들으며, 거부할 수 없는 운명을 받아들이듯 그렇게 군인의 길로 들어섰다.

입학. 가상의 공간에서 혼자만의 입학이었기에 입학식 따위는 없었다. 그저 세나리트만이 늘 옆에서 지켜주고 있을 뿐이었다.

이곳의 시간은 거의 흘러가지 않는다. 빛의 속도에 근접한 속도로 회전하는 공간에 있는 특수 사관 학교는 특수한 인재들을 빨리 장교로 양성시키기 위해 설치된 기관이었다.

사파이렐이 맞이한 첫 시간은 역사였다. 군이 노력할 필요 없는 시스템. 컴퓨터에서 사파이렐의 뇌로 직접 입력이 되기 시작했다.

―지구력 2021년 인류는 드디어 달에 첫 거주민을 보냈다. 아폴로 11호의 비행사가 달에 첫발을 디딘 지 60여 년 만의 쾌거였다. 그러나 그것이 문제였다. 인류 최후의 전쟁이 시작되고야 말았다. 지구 이외의 행성에서 인류의 생존이 가능해지자 권력자들은 전쟁이라는 도구를 사용하여 자신들의 야욕을 채우기 시작했다.

―강대국들은 주변의 약소국을 약속이라도 한 듯 점령해 나가기 시작했고, 이윽고 강대국끼리의 전쟁이 시작되었다. 한 가지 다행인 것은 2009년 발효된 완전 핵 폐기 협정에 의해서 2013년까지 지구상에 존재하는 모든 핵 폭탄이 사라졌다는 점이었다. 그 후 인류의 무기는 레이저나 메이저 등을 중심으로 변천되어 갔다. 하지만 그러한 협정에도 불구하고 비밀리에 핵 폭탄을 실은 전폭기 한 대가 승세를 잡고 있던 A국의 수도를 강타했다. 순간 전세는 반전되었다. 그러나 A국도 가만있지는 않았다. 아무리 핵 기술이 폐쇄되었다고는 해도 과거의 기술을 되살리는 것은 그리 큰 문제가 되지 않았다. A국에는 상상할 수 없을 정도의 많은 수의 핵발전소가 있었기 때문이다. 결국 그렇게 핵 전쟁이 시작되고 인류는 생존의 최대 위기를 맞았지만, 한번 시작된 핵 전쟁은 끊일 줄 몰랐다.

―그날, 그 역사적인 지구 최후의 날, 한 대의 우주선이 조용히 K국을 떠나고 있었다. K국은 2003년 남북으로 갈라졌던 나라가

통일되면서 탄생한 신흥 강대국이었으나, 전쟁에는 처음부터 말려들지 않았었다. 그러나 자신들의 의지만으로 이 지구의 위기를 해결할 수는 없었기에 2023년, 그들은 엄격한 심사를 통해 선출한 144,000명을 거대한 우주선 투르트레 호에 실어 저 먼 우주로 보냈다. 이와 같은 K국의 행동에 자극받은 다른 나라들도 이미 준비가 되어 있었다는 듯 만약의 사태에 대비하여 재빨리 우주로 자신들의 시민을 태워 보냈다. 그 나라들은 K국에 인접한 J국과 C국, 그리고 전쟁의 당사자들인 A국과 S국, 그리고 E국 등이었다.

　—그렇게 지구의 마지막 날이 되어버린 그날 지구를 떠난 그들은 화성을 지나 14일 만에 목성에 도착하였다. 그들은 토성을 거치지 않고 바로 해왕성을 목표로 해서 태양계를 빠져 나가는 궤적을 그리고 있었다. 해왕성까지의 거리는 88일, 하지만 돌연 알 수 없는 힘에 의해 우주선들은 멀고 먼 우주로 내동댕이쳐졌다. 나중에 밝혀진 일이지만, 그것은 웜 홀(Worm Hole : 전혀 다른 우주의 두 공간을 연결해 주는 가상적인 터널이다)이라고 불리는 일종의 공간 터널이었다. 덕분에 그들은 생전 처음 보는 새로운 태양계에 들어서 있었다. 자세한 조사를 마친 그들은 이 태양계가 대 마젤란 성운이라고 불리던 별무리 가운데 하나라는 사실을 알 수 있었다. 이제 그들에게 선택은 없었다. 지구로 돌아갈 수도 없었고, 그렇다고 해서 마냥 우주선에 남아 있을 수도 없었다.

　—그들은 새로운 태양계를 저민트계라고 부르기로 하고 생명 활동이 가능한 행성이 있는지 탐사를 시작했다. 여러 개의 무인 탐사선을 보내 탐사를 마친 그들은 저민트계의 4번째 행성이 지

구와 매우 비슷한 환경을 가진 것을 발견하고 환호했다. 그 행성의 환경은 약 300만 년 전의 지구와 비슷했다. 그들은 그곳에 착륙했고 우주선을 분해하여 도시를 건설했다. 에레벨이라고 명명된 행성은 이미 온갖 종류의 동식물이 존재하고 있었고, 식량을 생산할 대지는 무한히 넓었다. 그들은 각 나라마다 모두 12개의 도시를 건설하고 거기서 깨끗한 문명을 발전시켜 나갔다. 또한 그들은 출산 장려 운동을 펼친 덕분에 100여 년 만에 2,000만 명이라는 인구를 가지게 되었다. 그렇게 그들이 에레벨에 정착한 지 정확히 100년 만에 그들은 다시 우주로 눈길을 돌렸다. 그리고 드디어 그들은 주변의 태양계에 식민 행성을 건설하기 시작했다.

—그렇게 또 100년이 흘렀다. 에레벨을 중심으로 하여 모두 12개의 인간이 거주하는 행성이 존재하게 되었고, 이 행성들은 모두 웜 홀로 연결되어 있었다. 급속한 과학의 발달로 인해 그들의 인구는 기하급수적으로 늘어나 이미 2억에 육박하게 되었다. 그러자 그들은 전 우주를 지배하고 싶어했다. 따라서 통일된 조직을 원했다. '우주 평의회'라는 기관이 만들어졌고, 12개의 태양계를 지배하기 시작했다. 우주 평의회는 수도를 세잉트계의 3행성 베레시아로 옮기고, 곧 우주 제국이라는 좀더 강력한 나라를 만들어내었다.

이미 학교에서 숱하게 들은 이야기였지만 그래도 다시 들으니 새로웠다.

그렇게 3개월. 사파이렐은 물리, 화학, 생물, 수학, 역사뿐만 아니라, 체육과 전투기 조정, 전함 조종 등의 과목을 모두 무사히 이수하고 졸업을 했다. 물론 세나리트 중령이 홀로 축하해 주는 혼자

만의 졸업식이었다.

소위 임관. 소위 계급장을 어깨에 단 사파이렐은 잠시의 휴식도 없이 세나리트 중령과 함께 총장실로 향하고 있었다.

윙—

문이 열리자 3개월 만에 보는 단정한 메이플 소령이 반가운 미소 띠며 총장에게 연락했다. 세나리트 중령이 혼자 들어가라고 손짓하자, 사파이렐은 다소 놀란 눈으로 세나리트를 바라보다가 발걸음을 옮겼다. 3개월의 기간이 그래도 사파이렐을 많이 변화시켜 놓은 듯했다.

윙—

"오, 드디어. 하하…… 졸업을 축하합니다, 사파이렐 소위."

"예, 충성! 감사합니다."

"이제 첫 임무입니다."

"예?"

"다시 한 번 지구를 갔다 와주시겠습니까?"

"예?"

얼떨떨해하는 사파이렐에게 총장은 매우 정중하게 부탁했다. 대장과 소위. 어쩌면 대면이 불가능한 위치였지만, 총장은 명령이 아닌 정중한 부탁을 하고 있는 것이었다.

'지구로 가라고? 임무인가?'

사파이렐은 너무나 싫었지만 이미 군인이 된 이상 어쩔 수 없었다.

"예, 제가 가서 할 일은?"

"그저 가서 그곳 상황을 탐지하고 오면 됩니다."

"그것뿐인가요?"

"그렇습니다."

"예, 알겠습니다. 충성!"

경례를 마친 사파이렐은 뒤로 돌아서서 재빨리 총장실을 빠져나왔다. 메이플 소령과 담소를 나누고 있던 세나리트 중령은 사파이렐이 나오자 재빨리 고개를 돌려 웃음을 띠워주었다. 어떻게 보아도 약간 여성스러운, 그러나 매우 잘생긴 얼굴을 가진 총각이었다.

"아…… 사파이렐, 임무를 부여받았나요?"

"예, 그런데…… 나 혼자서?"

"예, 아무도 그렇게 먼곳까지는 공간 이동을 할 수가 없어요. 오직 사파이렐 소위만이 가능해요."

"예……."

나만이 할 수 있는 임무? 결국 그것 때문이었나?

사파이렐의 얼굴이 다시 어두워졌다. 그러나 이제 어쩔 수 없다. 이제 사파이렐은 군인인 것이었다.

"그럼…… 또 봅시다. 자, 갑시다."

"예, 그럼……."

세나리트가 먼저 나가자 메이플 소령과 간단히 인사를 마친 사파이렐은 어딘가 모르게 자신에게 어울리지 않는 자신의 제복을 다소 슬픈 표정으로 훔쳐 보다가 세나리트 중령을 따라 나섰다. 메이플은 웃으면서 사파이렐을 향해 손을 흔들어 주었다.

세나르트는 다소 의기 소침해진 사파이렐의 기분을 풀어주려는지 총장실을 빠져 나오자마자 자신의 방을 향해 걸으면서 열심히 떠들기 시작했다.

"자, 기분 풀어요. 작전은 다음 주예요. 그러니…… 아참, 내 방으로 가요. 내가 내 동생을 소개시켜 줄게요. 저번에 말했지요? 내년엔 임관하는데, 사파이렐보다는 나이가 몇 살 많아요."

"예, 아…… 세나리트, 저 사람들은?"

"아, 저 사람들은 해적이에요."

손에는 수갑이 발에는 족쇄가 채워진 흉측한 몰골들의 사내들이 두 사람 앞을 지나가자 사파이렐은 고개를 돌리며 세나리트에게 물었다. 3개월이라는 훈련 기간이 있었지만, 역시 아직 어린 듯했다. 세나리트는 웃으며 사파이렐을 자신의 방으로 안내했다. 작고 하얀 방에는 책상 하나와 책장이 덩그러니 놓여 있었다. 자리에 사파이렐을 앉힌 세나리트는 단말기를 켰다.

"아…… 시간이 되었군요. 자식, 시간을 지킬까?"

"예?"

화면이 켜지자 낯선 사내의 모습이 나타났다. 젊고 잘생긴 사내였다. 20살이 약간 더 되어 보이는 남자, 제복을 입은 것으로 봐서 사관 생도임이 분명했다.

"야…… 지크리트. 잘 있었냐?"

"응, 형은?"

"하하, 나도. 참, 여기는 사파이렐 소위. 자, 그럼 대화하세요."

"예…… 저기……."

세나리트는 사파이렐을 남겨놓고 금세 방을 빠져 나갔다. 친구가 없는 사파이렐을 위해 통신이나마 자신의 동생과 친구가 되도록 해준 것이었다.

귀여운 사파이렐의 용모에 마음이 끌렸는지 지크리트는 자기소개를 한 다음 열심히 재미있는 이야기를 떠들어대기 시작했다. 덕분에 둘은 금세 친구가 되었다. 그렇게 시간이 날 때마다 사파이렐은 통신을 통해 지크리트를 만났고, 둘은 어느덧 친한 친구가 되어갔다.

그러던 어느 날, 사파이렐은 세나리트와 함께 사파이어 행성의 양부모 묘지에 참배하러 갔다. 사파이렐은 눈물을 참으려 했지만 결국 울고 말았다. 그러나 후회는 소용없다. 자신이 죽인 것이나 마찬가지라는 생각이 사파이렐의 머리를 계속 강타하고 있었지만, 할 수 있는 일은 눈물을 흘리는 것뿐이었다.

그 다음날 사파이렐은 예정되었던 두 번째 지구 방문을 실시했다. 그러나 의지가 작용했던지 그때의 그곳으로 가지는 않았다. 정보국에서 무인 탐사선을 통해 수집한 사진들의 진위 여부를 탐사하기로 했기에, 이번 여행은 빛의 검을 든 사내들과 마주치지 않고 무사히 돌아올 수 있었다.

그렇게 사파이렐은 모두 다섯 번의 공간 이동을 무사히 마쳤다. 그리고 마지막으로 여섯 번째, 드디어 그때 그 장소를 찾아나섰다.

"있다."

공간 이동에 성공한 사파이렐은 다시 떨리는 마음을 진정시키고 있었다. 그때처럼 다들 모여 있지는 않았지만, 사우르스들과 사람들이 여기저기 그 모습을 드러내고 있었다. 하지만 다행히 빛의 검을 든 사내들의 모습은 보이지 않았다.

이제 잠행에 익숙해진 사파이렐은 긴장을 늦추지 않은 채 짧은 공간 이동을 통해 몰래몰래 이곳저곳을 돌아다녔다. 서서히 보고서를 꾸미기에 충분한 자료가 머리에 입력되고 있었다.

"휴……."

무사히 프라네트 기지로 돌아온 사파이렐은 긴 한숨을 내쉬었다. 여섯 번의 공간 이동 중 가장 긴 시간이었다. 그리고 이제 자신에게 맡겨진 모든 공간 이동 임무를 끝내는 순간이기도 했다.

공간 이동을 통한 지구의 방문은 오로지 사파이렐만이 할 수 있는 능력이었기에 총장은 참모진들의 반대를 무릅쓰고 사파이렐이 한번 공간 이동을 할 때마다 특진을 시켜왔다. 따라서 지난 다섯 번의 지구 방문을 통해 사파이렐은 순식간에 소위에서 대령이 되어 있었다. 특별 규정에 따른 총장의 직권이었다. 사파이렐의 공간 이동은 매 보름마다 이루어졌기에, 그사이 세월은 3개월이 지나가 있었다.

여섯 번째 공간 이동이 있었던 다음날, 사파이렐은 준장이 되었다. 메이플 소령과 세나리트 중령이 배석한 가운데 총장은 사파이렐의 어깨에 준장 계급장을 직접 달아주었다.

그 다음날, 사파이렐은 보고서를 들고 총장의 방으로 향했다. 누가 보아도 별 하나의 계급장이 어울리지 않는 모습이었기에 사파이렐은 여전히 사람들의 시선을 피해 고개를 숙이고 있었다.

잠시 후 어울리지 않는 계급장을 단 아직 앳된 아이가 거대한 투명 벽을 통해 반짝거리는 무수한 별들을 바라보고 있는 동안, 매우 인자한 반백의 아저씨는 심각한 고민에 빠진 얼굴로 서류를 읽어보고 있었다.

"사파이렐 준장."

"예, 총장님."

"그럼 이 보고서대로 사우르스란 생명체들이 지구에 있다는 말이오? 바로 우리 제국을 계속 침범하고 있는 그 생명체들이!"

"예, 그렇습니다."

자신의 딸 같은 귀여운 아이를 앞에 둔 총장이라고 불린 인자한 아저씨의 모습은 자못 심각할 수밖에 없었다. 믿어지지 않는 일. 그러나 믿을 수밖에 없는 일. 총장의 얼굴이 심각해짐에 따라 사파이렐의 표정도 덩달아 심각해지고 있었다.

"음…… 사실이군. 그 사우르스들이 지구로부터 오는 것이라니……. 알았으니 베레시아 휴양소로 가서 쉬도록 하시오. 곧 새로운 임무가 주어질 것이오. 난 또 바로 회의가 있어서……."

"예, 총장님."

사파이렐은 조용히 총장실을 빠져 나갔다. 총장 또한 곧 열리기로 되어 있는 회의에 참석하고자 자신의 옆방에 있는 회의실로 향했다.

자신의 숙소를 향해 걸어가고 있는 사파이렐의 머리 속이 무거워지고 있었다. 우주 제국이 생긴 이후 가장 심각한 상황이 다가오고 있는 것인지도 몰랐지만, 사파이렐은 아직 그저 얼떨떨할 뿐이었다. 너무나도 짧은 기간 동안에, 너무나도 많은 경험은 치른 탓에 사파이렐은 이미 옛날의 사파이렐이 아니었다.

"나는…… 나는…… 누구이지? 나는…… 나는 왜 군인이 되었지? 나는? 나는?"

사파이렐의 독백은 끊임없이 몰아쳐 오는 자신에 대한 의문이었다. 사파이렐을 향해 달려오는 거부할 수 없는 운명, 지금 그 운명의 시작이 막 시작되려 하고 있는 것이다. 그리고 그 운명의 한 축을 담당할 인물 또한 프라네트 기지를 향해 달려오고 있었다.

제2장

전함, 사랑의 이름

　마치 우주라도 그려보려다 실패한 듯 온통 푸른빛이 도는 검은 색이 둘려진 회의실. 그 색깔에 반항이라도 하고 있다는 듯 백발이 희끗희끗한 사내들의 표정은 여러 가지였다. 심각한 사람, 관심이 없는 사람, 그리고 비아냥거리는 얼굴까지…….

　부관들까지 모두 물리치고 비밀 회의에 몰두하고 있는 이들은 우주 제국의 각 태양계 총독이자, 함대 사령관들이었다. 총장인 에나세르 대장을 제외한다면 모두 중장의 계급장을 달고 있었다.

　"지구를 급습하는 편이 더 좋을 것 같습니다. 지금까지의 정보로 볼 때 아직 저들은 분명 제대로 된 발전된 문명을 가지고 있음이 분명합니다."

　"음…… 좀더 조사가 필요할 것 같습니다. 외교적으로 해결할 수 있으면 좋을 텐데……"

　중년의 보기 싫음을 그린 듯한 힌스데나 중장이 자신의 의견을 피력하자, 총장은 정중한 목소리로 추가적인 조사의 필요성을 요구했다. 그러나 메이슬계를 책임지는 제4함대 함대 사령관 힌스데나 중장은 총장의 의견 따위는 별로 중요하지 않다는 듯한 표정으로 다시 입을 열었다.

"제아무리 천재라고 해도 겨우 한 사람이 일으켜 세운 문명을 두려워할 필요가 있습니까?"

"그렇습니다. 과감하게 빨리 결단을 내려야 합니다."

힌스데나 중장의 지지파들이 각각 한마디씩 하고 나섰다. 자리에 앉은 24명의 장성들, 즉 1함대 사령관으로부터 24함대 사령관까지의 중장들은 크게 총장파와 힌스데나 중장파로 나뉘어 있었다. 그러나 분명 총장의 어깨에는 다른 장성들과는 달리 별 네 개가 달려 있었지만, 떠오르는 샛별 힌스데나 중장을 지지하는 사람들이 더 많은 것 같았다.

"그렇다면 정찰과 급습을 겸하면 어떻겠습니까?"

총장이 위기에 몰릴 듯하자 총장파의 대표 주자인 로이펠 중장이 넌지시 제안을 했다. 수도 행성인 베레시아를 담당하고 있는 제2함대 사령관 로이펠 중장은 비교적 인자해 보이는 얼굴을 지니고 있었지만, 어딘가 모르게 험한 세상을 살아온 풍파를 감추지 못하고 있었다.

"급습?"

"그렇습니다, 총장님. 정찰을 몇 번 보내고 난 뒤 암살 팀을 보내는 것입니다."

"암살 팀이라……."

"그렇습니다. 지금 지구는 그 사람 하나만 제거되면 우리에게 큰 위협이 될 존재가 아닙니다. 따라서……."

로이펠 중장의 제안은 그럴싸했다. 때문에 총장파도 아니고 힌스데나 중장파도 아닌 중도파 장성들이 일제히 로이펠 중장을 지지하는 표정을 지었다.

"그게 좋을 것 같군요."

"좋은 방법이라 생각합니다."

총장파는 물론 중도파까지 로이펠 중장의 의견에 찬성을 표하자 힌스데나 중장과 그 지지파들의 얼굴이 굳어졌다. 아직 과반수를 끌어들이지 못한 탓에 분위기를 돌리기는 어려운 상황이 연출되고 있는 것이었다.

"뭐, 좋으실 대로. 하지만 암살이 실패하면 바로 공격하는 조건으로 하면 좋을 듯하군요."

"아, 그게 좋겠군요."

힌스데나 중장이 한마디 던지자 그의 오른팔이라고 불리는 8함대 사령관 자스메디 중장이 재빨리 지지하고 나섰다.

그렇게 회의의 결론은 나버렸다.

"좋습니다. 이미 특수 전함이 건조되어 있으니, 이 기회에 써봐야겠습니다. 곧 암살 팀을 보내도록 하겠습니다. 그럼 오늘 회의는 이상으로 끝내고 내일 2시에 다시 만나도록 합시다. 단, 이 작전은 극비입니다. 여기 회의에 참석한 사람들 이외에는 그 누구도 알아서는 안 됩니다. 일단 내일 회의에서 공식 발표는 최종 탐사선으로 하겠습니다."

총장의 얼굴은 다소 어두웠다. 최근 들어 빈번히 출현하고 있는 괴생물체 사우르스, 그리고 지구인들로 보이는 에스퍼들의 출현으로 군부는 술렁이고 있었다. 지구와의 전쟁. 잘못하면 우주 제국이 세워진 이래 가장 큰 혼돈이 찾아올지도 몰랐기 때문이었다.

우주. 깜깜하다고 표현하기도 뭣한 공간. 그 한가운데 위치하고 있다는 착각을 불러일으킬 정도로 거대한 프라네트 기지가 창 밖으로 펼쳐지기 시작했다. 마치 세잉트계의 6행성 에고호스트의 위성인 양 그 위세를 자랑하고 있는 거대한 기지는 마치 도넛에 여러 개의 말뚝이라도 박아놓은 것 같은 모양을 하고 있었으며, 인공 중력을 형성시키기 위해 쉼없이 계속 회전하고 있었다. 또한 인류 최대의 기지답게 수많은 전투함들이 그 주위를 맴돌고 있었다. 지금 그 기지의 모습을 네모난 창을 통해 로이잔느가 바라보고 있었다.

[착륙 허가합니다. 03—42—17 출입구입니다.]

"알았다."

착륙 허가가 떨어지자 로이잔느는 통신을 끝낸 자신의 부관을 바라보았다. 한 달 만에 다시 오는 프라네트 기지였지만, 이상하게도 볼 때마다 생소한 느낌이 들고 있었다. 이제 익숙해질 때도 되었지만, 역시 기지보다는 전함에 타고 있는 것이 편한 로이잔느였다.

"후…… 벌써 도착했나?"

"네."

"그래, 그럼 착륙해야지."

"네, 알겠습니다. 로디앙, 지시대로 착륙하라."

[알겠습니다, 세이나 중위님.]

로디앙이라고 불린 컴퓨터의 감정없는 목소리와 함께 비행정은 프라네트 기지의 이착륙 담당 컴퓨터가 지정해 준 착륙 장소로 미끄러지듯이 날아가기 시작했다. 잠시 후, 비행정은 이미 여러 대의 비행정들이 도열해 있는 착륙장의 한구석에 사뿐히 내려앉았다.

"세이나 중위, 수고했어."

"예! 대령님."

새까만 짧은 머리에 숨기기에는 어딘가 모르게 드러나고야 마는 예쁘장한 얼굴. 의자에 비스듬히 앉아 잠시 생각에 잠겨 있던 로이잔느는 자신의 부관인 세이나 중위를 바라보며 자리에서 일어났다. 비록 나이는 같았지만 대령과 중위라는 계급의 차이로 인해 세이나와 로이잔느는 그렇게 친한 편이 아니었다. 매우 귀엽고 어딘가 모르게 장난기 섞인, 그러나 여성스러운 모습. 그리고 거기에 걸맞은 섬세한 성격의 세이나에 비해 로이잔느의 성격은—그 짧은 까만 머리에 숨겨진 얼굴로는 상상이 안 가는—그야말로 냉정했다. 그 때문인지 둘은 만난 지 한 달이 다 되어가고 있었음에도 불구하고 쉽게 융화가 되지 않고 있었다. 그러나 어쩌면 당연한지도 몰랐다. 분명 한 달이라는 기간은 서로에 대해서 알기엔 조금 부족한 시간이었다.

"후…… 무슨 일이지? 도대체 설명도 안 하고 무조건 부르다니……."

"전 여기서 기다리겠습니다."

"아니, 세이나 중위. 친구들이나 만나보고 오도록 해. 오래 걸릴지도 모르니까……."

"예, 감사합니다."

비행정의 문이 열리자 세이나는 사라지는 로이잔느 대령의 뒷모습을 보며 어깨를 으쓱거렸다. 생긴 것은 여자 쪽에 훨씬 가까웠지만, 그 이외의 모든 것은 어느 모로 보나 남자라고밖에 생각할 수 없는 자신의 상관을 바라보며 묘한 기분을 느끼지 않을 수 없는 그녀였다. 더군다나 동갑이 주는 압박감. 같은 사관 학교 출신이었다면 동기생이 될 수도 있는 나이. 따라서 친구처럼 지낼 수도 있었겠지만, 12개나 되는 사관 학교이다 보니 같은 동문이 한 지휘 계통에 있는 경우는 매우 드문 편이었다.

"굳이 왜 남자가 되려고 하지?"

세이나의 중얼거림대로 로이잔느는 모태에서 태어난 인간이 아니다. 화학적인 처리를 걸쳐 조작된 우성 유전자, 그리고 그것을 이용하여 만든 인공 정자와 난자를 통해 태어난 실험관 인간이었고, 대부분의 실험관 인간들이 그렇듯이 태어날 때부터 여성으로 지정되어 있었다.

실험관 인간. 그들은 만 16세가 되어 실험관에서 나올 때까지 컴퓨터에 의해 교육을 받고, 실험관에서 나온 다음에는 훈련소에서 1년간 사회 적응 훈련을 받게 되어 있었다. 1년간의 적응 훈련이 끝나 17세가 되면 호르몬 요법과 간단한 수술을 통해 완전한 성을 결정하게 되어 있었는데, 이때 출생 시, 즉 수정란 때 정해진 성이 번복되는 경우는 거의 없었다.

로이잔느 또한 마찬가지였다. 그러나 16년 동안 실험관에서 컴퓨터에 의한 교육을 받으면서 로이잔느는 스스로 남자이기를 간절히 원했었다. 때문에 그는 실험관에서 벗어나자마자 수차례에 걸쳐 남자로 선택되기를 간청했었다. 그러나 법은 언제나 성의 선택을 거부했다.

17세가 되는 해, 즉 확실한 성별이 결정되는 해에 로이잔느는 최후의 방법으로 사관 학교에 입학했다. 사관 생도로 있으면 22세까지 성의 결정을 유보할 수 있으며 군인으로 복무하면 25세까지

성의 결정을 유보할 수 있었다. 우주 제국의 법률은 의무제가 아닌 지원제였다. 따라서 우주 제국의 군대는 충분한 군인의 수를 확보하기 위한 방법으로 성별의 조기 설정을 꺼리는 실험관 인간들을 쉽게 흡수하고 있었다. 인구의 반 이상이 실험관 인간이고, 또 실험관 인간의 대다수가 여성이며, 그 여성들의 상당수가 남성으로의 전환을 원하고 있다는 점을 감안하면 우주 제국의 궁여지책 법률은 당연한 것인지도 몰랐다.

그러나 로이잔느의 목적은 단순히 성 결정의 연기에 있지 않았다. 아무리 연기가 되어도 언제인가는 여자가 되고 말지만, 군인으로 장성이 되면 사정이 달라졌다. 군에서 장성이 되는 것은 초헌법 기관인 우주 평의회의 의원이 되는 가장 쉬운 길이었으며, 또한 여러 가지 특권을 행사할 수 있었다. 원한다면 성전환의 특권까지도 가능했다.

"돈이 좀 들더라도 남자를 많이 만들어내면 될 것 아냐……."

그러나 현실은 모태에서 태어난 세이나의 생각보다 그렇게 간단하지 않았다. 대부분의 실험관 여성의 경우 16세가 되어 실험관 밖으로 나올 때까지 생존율이 91%를 육박하지만, 이상하게도 남성의 경우 생존율은 9%에 지나지 않았다. 따라서 굳이 생존율이 낮은 남성을 고집할 필요가 없었던 것이다.

또한 사이보그나 생체 로봇인 안드로이드의 가격은 실험관 인간을 만드는 것보다 비용이 훨씬 적게 들었지만, 아직 완벽한 인공지능 기술이 개발되지 않았던 관계로 인간을 대체할 수 있는 고급 두뇌를 지닌 사이보그나 안드로이드들의 양산은 아직 불가능한 상태였다. 간혹 전문 기술이 있는 안드로이드가 생산되기는 했지만, 그들 역시 그 분야 이외의 지식은 거의 전무했다.

순간 잠시 생각에 잠겨 있던 세이나의 눈에 갑자기 희한한 광경이 펼쳐졌다. 창 밖을 통해 수많은 경비병들을 따돌리며 열심히 도주하고 있는 사내의 모습이 보였던 것이다.

"잡아라!"

"제길, 아아아…… 야!"

찌리리릿!

"으아악!"

도망가던 사내가 갑자기 뒤로 돌아서서 두 손을 앞으로 내밀자 사내의 두 손에서 하얀 빛이 번쩍이며 에네르기 덩어리가 튕겨져 나가기 시작했다. 너무나 놀란 세이나는 자리에서 벌떡 일어났다. 호기심이 생긴 탓일까? 세이나는 재빨리 밖으로 나갔다.

"도대체…… 뭐지?"

세이나는 레이저 건을 뽑아 들었다. 이미 경비병 두 명이 쓰러졌기 때문에 사내를 쫓고 있는 경비병의 숫자는 네 명으로 줄어들어 있었다. 다행인지 불행인지 사내가 다가오고 있는 방향은 바로 세이나가 문을 열고 나온 곳, 즉 로이잔느의 전용기가 있는 곳이었다. 아마도 사내는 비행정이라도 탈취할 생각을 하고 있는 듯했다.

"꼼짝 마! 허튼 짓 하면 쏜다!"

"헉! 뭐야…… 이런 제길! 이야야……."

갑자기 튀어나와 레이저 건을 겨눈 세이나를 미처 발견하지 못했는지 사내는 당황하며 잠시 머뭇거리다가 다시 에네르기를 발산할 양으로 정신을 집중했다.

"이 개자식이 어디서!"

"헉! 으윽, 놔라!"

그러나 그 머뭇거림이 문제였던 듯 사내는 에네르기를 발산시키지 못한 채 뒤쫓아오던 경비병들에 의해 사로잡히고 말았다. 사내가 강하게 저항했지만 흥분한 경비병들은 사내를 몇 대 구타한 후 잽싸게 무엇인가로 사내의 입을 틀어막고 수갑을 채워버렸다.

  "감사합니다, 중위님."

  "잠깐! 무슨 일이지? 이 사람은 누구냐? 손에서 무엇인가가 번쩍이던데? 도대체?"

  "그건 저희들도 모릅니다. 다만 포로인데…… 심문 도중 도망쳤습니다."

  더 이상 알지 못한다는 간단한 보고. 경비병들은 반항하는 사내를 질질 끌고 황당해하는 세이나의 시야에서 도망치듯 사라졌다.

  '도대체 뭐야? 설마? 소문에만 듣던 에스퍼들인가?'

  어깨를 으쓱거린 세이나는 황당한 표정을 지으며 비행정 안으로 들어갔다.

  한편, 로이잔느는 총장실에 딸린 연한 푸른빛이 도는 검은색 회의실 끝에 서 있었다.

  '이것이 최고 장성들의 회의인가?'

  이제 막 대령으로 진급한 로이잔느가 감당하기에는 어려운, 다소 무거운 분위기가 회의실에 흐르고 있었다. 2억의 인구에 200만이라는 적지 않은 군인을 가진 군대였지만, 그래도 장성들은 113명밖에 되지 않았다. 지금 로이잔느는 대령으로는 유일하게—물론 장성들의 부관들을 제외하고—장성들 중 최고 장성들이 모인 군 수뇌부 회의에 참석 중인 것이었다.

  지금 저들이 바라보는 것은 분명 경멸의 눈초리와 부러움의 눈초리.

로이잔느는 자신이 시기의 대상이 될 수밖에 없다는 사실을 잘 알고 있었다. 중성의 실험관 인간이 22세에 대령이라는 사실. 바로 자신의 문제였기에 로이잔느는 그 눈빛들을 느낄 수밖에 없었다.

"그럼…… 새로운 전함의 함장이 되는 것입니까?"

"자네 이외에는 적임자가 없네, 로이잔느 대령. 이미 자네는 지난 3년 간 해적 퇴치와 최근 들어 급증하고 있는 사우르스 퇴치에 큰 공훈을 세우지 않았나? 최신함이 건조되면 당연히 대령이 지휘를 해야지."

"감사합니다. 하지만…… 전 아직 함장 경험이 없습니다. 그런데 최신함을……."

"그래서 싫다는 건가?"

환갑도 훨씬 더 넘어 보이는 반백의 사내. 계급장에 달린 4개의 별이 무거워 보이는 인자한 사내가 로이잔느를 친근한 눈으로 바라보고 있었다. 사내의 눈빛은 옛날부터 로이잔느를 잘 알고 있는 듯했다.

로이잔느. 22살에 대령 진급. 지난 3년간 혁혁한 전과로 인해 소위에서 대령으로 특진만을 거듭해 왔다. 그러나 오늘 이렇게 최고 장성들이 모인 자리에서 특수 임무를 맡은 최신함의 함장이 될 줄은 꿈에도 생각하지 못했다.

"아닙니다. 싫다는 것은 아닙니다만…… 특혜, 아니, 오해의 소지는 반갑지 않습니다."

"오해라고? 하긴 자네는 아직 중성인 채로 남아 있지? 아마 중성인 채로 대령에 오른 것은 자네가 첫 케이스지? 하하, 하지만 우리는 능력있는 지휘관을 원한다. 나이와 성별, 그리고 출신은 다

쓸데없는 것이야."

"알겠습니다. 하지만……."

"하지만 뭔가, 대령?"

"아닙니다."

로이잔느는 더 이상 대꾸하지 않았다. 1명의 대장과 24명의 중장, 그리고 49명의 소장들 앞에서 계속 떠벌인다면 오히려 나쁜 인상만 남길 뿐이라는 것을 잘 알고 있는 로이잔느였다.

"그런데 말이야. 자네 배에 장성이 한 명 탈 걸세……. 물론 함장은 자네지만."

"네?"

로이잔느는 뜻밖이라는 듯 눈을 크게 떴다. 매우 특별한 작전이 진행되고 있음이 분명했다. 그러나 지금까지도 그래왔듯이 로이잔느는 내색하지 않았다. 내색한다고 자신에게 작전의 진의를 말해 줄 리 만무했기 때문이었다.

"로이펠 중장, 설명해 주겠습니까?"

"예, 총장님."

자리에서 일어난 로이펠 중장이 손을 들어올리자 탁자 중앙에 홀로그램이 나타났다. 복잡한 웜 홀과 12개의 태양계가 표시된 홀로그램, 그 중심부에서 다소 떨어진 위치에 표시된 13번째 태양계의 모습이 뚜렷이 대별되고 있었다.

"잘 알고 계시다시피, 최근 마치 쥬라기 시대를 연상시키는 괴생명체 사우르스들이 출현하고 있습니다. 또한 그 출신지를 정확히 알 수 없는 에스퍼들의 출현도 증가하고 있습니다."

우주 제국의 중심 행성인 베레시아를 담당하고 있는 제2함대 사령관 로이펠 중장은 총장의 오른팔이라고 불리는 사람으로서 군인 중에서는 꽤 호감이 가는 인물이었다. 비록 키는 작았지만 환갑을 넘은 나이답게 인상이 푸근했으며, 입가엔 인상에 어울리지 않는 미소가 늘 감도는 인물이었다.

"완전히 멸망한 줄 알았던 지구가 아직 살아 있다는 정보국의 보고에 따라 수차례에 걸쳐 탐사선을 보낸 우리는 중요한 정보를 입수했습니다."

로이잔느의 얼굴은 예기치 못한 흥분으로 달아오르기 시작했다. 사우르스들의 출현이나 에스퍼들의 갑작스러운 증가는 익히 경험과 보고를 통해 알고 있는 바였지만, 역사 책 속의 지구가 살아 있다는 사실은 매우 흥미로운 것이기 때문이었다.

어느새 홀로그램은 모든 것을 제거하고 오로지 지구의 모습만을 비추고 있었다. 그리고 잠시 후 파란 지구의 모습이 확대되는가 싶더니, 이내 지구의 문명으로 보이는 화면들이 비춰지기 시작했다. 익히 몇 명은 이미 본 듯한 표정들을 짓고 있었지만, 그 모습들을 처음 보는 사람들은 하나같이 놀라고 있었다.

"무인 탐사선이 보내온 자료를 분석한 결과 지구에는 아직 사람들이 살고 있다는 결론을 얻었습니다. 비록 문명의 후퇴로 인해 고도의 문명은 아니지만, 그럭저럭 문명인으로서의 생활을 하고 있음이 분명합니다."

"지구가 정말로 사우르스들과 에스퍼들의 출현과 확실한 상호 관련이 있습니까?"

"물론입니다, 사라이돈 소장."

계급이 소장인 관계로 어제 회의에 참석하지 못한 수도 방위 사령관 사라이돈 소장이 다소 의아하다는 목소리로 묻자 로이펠 중장은 확신에 찬 표정을 지으며 단정 지었다.

"후후, 그냥 깔아뭉개는 것이 제일 **빠**를 텐데……."

"힌스데나 중장!"

비꼬는 듯한 거만한 목소리. 총장의 꾸지람을 들은 목소리의 주
인공 힌스데나 중장은 로이잔느의 부관인 세이나 중위가 태어난
윙거르트 행성을 담당하고 있는 제4함대 사령관으로 악명이 높은
사람이었다. 사사건건 물고늘어지는 말솜씨와 높은 콧대, 오뚝이
처럼 툭 튀어나온 배, 오만한 금발이 섞인 흰머리, 그야말로 중년
의 보기 싫음을 그려놓은 듯한 모습을 지닌 사내였지만, 평의회
의장 가스터멜의 처남이라는 사실이 그를 제국의 2인자라 부르는
이유였다.

"뭐, 곧 내 의견이 옳았다는 것을 알 수 있을 겁니다. 안 그렇습
니까, 다들?"

"어제 회의에서 이미 결론이 난 이야기입니다, 힌스데나 중장!"

갑자기 벌어진 논쟁을 가만히 듣고 있던 로이잔느는 살며시 고
개를 끄덕였다. 최근 들어 빈번하게 발생되고 있는 사우르스 출몰
과 에스퍼들의 출현은 지구와 관련있다는 로이펠 중장의 설명에
동감하기 시작한 것이다.

다소 인상을 찌푸린 로이펠 중장은 더 이상 논쟁하기 싫다는
듯 고개를 돌린 후 계속해서 작전을 설명해 나가기 시작했다. 그
러나 힌스데나 중장은 여전히 삐딱한 자세를 바꾸지 않고 있었다.

"따라서 우리는 좀더 확실한 정보 수집을 위해 최고의 팀으로
구성된 유인 탐사선을 보내고자 합니다. 이상입니다."

"오늘 처음 들으신 분들은 의아하기도 하시겠고, 또 따라서 찬
반이 있겠지만, 어제 수뇌부 회의에서 이미 결정된 일이니 더 이
상 재론하지 맙시다. 특히 힌스데나 중장."

"아, 그러지요, 뭐."

로이잔느가 소속된 제1함대 사령관이자 저민트계를 담당하고 있는 함대 사령관 중에서 가장 젊은—로이펠 중장과 함께 총장파로 알려진—크나르페 중장이 힌스데나에게 한마디했지만, 힌스데나 중장의 대답은 비웃음을 가득 담은 것이었다. 우주 제국 최고 통치자인 평의회 의장 가스터멜의 처남답게 아주 자신만만한 태도였다. 당연히 그런 그를 진심으로 좋아하는 사람은 드물었다. 그러나 늘 그런 자의 주변에는 아부자들이 들끓기 마련이다.

"하지만 이번 작전은 아무래도……."

"이미 결정된 상황이라고 하지 않았소! 자스메디 중장!"

"네……."

이미 결정된 상황에 대해서 계속 토를 달자 총장은 결국 다소 큰 목소리로 소리를 질렀다. 깜짝 놀라며 다소 겸연쩍은 듯 말을 멈춘—힌스데나 중장만큼 보기 싫은 모습은 아니었지만, 고집으로 똘똘 뭉쳐져 있는 백발을 가진—자스메디 중장은 제8함대 사령관이자, 카이나그계를 관할하고 있는 총독이었다. 또한 카이나그 계의 수도 행성인 페레로트 사관 학교를 졸업한 로이잔느에게는 잊을 수 없는 사람이기도 했다.

로이잔느가 4학년 때, 자스메디는 소장으로 페네로페 사관 학교 교장이었다. 그는 로이잔느가 수석으로 졸업이 예정되자, 그는 이를 어떻게든 막아보려 노력했었다. 이유는 간단했다. 유달리 실험관 인간이 많은 페네로트였지만, 그는 유별나게 실험관 인간을 싫어했다. 그러나 결국 로이잔느는 수석으로 졸업했다. 차석과의 성적 차가 워낙 컸기에 자스메디로서도 어쩔 방법이 없었던 것이다. 그러나 그 뒤로도 자스메디는 로이잔느의 출세를 별로 달가워하지 않고 있었다.

"부함장으로는 누가 좋겠나, 로이잔느 대령?"

"누구든 좋습니다."

"그래? 하하, 그럴 줄 알고 내가 정해놓았지……. 하하하…… 우리는 계속 회의가 있으니 그만 나가보게. 그 정도면 대강 알 것은 다 알았으니까. '사랑의 이름 호'가 자네를 기다리고 있을 걸세. 이제 건조된 지 일주일밖에 안 된 전함이니, 조심해서 다루도록. 그리고 내 부관에게 잠시 들르게나…… 설명 좀 해줄 걸세."

"네, 알겠습니다, 총장님."

로이잔느는 언제나 자신을 아껴주는 에네세르 대장이 너무나도 고마웠다. 만약 에네세르 대장이 아니었다면 지금쯤 대령은 고사하고 소령도 되지 못했을 것이다. 청렴하고 공정하기로 소문난 에네세르 대장은 모태에서 태어난 인간과 실험관 인간의 차별에 적극 반대하는 인물이었고, 그것을 입증하기라도 하려는 듯 공훈이 있을 때마다 로이잔느를 네 번이나 특진시켰었다. 물론 처음 세 번의 특진은 규정에 따라 크나르페 중장이 결제한 특진이었지만, 아마도 에네세르 대장이 총장이 아니었다면 재가가 떨어지지 않을 수도 있었을 것이다.

경례를 하고 뒷걸음질을 쳐 회의장을 빠져 나온 로이잔느는 기분이 조금 허탈했다. 겨우 30분도 안 되는 회의에 참석하기 위해 진급 휴가도 다 마치지 못한 채 허겁지겁 달려온 자신이 불쌍해 보이기도 했다. 그러나 중요한 임무를 맡았다고 생각하니 기분이 금세 반전되고 있었다. 이제 한번만 더 진급하면 장성이 되고, 우주 평의회의 의원이 된다. 그리고 원한다면 남자도 된다.

"로이잔느 대령님, 축하드립니다, 함장 취임."

"아…… 네, 고맙습니다."

회의실을 빠져 나오자 로이잔느를 기다리고 있었던 총장의 부관 메이플 소령이 새로운 전함에 대해 설명해 주기 시작했다. 무척 착하고 단정한 인상인 그녀의 손에는 로이잔느에게 전해질 많은 서류 뭉치와 홀로그램 자료가 들려 있었다.

"보안을 위해 직접 드립니다. 대령님의 지문과 홍채 인식이 동시에 이루어져야 자물쇠가 열립니다. 아, 그리고 전함에 대해서 설명 드리자면 지금까지 대령님께서 타고 다녔던 전함들과 크게 다를 바 없지만, 장갑이 훨씬 강화되어 있다고 합니다. 특히 개선된 최신 실드가 탑재되어 있습니다. 참, 그리고 작전에 대한 간단한 명령서도 포함되어 있습니다. 자세한 내용은 추후 명령이 있을 겁니다. 그리고 이미 함장님과 제독님을 제외하고 나머지 인원들은 정보국에서 최우수 인재로 다 선발해 놓았습니다."

'그게 무슨 소리?'

보통 배의 이름은 초대 함장이 짓는다. 그리고 승무원 인선도 함장의 결재를 맡아서 한다. 그런데 이건 거꾸로였다. 정보국이라니…… 역시 모종의 상당히 중요한 비밀 작전이 수행되고 있는 것임이 분명했다. 그러나 로이잔느는 크게 내색하지 않았다. 내색해서 득이 될 것이 전혀 없었다.

"그래요? 반가운 소리군요. 그런데 '사랑의 이름'이라뇨? 보통 초대 함장이 이름을 짓게 되어 있는 것 아닌가요?"

"호호, 그건 그 배에 탑승하실 제독님이 총장님과 함께 정하신 겁니다."

"그래요? 어쨌든 고맙습니다."

"별말씀을."

그렇게 잠시 메이플 소령과 담소를 나누던 로이잔느는 메이플 소령이 건네준 가방을 들고 총장실을 빠져 나와 자신의 비행정을 향해 걷기 시작했다.

'이제 한 번! 과연 내가 장성이 될 수 있을까?'

그렇게 이런저런 생각을 하며 발걸음을 옮기던 로이잔느의 두 눈에 경비병들에 의해 끌려오고 있는 축 늘어진 사내가 목격됐다. 뒤로 묶인 두 손, 허름한 옷, 마른 체격, 입에 물린 재갈. 순간 로이잔느는 그가 에스퍼라는 직감이 들었다. 궁금증에 로이잔느는 다가오는 무리를 정지시켰다.

"잠깐, 누구지?"

"네, 충성! 탈주한 포로입니다, 대령님."

"에스퍼인가?"

"네, 그렇습니다."

로이잔느는 사내를 노려보았다. 그러나 사내는 이미 그런 눈을 수차례 보았다는 듯 로이잔느의 눈빛을 무시하고 있었다. 오히려 더욱 매서운 눈으로 로이잔느의 눈을 쌔려보기 시작하고 있었다.

"재갈을 잠시 벗겨라."

"안 됩니다, 대령님."

"잠시면 된다."

경비병들은 다소 당황하는 눈치였지만 이미 두 손이 묶여 있었기에 큰 사고가 없으리라 생각했는지, 천천히 사내의 입에 묶인 재갈을 풀었다. 그러나 로이잔느를 힐끔 쳐다본 사내는 전혀 고마워하는 기색이 없었다.

"흥! 계집이 대령이군."

"홋, 그래? 넌 뭐지? 어디서 왔지?"

"후후, 알 것 없다, 계집……."

"사우르스 출몰과 무슨 관계가 있나?"

로이잔느가 계속 질문을 퍼부었지만 사내는 능글맞은 표정만 지을 뿐 제대로 된 대답을 할 뜻이 전혀 없어 보였다. 오히려 로이잔느를 데리고 놀려는 듯한 표정을 짓고 있었다.

"계집 주제에 나한테 질문인가? 후후."

퍽!

"윽!"

"대령님!"

'계집?'

순간 화가 났는지 로이잔느는 오른 주먹으로 포로의 배를 가격했고, 포로는 외마디 비명을 지르며 허리를 굽힌 채 고통스러운 표정을 지었다. 경비병들이 다소 당황한 표정을 지었지만 로이잔느는 태연했다.

"가보게."

"네."

경비병들은 재빨리 사내에게 다시 재갈을 물린 후 사라졌다.

비행정을 향해 다시 발걸음을 옮긴 로이잔느의 머리 속이 점점 더 복잡해져 오기 시작했다. 분명 사우르스의 출몰과 에스퍼들의 출몰, 그리고 살아 있는 지구는 상호 관련이 있을 것 같았지만 감 이상의 논리적 접근이 잘 이루어지지 않고 있었다.

프라네트. 인구 20만의 인공 위성이자, 우주 제국의 함대 사령부 다운 위용이 사라지지 않는 곳. 그곳을 걸으며 로이잔느는 계속 깊은 생각에 잠겨 있었다.

한 달 반 전, 자신이 모시던 함장의 휴가 기간 중 발생했던 사우르스들과의 전투에서 부함장으로서 대신 전함을 지휘하여 혁혁한 공훈을 세운 로이잔느는 소령에서 대령으로 2계급을 특진을 했다. 함대 분산을 통해 사우르스 수색을 하던 중 만났었던 30마리의 사우르스들을 아무런 지원 없이 혼자서 물리친 것이다. 어떻게 보면 목에 힘이라도 줄 만한 일이었지만, 대령 계급장은 솔직히 아직 생소했다.

잠시 생각에 잠겼었던 로이잔느는 비행정으로 돌아가기 전에 친하게 지냈던 동기들이라도 만나보고 싶은 생각에 발걸음을 돌렸다. 그러나 아직도 대부분 중위나 대위에 머물고 있는 동기들에게 대령인 자신은 분명 부러운 존재인 동시에 부담스러운 존재였기에 다시 발걸음을 돌리고 말았다.

쿠쿠쿵!

애앵―!

"뭐, 뭐야. 으으윽……."

중력 장치에 이상이 생겼는지 갑자기 기지가 크게 흔들리자 로이잔느는 휘청거리는 자신의 몸을 주체하기 위해 애를 써야만 했다. 곧바로 요란한 경고음이 울리면서 황급히 경비병들이 뛰기 시작했다. 순간 로이잔느는 단순한 사건이 아님을 알아차렸다.

[전원 전투 태세. 전원 전투 태세. 크리시스 1호 발령입니다.]

크리시스 1호라니!

그것은 적과의 교전이 있을 때만 발령되는 것이었다. 그러나 분명 안내 방송은 크리시스 1호의 발령을 알리고 있었다. 로이잔느는 창가로 달려갔다. 창 밖을 통해 무슨 일이 벌어지고 있나 확인하려 했지만, 이미 창가의 보호막들이 내려지고 있었다.

"젠장……."

삐리리리!

"무슨 일이지, 세이나?"

개인 단말기로 세이나의 얼굴이 비춰졌다. 무척 심각한 얼굴로 봐서 좋지 않은 명령이라도 받은 모양이었다.

'무슨 일일까? 크리시스 1호라······. 그렇다면 훈련 상황은 아닌데······ 설마, 사우르스들이 여기까지 쳐들어왔다는 말인가?'

로이잔느는 이상한 생각이 들었다. 그렇게 우주 제국의 방어막이 엉성하지는 않았다. 심각한 로이잔느의 얼굴을 단말기 속의 세이나가 멀뚱멀뚱 쳐다보고 있었다. 로이잔느는 세이나에게 연락이 왔다는 사실을 잊고 잠시 생각에 잠겨 있었던 것이다.

"대령님?"

"아······ 무슨 일이지? 지금 가고 있어."

"전투가 가능한 모든 전함과 비행정을 출동하라고 합니다."

"뭐? 우리 비행정은 달랑 맥스웰 포 하나만이 달려 있는데?"

"예, 그래도 출동 명령 들어왔는데요."

로이잔느는 기분이 이상했다. 상황이 얼마나 심각하기에 공격무기라고는 소형 광포인 맥스웰 포 하나 달랑 달려 있는 소형 비행정들까지 출동시키는지 이해가 되지 않았다.

"도대체 뭐지?"

급히 비행정으로 향하면서 로이잔느는 머리 속을 정리하기 시작했다. 아무리 생각해 봐도 이곳 소속도 아닌 소형 비행정에게까지 출격 명령을 내리는 것은 이상하기 그지없었다.

그런 심정을 아는지 모르는지 로이잔느의 시야에는 어느새 자신의 비행정이 들어오고 있었다. 대령으로 진급하면서 배정받은 자신의 전용기 틸마트 호. 최신 비행정답게 최첨단 기능들을 확보하고 있었지만, 그래도 전투 전용이 아니었기에 대규모 전투는 무리였다.

윙—

"대령님, 여기 명령서……."

"어디 볼까? 이상하군……. 로이펠 중장의 명령이라니…… 그런데 위치 선정조차 없군."

"출동할까요?"

"후…… 그래…… 일단 준비는 해둬."

문이 닫히자 로이잔느는 세이나가 내민 명령서를 읽기 시작했다. 꺼림칙했지만 제2함대 사령관이자, 프라니트 기지 사령관인 로이펠 중장의 명령인만큼 거역할 수도 없었다. 그렇지만 여전히 로이잔느의 마음은 영 달갑지가 않았다.

잠시 고민에 빠진 로이잔느의 얼굴이 점점 더 심각해지자 세이나의 얼굴까지 덩달아 심각해졌다. 이미 주변의 소형 비행정들은 출동하고 없었다. 동기들이라도 중책이 있으면 연락이라도 취해보련만, 로이잔느에게 그런 동기가 있을 리 없었다.

"아니…… 일단 나가자. 실드 50%, 엔진 출력 50%."

"예, 알겠습니다. 실드 50%, 엔진 출력 50%."

[실드 50.00%, 엔진 출력 50.00%로 설정합니다.]

쿵!

"윽……."

소형 비행정 틸마트 호가 미끄러지듯이 격납고를 빠져 나가려는 순간, 기지가 또다시 매우 심하게 흔들렸다. 덕분에 로이잔느와 세이나도 가볍게나마 비명을 질러야 했다.

잠시 후 무사히 공간으로 빠져 나온 틸마트 호의 주 화면에 우주의 심연 속 멀리 세잉트계 6행성 에고호스트가 찬란한 주황의 빛을 자랑하고 있었지만, 아직 그 어디에도 적은 보이지 않았다.

비어 있는 우주의 공간을 가득 채우고 싶다는 듯 각종 전투함들과 소형 비행정들이 서서히 자리를 잡아가고 있었지만, 모두들 위치 선정을 받지 못했는지 엉성한 진을 형성하고 있었다. 수백 척도 넘는 전함과 순양함, 그리고 구축함들. 그리고 거기에 딸린 비행정들과 전투기 및 전투 로봇들이 그야말로 어지럽게 프라네트의 주변을 감싸고 있는 상황이 연출되고 있었다.

"뭐야?! 컴퓨터 반응은?"

"조사 중입니다."

[전방 괴물체 출현. 좌현 15도, 하현 21도.]

"젠장……. 기수 돌려!"

컴퓨터 로디앙의 위치 보고가 끝나자 세이나는 로이잔느의 지시대로 비행정을 선회시켰다. 그곳에는 육안으로도 확인할 수 있을 정도로 엄청나게 많은 사우르스들이 로이잔느와 세이나를 기다리고 있었다.

언제 어떻게 나타난 것이지? 그 모든 방어막이 뚫렸단 말인가? 아님 여기까지 직접 워프해 왔다는 말인가?

아무리 생각해 봐도 도대체 알 수 없는 노릇이었다.

주변의 많은 전함들이 사우르스들을 조준하며 일제히 불을 뿜기 시작했고, 전투기와 전투 로봇들도 속속 출동하고 있었다. 빛의 파동을 압축하여 발사하는 우주 제국 전함들의 주 포들과 보조 광포들이 일제히 불을 뿜자, 그 엄호를 받으며 파일럿들이 조종하는 전투기들이 쏜살같이 사우르스들에게 접근하고 있었다.

"발포할까요?"

"홋, 이상하군. 실드만 90%로 올려."

"네? 네……. 실드 90%."

[실드 90.00%, 출력 10.00%로 설정합니다.]

'어차피 소형 비행정이라서 그런가?'

세이나는 로이잔느의 뜻을 몰랐지만 일단 명령에 따르고 있었다. 굳이 전투에 끼여들려고 하지 않는 것인지, 아니면 다른 생각이 있는 것인지 로이잔느는 다소 엉뚱한 명령을 내린 것이었다.

"사우르스 행동 패턴 분석!"

"예……."

[규칙성 찾을 수 없습니다.]

"다시 찾아봐…… 생물 운동이라고 생각하지 말고."

"네?"

로이잔느의 엉뚱한 명령을 다소 의아해하는 세이나의 표정은 멍하니 화면을 주시하고 있었다. 전투 로봇들과 전투기들이 사우르스들의 무리에게로 다가갔지만, 사우르스들의 행동은 예상밖이었다. 마치 단거리 워프라도 하듯 특별한 공격을 하지 않으면서 그저 도망치기만 할 뿐이었다.

"응?"

세이나의 놀라는 표정과 함께 도망치기만 하던 사우르스들이 일제히 반격하기 시작했다. 사우르스들의 꽁무니를 쫓던 로봇들과 전투기들은 갑작스러운 사우르스들의 태도 변화에 놀랐는지, 가뜩이나 엉성한 진형이 더욱 흐트러지고 있었다. 그러나 그 광경을 보고만 있는 로이잔느는 팔짱을 낀 채 여전히 응전할 생각을 하지 않고 있는 듯했다.

"실드 50%……."

"네? 아…… 예. 실드 50%."

[실드 50.00%, 출력 50.00%로 설정합니다. 무질서 패턴 모델 3,456번과 흡사합니다.]

"후후…… 그렇군."

로디앙의 보고가 끝나자 로이잔느의 입가에 묘한 미소가 떠올려졌다. 그리고 그 무렵 가만히 정지해 있던 틸마트 호에 한 마리 사우르스가 들이닥쳤다. 그러나 로이잔느는 눈 하나 깜짝하지 않고 있었다. 세이나의 등줄기에 땀이 흐르기 시작했다.

20여 미터나 되는 키와 역시 20미터는 될 것 같은 등에 달린 날개, 우주의 까만 심연을 태울 듯한 무시무시한 눈을 가진 짙은 녹색빛 사우르스가 소형 비행정 틸마트 호를 향해 입을 벌리기 시작했다.

"대, 대령님."

크르르르르—

다른 로봇들과 전투기에게도, 그리고 로이잔느의 비행정에게도 거의 동시에 사우르스들의 입에서 강렬한 에네르기가 뿜어졌다. 허둥대는 로봇들과 전투기들, 여전히 주변의 거의 모든 전함들과 순양함들, 그리고 구축함들에게서는 컴퓨터 조준에 의해 광선포가 불을 뿜고 있었다. 그러나 틸마트 호처럼 조용한 함정들도 몇 척 있기는 했다.

"으아아악!"

사우르스의 에네르기가 다가오자 세이나는 눈을 감고 비명을 질렀다. 그러나 로이잔느는 자신만이 알 수 있는 실망이라는 표정을 짓고 있었다.

'왜 제국은 이런 짓을 하는 것일까?'

로이잔느는 이미 사우르스의 실체를 파악하고 있었던 것이다.

"후후…… 모두 바보는 아니군."

"어, 어떻게 된 거지?"

놀란 표정을 유지한 채 눈을 뜬 세이나는 아직 자신이 살아 있음에 놀란 듯 주변을 둘러보았다. 비행정은 멀쩡했고, 마치 전 우주라도 뒤덮을 것 같았던 사우르스들은 한 마리도 보이지 않았다. 다만 허둥대며 머뭇거리고 있는 전투기와 전투 로봇들이 화면을 채우고 있을 뿐이었다.

"홀로그램이야. 상당히 그럴듯하지만……."

"아…… 네……."

'아…… 무섭다. 그래서 내 나이에 대령인가?'

세이나는 냉정한 로이잔느의 표정을 보며 속으로 긴 한숨을 내쉬었다. 로이잔느의 너무나도 무서운 직관력에 놀란 세이나는 잠시 눈을 감았다.

그녀 역시 천재라고 불리며 자라났었다. 현재 힌스데나 중장이 관할하고 있는 자신의 고향 메이슬계 제2행성 윙거르트의 사관학교를 우수한 성적으로 입학하고 졸업한 그녀였지만, 지금 그녀는 도저히 명함도 못 내밀 상관을 모시고 있는 것이었다.

"휴…… 전문이 들어옵니다."

"그래?"

〈훈련 상황 끝. 경비를 맡은 14함대를 제외하고는 모두 원대 복귀할 것〉

"도대체…… 뭘 바라는 거야?"

로이잔느는 다소 화가 났는지 얼굴을 찡그렸다. 아무리 비상 훈련이지만 두 번씩이나 기지를 흔들어 긴장감을 조성시킨 후 홀로그램을 이용하여 사우르스들의 공격을 흉내내다니, 분명 무엇인가

숨기는 것이 있는 것 같은 군 수뇌부에 대한 로이잔느의 작은 반 감이 돋아나고 있었다.

'도대체 뭘까?'

고개를 돌려 창 밖을 바라보고 있는 로이잔느의 긴장된 얼굴은 전혀 누그러들 생각을 하지 않고 있었다. 분명 무엇인가가 있다. 그것이 로이잔느의 생각이었다. 우주 제국의 수뇌부는 그 무엇인 가에 대해 만반의 준비를 하고 있는 것이었다.

"아참…… 아까…… 대령님이 안 계실 때 케이셀 소령이라는 분으로부터 연락이 왔었는데, 자신을 사랑의 이름 호의 부함장이 라고 밝혔습니다. 혹사 그 배의 함장으로 가시는 겁니까?"

"응, 그래."

"축하드립니다, 함장님!"

"축하는 뭘……"

긴장이 다소 가라앉자 아까 수신했던 전문을 기억해 낸 세이나 가 자신의 짐작이 맞자 자기 일처럼 기뻐했다. 비록 로이잔느 본 인은 내색을 하고 있지 않았지만 대령으로 진급하고 한 달 동안 무보직으로 있었던 자신에게 있어서 함장 취임은 무척 기쁜 일이 었다.

"케이셀 소령에게 2번 웜 홀 입구까지 전투기 호위를 나오라고 할까요? 위험한 장소니까 아무래도 호위를 붙이는 것이……"

"아니, 됐어. 우리가 찾아가자."

방긋 웃는 세이나와 여전히 무뚝뚝한 로이잔느. 창 밖으로 제자 리를 찾아가는 전함들과 그 호위함들이 바쁘게 움직이는 가운데 틸마트 호도 서서히 프라네트 기지의 중력권을 벗어나 움직이기 시작하고 있었다.

"그럼 지금 출발할까요?"

"그래, 출발하지."

"네."

틸마트 호가 빠르게 움직이기 시작했다. 목적지는 현재 사랑의 이름 호가 위치한 곳, 저민트계 제7행성 푸레였다.

잠시 후 비행정이 안정된 운행을 시작하자 로이잔느는 자리에서 일어났다.

"실드를 50%로 유지한 채 조종은 자동으로 하고 세이나도 쉬지 그래?"

"네, 감사합니다."

로이잔느는 세이나를 조종실에 남겨두고 자신의 방으로 향했다.

길이 15미터의 작은 비행정에는 조종실과 두 개의 방, 그리고 엔진실이 갖춰져 있었다. 장착 무기는 소형 광포인 맥스웰 포 하나였지만, 방어막의 두께는 꽤 두꺼웠고 속도도 빨랐기에 틸마틸 호는 상당한 속도로 공간을 가르고 있었다.

자신의 작은 방으로 가던 로이잔느는 갑자기 걸음을 멈추고 복도에 난 창을 통해 밖을 바라보았다. 방금 벌어졌던 일을 정리해 보려는지 잠시 묵상에 잠기기 시작한 로이잔느의 모습은 혼자임에도 불구하고 여전히 냉정했다.

'내가 그렇게 오래 서 있었나?'

운행 프로그램을 다 끝냈는지, 생각에 잠겨 있던 로이잔느에게로 세이나가 바싹 다가왔다.

"1함대 담당인 저민트계에 사우르스 출몰이 빈번한 것은 아무래도 지구와 관련이 있는 것 같아."

"네, 그런 것 같습니다."

"세이나 중위도 알아?"

"네, 소문이 쫙 나 있으니까요."

"그래? 그럼 잘 쉬어⋯⋯."

로이잔느는 세이나를 바라보면서 소문에 어두운 자신을 탓했다. 홀로 서기의 외로움. 로이잔느는 가까운 친구가 주변에 없는 것이 몹시 서글퍼지기 시작했는지, 아니면 정말로 피곤했는지 더 이상 아무런 말도 없이 자신의 방으로 들어가 침대에 벌렁 누워버렸다.

얼마나 시간이 흘렀을까?

로이잔느는 일어나 홀로그램과 서류를 뒤적이고 있었다. 최신 기종인 오메가-2형. 다른 전함들과 마찬가지로 대형 광포인 테슬라 포가 주 포로 달려 있었고, 3개의 엔진과 3개의 보조 엔진을 가지고 있었다. 따라서 겉보기에 사랑의 이름 호는 다른 최신 전함이랑 크게 달라 보이지 않았다. 다만 제독만이 발사할 수 있는 무기가 하나 더 달려 있었고, 메이플 소령의 말처럼 장갑이 강화되어 있다는 것 이외에는 특별히 다른 것 같지는 않았다.

명령서와 설명서를 대충 훑은 로이잔느는 자신의 방에 난 조그만 창가로 향했다.

언제 보아도 새까맣기만 한 우주의 심연. 그 심연은 늘 말이 없다. 언제나⋯⋯ 마치 자신의 마음처럼⋯⋯.

계속되는 워프. 프라네트 기지가 있는 세잉트계를 출발한 소형 비행정 틸마트 호는 5, 4, 3의 3개 웜 홀을 차례차례 지나고 있었다. 마지막으로 간디랄계와 저민트계를 잇는 2번 웜 홀을 통과한 소형 비행정 틸마트 호는 미끄러지듯 낯익은, 그러나 여전히 광활한 우주의 한 심연을 가르고 있었다. 멀리 저민트계의 7행성 푸레가 누런 빛을 띠며 침대에 누워 있는 로이잔느의 시선에 들어왔다.

200년 전, 자신의 조상이라고 말할 수도 있는 인간들이 1번 웜 홀로 지칭된 아공간을 빠져 나와 최초로 만난 행성. 비록 민간인들은 거의 살고 있지 않지만 1함대의 군사 기지와 전함 공장이 있기에 지나가는 비행정들은 꽤 많았다. 더욱이 최근에 빈번히 출몰하는 사우르스들 때문에 전략적으로는 그 중요성이 더욱 커져 가고 있는 곳이기도 했다.

지금 사랑의 이름 호가 위치한 곳은 저민트계의 제7행성 푸레의 전투함 건조 기지였다. 푸레가 있는 곳은 두 개의 웜 홀이 있었는데, 하나는 과거 지구라는 행성이 속한 태양계의 5행성 목성과 푸레 사이에 놓여진 1번 웜 홀이었고, 또 하나의 웜 홀은 2번 웜 홀, 즉 푸레와 간디랄계의 3행성 멘스체를 잇는 것이었다.

"일어나셨습니까? 푸레 전투함 건조 기지까지의 예상 시간은 15분 30초입니다."

"알았다, 세이나. 사랑의 이름 호하고는 연락이 되었나?"

"네, 사랑의 이름 호의 현 위치는 푸레 기지의 567번 스롯입니다."

"알았다. 착륙하면 가르쳐 줘."

"네."

책상 위 작은 화면이 반짝임과 동시에 나타난 세이나의 얼굴을 보며 로이쟌느는 벗었던 제복을 다시 입기 시작했다. 아무리 봐도, 또 어떻게 봐도 자신의 모습과는 어울리지 않는 제복, 그리고 더욱더 어울리지 않는 대령 계급장이 로이쟌느의 얼굴을 다소나마 더욱 냉정하게 만들고 있었다.

"에리카에게 연락이라도 해볼까?"

문을 향해 몇 발자국 걷던 로이쟌느는 타키오느(Tachyon : 빛보다 빠른 속도를 갖는 가상적인 소입자이다) 비상 통신 장치 앞에 걸음을 멈춘 다음 자신의 단말기와 비행정의 통신 장치를 연결했다.

에리카, 나의 친구. 같은 실험실에서 동시에 태어난 실험관 인간.

비록 지금은 전혀 다른 길을 걷고 있지만 둘은 떨어지래야 떨어질 수 없는 친구였다. 유전자 조작에 의해 태어난 실험관 인간들은 모두들 비교적 미남미녀이기는 했지만, 특수 목적, 즉 고급형으로 태어난 둘은 상당히 아름다운 용모를 지니게 되었다. 그러나 남자가 되기를 고집했던 로이잔느가 다소 남성스러운 모습으로 변해간 것에 비해 순순히 여자의 길을 선택한 에리카는 점점 더 아름다워져 실험관에서 나올 때 비슷했던 두 사람의 이미지는 지금 상당히 변해 있었다.

반짝 반짝—

"여보세요?"

램프에 불이 들어왔다. 로이잔느는 입가에 미소를 띠며 스위치를 올렸고, 곧 낯익은 에리카의 목소리가 들려왔다. 녀석, 로이잔느는 한번에 연결되었다는 사실이 기쁜지 입가에 미소를 떠올렸다.

"에리카."

"아…… 로이잔느? 어디야? 타키오느 송신 쓰는 거야?"

타키오느 송신은 대령 이상의 사령관 급만이 쓸 수 있는 초광속 통신 장치였다. 따라서 민간인들과의 통화는 금지되어 있었다. 그러나 늘 변방에 떨어져 있는 로이잔느가 에리카에게 연락할 수 있는 방법으로써는 유일한 것이었기에 대령 임관 후 로이잔느는 가끔 이 방법을 이용하곤 했다.

"그래, 길게는 이야기 못 해."

"알아. 몸은 어때?"

"응. 그렇지 뭐. 넌 별 이상 없어? 사관 학교에서 물리학이라 니…… 강의는 재미있니?"

"아, 헤헤…… 그게…… 음, 생도들이 강의는 듣지 않고 너무 내 얼굴만 쳐다보는 것 같아서…… 정말 창피해."

"푸, 후후."

에리카의 말에 로이잔느는 웃음을 참지 못했다. 생도 시절 자신과 같은 중성에게도 침을 흘리며 접근하는 남자들이 많았었다. 하물며 에리카 같은 절세 미인을 강사로 맞이한 생도들의 반응은 당연한 것이었다. 생각이 여기에 미치자 로이잔느는 다소 엉뚱한 생각을 하며 웃기 시작한 것이었다.

'에리카, 보고 싶다.'

그러나 성격상 로이잔느의 입에서 그 이야기는 떨어지지 않고 있었다. 어쩌면 남자가 꼭 되어야 하겠다는 결심이 확고 부동해진 것의 이면에는 에리카라는 존재가 있었는지도 몰랐다.

"잘해봐. 멋진 남자가 있으면."

"뭐야, 로이잔느! 기껏 연락해 놓고. 그렇지 않아도 졸업 예정인 생도 중 한 명과 미팅을 하기로 했어. 조금 쑥스럽지만 법 때문에…… 어떻게 하지?"

"후후, 그래? 어떤 놈인지 운도 좋지…… 물론 널 보자마자 푹 빠져 버리겠지?"

"아냐…… 내가 퇴짜 맞을 수도 있어."

"퇴짜? 하하하."

에리카의 다소 어린아이 같은 말에 로이잔느는 하염없이 웃기 시작했다. 이렇게 웃어보기도 실로 오래간만이었다. 실험관에서 나오자마자 그저 공부 이외에는 관심이 없었던 에리카. 덕분에 22살의 나이에 물리학 박사를 비롯해 세 개의 학위를 취득했지만, 생각하는 것은 여전히 어린애였다. 20살에 소위로 임관하여 2년 만에 중위, 대위, 소령, 다시 대령으로의 특진. 그러한 경력이 말해 주듯 산전수전을 다 겪은 자신에 비해 에리카는 마치 온실 속의 화초와도 같았다.

"알았다. 에리카, 그럼 미팅 잘하고, 또 연락할게."

"어…… 벌써 끊는 거야? 겨우 목소리만 듣는 통신인데……."

"미안. 알잖아, 길게 하면 들킨다는 것. 또 연락할게. 잘 있어."

"잉…… 그래. 잘 있어."

로이잔느는 자신의 단말기와 비행정 통신기 사이를 연결해 준 플러그를 뽑고 나서 제거했던 암호 장치를 다시 걸었다.

잠시 멍하니 창 밖을 바라보던 로이잔느는 모자를 챙겨 들고 밖으로 나갔다. 창 밖에는 저민트계의 제7행성 푸레가 그 모습을 드러내고 있었다.

푸레에 도착한 틸마트 호는 곧바로 사랑의 이름 호가 대기하고 있는 곳으로 날아갔다. 이미 조치가 다 취해져 있었던 관계로 틸마트 호는 간단한 통신상의 접속 절차만으로 특수 목적의 전함들을 건조하는 푸레의 특별 제조창으로 들어갈 수 있었다.

잠시 후, 창 밖으로 거대한 사랑의 이름 호의 위용이 서서히 다가오자 로이잔느의 입가에 서서히 미소가 떠오르고 있었다.

'나의 배, '사랑의 이름 호'.'

비록 자신이 지은 이름은 아니지만 마음에 드는 이름이었다.

'은백색? 후후, 은백색이라? 그것도 그 제독이 원한 것인가?'

보통 전함의 색깔은 짙은 회색이었다. 그러나 사랑의 이름 호는 은백색이어서 다소 재밌다는 표정을 지으며 로이잔느는 유심히 전함을 관찰하기 시작했다. 장갑이 강화되었다고 하더니 확실히 튼튼해 보였다. 우주 제국 전함들의 주 포인 테슬라 포가 여전히 그 위용을 뽐내고 있었지만, 다른 전함과는 달리 선수 밑에 큰 구멍이 있었다.

저곳에 제독만이 쏠 수 있다는 무기가 장착되는 것인가?

그러나 아직 제독만이 사용할 수 있다는 무기는 장착되지 않은 것 같았다.

'도대체 무슨 작전일까?'

로이잔느는 잠시 고개를 갸웃거렸다. 명령서에 적힌 바에 의하면 사랑의 이름 호는 단독 작전을 수행하기 위해 건조된 것이었다. 통상 호위함 없이 전함이 혼자 돌아다닌다는 것은 아주 특별한 작전을 제외하고는 잘 행해지지 않는 형식이다.

잠시 후, 전함과의 연락을 끝낸 소형 비행정 틸마트 호는 전함의 유도를 따라 전함의 도킹 입구에 착륙하기 시작했다. 마지막 조정을 컴퓨터에게 맡긴 로이잔느와 세이나는 함께 문 앞으로 걸어갔다. 완전히 착륙한 비행정은 곧바로 어딘가로 이동되고 있었다. 푸레는 공기가 없었다. 돔 안에 인공 도시가 있었고, 이런 건조창은 보통 진공에 노출되어 있었다. 때문에 지금 틸마트 호는 공기가 없는 도킹 입구에서 공기가 있는 곳으로 이동 중이었다. 잠시 후 이동이 멈췄다. 수많은 비행정들이 도열해 있는 곳. 격납고였다.

위잉—

비행정의 문이 열리자 새로운 함장을 맞이하러 도열한 장교들과 병사들—물론 병사들은 전부 인간이 아닌 안드로이드들이었다. 고급형은 무척 비쌌지만 단순한 저급형은 무척 값이 쌌기 때문에 정부는 대부분의 사병을 안드로이드들로 대체하고 있었다—이 두 사람의 눈에 들어왔다. 명령서에 설명된 대로 이미 총장 직속 정보국에서 사람들을 모두 뽑아놓은 것이었다.

"부, 부함장 케이셀 소령입니다."

"반갑습니다, 부함장."

"네, 네⋯⋯."

모두들 황당한 표정이었다. 특히 금발의 잘생긴 케이셀 소령은 떨리는 목소리를 주체하지 못한 채 노기 어린 얼굴로 변해가고 있었다.

'전혀 정보를 안 주더니 이런 어린애가 함장으로 올 줄이야.'

케이셀은 지금 너무나도 흥분된 상태로 변해가고 있었다. 그러나 어쩔 수 없는 노릇이었다. 로이잔느의 어깨에는 분명 대령 계급장이 달려 있었다.

침묵. 나이 어린 함장을 모시고 브릿지로 향하는 케이셀 소령의 마음을 대변이라도 하려는 듯 창 밖을 통해 펼쳐진 새까만 우주가 더욱 까맣게 빛나고 있었다. 이곳저곳 지나는 곳을 태연한 척 설명하고 있었지만, 케이셀 소령의 마음은 계속 궁시렁거리고 있었고, 따라 걷고 있는 몇몇 장교들 역시 비슷한 표정을 짓고 있었다.

윙—

"충성! 주 오퍼레이터 가이나그 대위입니다."

"충성! 부 오페레이터 멜스텐 중위입니다."

"충성! 부 오페레이터 에어리얼 소위입니다."

"반갑습니다. 여기가 브릿지군. 멋있네. 역시 최신함인가?"

역시 모두들 놀라는 표정, 그러나 로이잔느는 태연한 얼굴로 브릿지를 한 바퀴 둘러보면서 브릿지 장교들의 경례를 받았다. 주화면에 바짝 붙은 조정사 세 명, 그 양 옆으로 안드로이드 보조 오페레이터 두 명, 그 뒤로 다소 높은 턱 위로 부 함장석과 함장석, 그리고 부관석이 있었고, 그 뒤 더 높은 턱 위로 제독과 그 부관을 위한 자리가 있었다. 모두 열 명이 탑승할 수 있는 아담한 사이즈의 브릿지. 실제로 인간이 하는 것은 명령을 내리는 것뿐이었기에 그다지 큰 공간을 필요로 하진 않았다. 그저 컴퓨터가 모든 것을 행할 뿐이었다.

"모두들 잘 부탁합니다. 난 잠시 내 방을 정리하고 오겠습니다."

[승무원들의 보고가 끝났으므로 인사를 드립니다. 주 컴퓨터 트헤로베입니다.]

"그래, 만나서 반갑다, 트헤로베."

[만나서 반갑습니다, 함장님]

'똘똘한 컴퓨터로군.'

먼저 인사를 거는 주 컴퓨터 트헤로베는 인공지능의 컴퓨터였다. 최신함답게 컴퓨터도 최신형이 탑재되어 있었다. 로이잔느는 기분이 좋아졌다. 모든 것이 최첨단을 달리고 있었다.

"에어리얼 소위, 함장님을 안내해 드려."

"네."

부함장 케이셀의 명령에 따라 에어리얼 소위가 앞으로 나서자 로이잔느는 웃으며 특이한 파란색이 섞인 녹색 머리를 한, 그러나 짧은데도 불구하고 제대로 빗지도 않아 헝크러져 있는 에어리얼 소위를 따라 나섰다. 물론 세이나 중위도 같이 따라 나섰다.

자신의 방으로 가는 길, 복도의 장치 또한 하나하나 최첨단을 달리고 있었다. 그야말로 모든 것이 최신함다웠기에 로이잔느는 만족의 미소를 계속 유지하고 있었다. 군데군데 나 있는 창 밖으로 여전히 삭막한 푸레의 벌판이 펼쳐지고 있었다. 공기가 없는 이곳 푸레의 하늘은 곧 우주였다. 고개를 들어 우주를 바라본 로이잔느는 잠시 발걸음을 멈췄다.

우주. 아무리 보아도 언제나 우주의 심연은 깊다. 별과 별 사이로 이어진 희미한 빛의 잔상들. 다만 가끔씩 지나가는 유성들이 보여주는 현란한 우주의 변화를 제외한다면 우주는 침묵으로 일관한 거대한 함정이기도 하다.

'이제 나는 최신함 사랑의 이름 호의 함장. 나는 내가 원하는 것을 반드시 성취하고야 말 것이다.'

로이잔느는 다시 걷기 시작했다. 자동으로 움직이는 복도였지만 급한 로이잔느의 성격을 잘 대변하고 있었다.

"여깁니다, 함장님."

잠시 후 로이잔느는 자신의 방에 도착했다. 로이잔느의 방은 함장실답게 무척 컸고, 집무실과 숙소가 붙어 있었다. 부관인 세이나의 방은 함장실 왼쪽이었는데, 좀 작았다. 특이한 것은 입구가 두 개라는 사실이었다. 본 입구와 함장실과 연결된 입구였다.

"그럼."

"그래, 수고했네, 에어리엘 소위."

"네."

"이상한 친구로군."

무표정한 얼굴의 에어리얼 소위가 돌아가고 안드로이드 사병들이 짐을 가져오자 로이잔느는 짐을 풀기 시작했다. 세이나도 자신의 방으로 가 짐을 풀기 시작했다. 짐을 풀면서 에어리얼 소위의 무표정한 얼굴, 그리고 특이한 파란 머리가 계속 떠오르는지 로이잔느는 계속 고개를 젓고 있었다. 직관력이 발달한 로이잔느에게 다가온 다소 미묘하고도 이상한 느낌. 그러나 특별히 뒷조사를 할 정도의 느낌은 아니었다.

"함장님, 명령서 도착했습니다."

"후…… 알았다."

책상 위 단말기의 화면이 켜지면서 짐을 대충 풀고 있던 로이잔느의 귓가에 부함장 케이셀 소령의 목소리가 흘러나왔다. 로이잔느의 도착을 본부에 알리자마자 명령서가 날아온 것이었다.

할 수 없이 짐을 풀다 말고 로이잔느는 브릿지로 향했다. 복도를 지나는 동안 행해지는 무수한 경례들. 하지만 모두들 수군거리고 있었다. 짧고 검은 머리, 보통의 키, 하얀 제복만 아니었더라면 도저히 군인으로 보이지 않는 예쁘장한 모습의 로이잔느는 다소 상기된 얼굴로 브릿지 문 앞에 섰다.

윙—

"함장님 브릿지."

"여기 있습니다. 무슨 명령이?"

"후후, 어디 볼까? 음…… 푸레를 떠나 1번 웜 홀 입구에서 대기하라는 명령이군. 좋아! 출발한다. 엔진 출력 50%, 실드 50%."

"출력 50%, 실드 50%."

[엔진 출력 50.00%, 실드 50.00%로 설정합니다.]

로이잔느의 명령과 함께 거대하고도 육중한 몸이 떠오르는가 싶더니, 잠시 후 새로운 신형 전함은 목표 지점에 도착해 있었다.

로이잔느는 전함의 속도에 만족한 듯 케이셀에게 브릿지를 넘기고 다시 자신의 방으로 향했다. 미처 정리하지 못한 짐을 풀기 위해서였다.

그러나 자신의 방에 도착한 지 채 5분이 지났을까? 다시 케이셀의 다급한 목소리가 들려왔다.

"함장님, 긴급 상황입니다!"

"뭐지?"

"사우르스인 것 같습니다."

"알았다."

이제 막 사랑의 이름 호의 함장이 된 로이잔느에겐 여유있게 짐을 푸는 것조차 허락되지 않고 있었다. 로이잔느는 세이나와 함께 다시 한 번 재빨리 브릿지로 향하기 시작했다. 그렇게 막 로이잔느가 브릿지에 도착했을 때, 이미 상황은 심각해지고 있었다.

윙—

"함장님 브릿지."

"생체 에네르기 반응이 무척 강합니다."

"실드 50%, 출력 30%, 테슬라 포 20%!"

"실드 50%, 출력 30%, 테슬라 포 20%!"

[실드 50.00%, 엔진 출력 30.00%, 테슬라 포 20.00%로 설정합니다.]

"나타났습니다!"

멜스텐 중위의 찢어질 듯한 목소리와 함께 그리 크지는 않지만 무서운 기세의 사우르스 한 마리가 전함 사랑의 이름 호를 덮칠 듯 달려오고 있었다. 비록 전함보다 그 크기가 훨씬 작았지만, 그 몸에서 뿜어져 나오는 기운은 가히 전함에 탑승한 승무원들의 간담을 서늘하게 만들기 충분했다.

홀로그램이 아니다. 로이잔느는 오래간만에 맞닥뜨리는 실전에 다소 흥분한 듯했다.

[경고합니다. 후방에 괴물체 출현.]

"뭐?"

쿠궁! 쿵!

"으으윽!"

순간 사랑의 이름 호는 크게 흔들리고 말았다. 무엇인가가 뒤에서 사랑의 이름 호를 덮친 것이다. 그러나 길이 302미터 폭 99미터 높이 78미터의 대형 최신함은 강한 실드가 형성되어 있던 탓에 곧 안정을 회복했고, 승무원들은 놀란 표정을 짓고 있었지만 함장의 명령을 기다리며 화면을 예의 주시하고 있었다.

"뭐야?"

"사우르스들이……."

"뭐?"

"후방으로 사우르스들이 떼거지로 워프해 왔습니다!"

멜스텐 중위의 보고와 함께 로이잔느의 등으로 식은땀이 흘러내렸다. 아무리 최신함이라고는 하지만 제대로 전함에 대해서 파악하지도 못한 상태에서 사우르스 여러 마리를 동시에 상대하는 것은 그리 만만한 일이 아니라는 사실을 로이잔느는 잘 알고 있었다.

'후후, 햇병아리.'

다소 긴장하기 시작한 로이잔느를 인식했는지 케이셀 소령은 묘한 웃음을 띠우기 시작했다.

'한번 당해봐라, 애송이.'

그의 입가는 그 표정을 대변하고 있었다. 그러나 이미 로이잔느는 잠시나마 당황했었던 표정을 지워버리고 있었다. 오히려 매우 잘되었다는 표정을 짓기 시작했다.

"전투기 출격할까요? 아님 컴퓨터 자동 전투 모드로 전환할까요?"

"필요없다. 실드 50% 유지한 채 상향으로 전속 상승!"

"전속 상승."

부함장의 간언을 무시한 날카로운 로이잔느의 목소리에 따라 사랑의 이름 호는 급격히 상승하기 시작했다. 앞뒤로 전함을 둘러쌌던 사우르스들도 놓칠세라 일제히 따라오기 시작했다.

"현재 속력은?"

[현재 속력 100.23스페어입니다.]

전진하는 것이 아닌 상승하는 것임에도 불구하고 사랑의 이름 호는 100스페어의 속력을 내고 있었다. 일반적인 전함의 최대 상승 속도가 50스페어 근처인 것에 비교한다면 대단한 속도였다.

"전속 하강."

"전속 하강!"

"속도는?"

[100.34스페어입니다.]

로이잔느의 알 수 없는 명령. 그러나 사랑의 이름 호의 승무원들은 차출되어 온 베테랑들답게 함장의 명령에 따라 재빠르게 움직였다. 다만 이렇게 많은 사우르스들을 단독으로 한꺼번에 상대한 적이 없었는지 모두들 긴장된 표정을 감추지 못하고 있었다.

쿠궁!

"으윽, 젠장! 실드 수치는?"

[현재 실드 46.45%입니다.]

"홋, 그래? 그 정도면 나쁘진 않군."

사랑의 이름 호를 쫓아갔던 사우르스들은 사랑의 이름 호가 급작스럽게 하강하자, 다소 허둥거리며 몸을 돌리고 있었다. 그러나 그 짧은 순간에도 다른 방향에 있던 몇 마리 사우르스들이 사랑의 이름 호에 부딪혀왔고 로이잔느는 잠시 중심을 잃고 말았다. 그러나 실드가 잘 버티고 있었기에 전함은 금세 안정 상태로 돌아가고 있었다.

그렇게 잠시 기우뚱거리던 전함이 다시 안정을 찾아가자 사우르스들은 다시 한 번 돌진해 오기 시작했다. 그러나 아무리 숫자가 많아도 사랑의 이름 호를 상대하기에 사우르스들의 덩치는 너무 작은 느낌이 있었다. 비록 그 수가 수십 마리에 이르고 있었지만 10미터 정도의 키로 길이 302미터, 폭 99미터의 전함에게 쉽게, 충분한 피해를 입히기에는 어딘가 모르게 무척 힘이 들어 보였다.

"역회전! 전속 후진!"

"전속 후진."

"속도는?"

[150.23스페어입니다.]

"전속 하강!"

"전속 하강."

계속되는 상하와 전후진 이동. 승무원들은 도무지 이해할 수 없는 함장의 명령이었지만 일단 따르고 있었다. 마치 전함의 성능을 실험이라도 하려는 듯, 로이잔느는 입가에 미소를 머금은 채 명령을 내리고 있었다.

"후후…… 잘 따라오는군…… 전속 전진!"

"전속 전진!"

"좌현 180도 전속 선회!"

"좌현 180도 전속 선회."

사랑의 이름 호가 이동 방향을 바꿀 때마다 놓칠세라 사우르스들은 열심히 추격하고 있었다. 그러나 계속되는 로이잔느의 급격한 방향 전환이 계속되자 분산해서 사랑의 이름 호를 포위하고 있던 사우르스들은 어느새 한 방향으로 몰리게 되었고, 그 방향은 정확히 '사랑의 이름 호'의 정면이었다. 불행히도 사우르스들은 지금 사랑의 이름의 먹이가 되기 일보 직전이었다.

"엔진 정지! 실드 10% 잔여 에네르기 테슬라 포로 집중!"

"엔진 정지!"

[엔진 정지. 테슬라 포 출력 85.43%로 설정.]

"목표 전방 사우르스."

[테슬라 포 가동. 30%…… 60%…… 90%…… 100% 충전 완료.]

"발사!"

번쩍—

로이잔느의 명령이 떨어지자마자 전함의 정면에 있던 사우르스들을 향해 이내 찬란한 빛의 섬광이 뻗어나가기 시작했다. 사랑의 이름 호를 떠나간 빛의 섬광은 다시 방향을 바꿔 달려오던 사우르스들에게 빛의 파도를 선사했다. 덕분에 사우르스들은 피할 겨를도 없이 에네르기 충격파를 맞으며 괴성을 질러야만 했다. 고통의 순간도 잠시 상당수의 사우르스들은 이미 사라져 버리고 말았고 살아남은 일부 사우르스들은 너무나 놀란 듯 꽁무니를 빼며 사랑의 이름 호의 시야에서 재빨리 사라지기 시작했다.

"추, 추격할까요?"

"아니. 흩어져 도주하는데 그만두지. 불필요한 살생을 할 필요까지는 없으니까. 음. 그래, 무인 추적기를 한 대 보내도록 하세요. 큰 기대야 할 수 없겠지만."

"네…… 아, 알겠습니다. 추적기 발사."

[추척기 발사했습니다.]

"부함장, 보고서를 꾸며주겠습니까? 난 좀더 내 방을 정리해야 할 것 같군요."

"네…… 아…… 알겠습니다. 푹 쉬십시오. 실드 50.00%. 잔여 에네르기 출력으로…… 예정된 진로대로 간다."

"실드 50%, 잔여 에네르기 출력."

[실드 50.00%, 엔진 출력 43.23%로 설정합니다.]

로이잔느가 사라지자 부함장이라고 불린 사내의 얼굴이 시뻘겋게 달아올랐다. 승무원들은 그런 부함장을 보며 숨소리마저 죽이고 있었다. 엘리트 중의 엘리트라고 스스로를 자부하던 부함장 케이셀 소령은 나이 어린 함장을 맞이하여 첫날부터 엄청난 스트레스를 받고 있는 듯 보였다.

"제길…… 중성 꼬마 자식이."

짧은 시간이었지만 로이잔느에 대한 뒷조사를 끝낸 케이셀 소령이 받고 있는 스트레스는 단지 새로운 함장의 나이가 자신보다 어리다는 것이 아니었다. 방금 확인된 함장 로이잔느의 지휘 솜씨 특히 전투지휘 능력은 실로 굉장한 것이어서 그의 마음을 더욱 괴롭히고 있는 것이었다. 그야말로 증명된 로이잔느의 실력은 계급장이 허세가 아님을 말해 주고 있는 것이었다.

시간, 그 알 수 없는 존재는 왜 한 방향으로만 흘러가는 것일까?

그렇게 이틀이 지났다. 그 동안 1번 웜 홀에 대기하고 있던 사랑의 이름 호는 형식적 소속인 제1함대 본부에게 신고한 것을 제외한다면 아무런 일이 없었다고 해도 과언이 아니었다. 제1함대를 맡고 있는 크나르페 중장은 이렇다 할 반응이 없었다. 형식적으로는 1함대의 소속이었지만 실제적으로는 총장 직속 정보국 소속이라며 큰 관심을 보이지 않았던 것이다.

호위함이 없는 임무. 보통 전함에는 6척의 순양함과 36척의 구축함이 붙는다. 그리고 400대 이상의 전투기와 전투 로봇을 탑재한 항모도 한 대 따라붙는 것이 일반적이었다. 보통 함대는 그 중요성에 따라 전함을 두 척 또는 세 척을 두고 있었다. 따라서 전반적인 함대의 지휘는 보통 중장이 하지만 필요에 따라 부분함대장으로서 준장이나 소장이 제독으로 전함에 타는 경우도 있었다. 우주 제국은 모두 24개의 함대를 보유하고 있었고, 전함은 사랑의 이름 호를 포함해서 61척이 있었다. 각 태양계의 방위를 맡고 있는 1함대부터 12함대까지는 함대 당 3척, 프라네트 기지에 주둔하고 있는 13함대부터 24함대는 함대 당 2척의 전함이 있었다.

이틀이라는 시간은 충분히 사우르스들이나 해적들과의 전투가 있었을 수도 있는 상황이었지만, 지금 사랑의 이름 호의 주위는 너무나도 조용했다. 1번 웜 홀 앞에 대기한 채 새로운 명령이 떨어지지 않고 있었기에 그 상황의 적막은 더욱 길어지고 있었다.

"주 포인 테슬라 포도 신형이고 엔진도 신형. 자가 발전기도 그렇고, 음……."

전함의 검토를 완전히 끝낸 로이잔느는 혼자말을 중얼거리며 브릿지를 향하고 있었다. 이제 사랑의 이름 호에도 어느 정도 익숙해지고 있었지만 탑승한다던 제독은 아무런 연락도 없이 나타나지 않고 있었다.

윙—

"함장님 브릿지."

"피곤하실 텐데."

"후…… 아니…… 뭐."

로이잔느는 브릿지를 둘러보았다. 특수부대인만큼 하나같이 최정예 승무원들이었다. 금발의 잘생긴 부함장 케이셀의 경력은 말할 것도 없고, 주 오퍼레이터인 금발 머리의 가이나그 대위와 그를 보좌하는 부 오퍼레이터인 갈색머리의 멜스텐 중위와 특이한 푸르른 머리의 에어리얼 소위 역시 사관 학교 1등 출신들이었다.

'도대체 총장이 이 배를 건조한 이유가 뭘까? 설마 지구를 단독으로 갔다 오라는 것일까?'

잠시 눈을 감고 상념에 잠긴 로이잔느는 다시 한 번 브릿지를 돌아보았다. 화면 바로 앞에는 주 조종사인 가이나그 대위를 중심으로 왼쪽으로 멜스텐 중위가 앉아 있었고, 오른쪽에는 비번인 에어리얼 소위의 자리가 있었다. 그 좌우로 두 명의 3교대를 하는 안드로이드들이 보조 오퍼레이터를 맡고 있었다. 로이잔느의 오른쪽에는 부함장의 자리가 있었고, 왼쪽으로는 세이나의 좌석이 있었다.

"부함장. 응?"

케이셀에게 무슨 말을 꺼내려던 로이잔느의 두 눈이 반짝이며 커졌다. 동시에 케이셀 소령의 얼굴도 팽창했다. 로이잔느의 두 눈. 그 눈이 커진다는 것은 상황 변화의 뜻이었다. 즉 50시간 동안 평화로웠던 사랑의 이름 호에 임무가 부여된다는 뜻이었다.

[미세 좌표 12.5—3.7—0.5 방향. 매우 약한 신호지만 금속성 물질

이 탐지됐습니다.]

"탐사선 보내."

"탐사선 준비. 목표 12.5—3.7—0.5!"

주 컴퓨터 트헤로베의 보고가 이어지자 로이잔느는 재빨리 탐사선 발사 명령을 내렸다.

'무슨 일이 벌어지려나?'

너무나도 무서운 직관력. 케이셀은 컴퓨터보다도 더 빠른 반응을 보인 로이잔느를 보며 그야말로 사색이 되어가고 있었다.

"후후, 금속성이라? 느낌이 이상하군. 저 운석 보이지요, 부함장?"

"네?"

"탐사선 출발했습니다."

멜스텐 중위의 보고를 들으며 로이잔느는 화면 한구석에 나타난 검은 운석을 예의 주시했다. 사실 로이잔느가 없는 동안 이미 그 운석에 대한 원격 분석을 끝냈었던 케이셀이었지만, 아무런 특징도 찾지 못했기에 탐사선을 보내지 않았었다. 그러나 지금 로이잔느는 컴퓨터보다 빠른 자신의 직관력을 믿고 탐사선을 보내버린 것이었다.

"좌현 10도, 속력 20스페어. 단거리 워프 준비한다. 목표, 운석 뒤 1타르네."

"좌현 10도, 속력 20스페어."

[알립니다. 모든 승무원들은 단거리 워프에 대비하시기 바랍니다. 미세 좌표 설정합니다.]

로이잔느가 목표로 하고 있는 지점은 운석의 뒷면. 그러나 문제는 거리였다.

엔진 출력이 전체 에네르기의 90% 이상이 되어야 가능한 장거리 워프는 100만 타르네, 즉 100억 킬로미터까지 가능했고, 50% 이상이 되어야 하는 단거리 워프는 1,000타르네, 즉 1000만 킬로미터까지 가능했다. 비상시에만 쓸 수 있도록 되어 있는 초단거리 워프의 경우 엔진 출력 30%에서도 수타르네, 즉 수만 킬로미터의 워프를 가능하게 했지만 엔진에 무리가 와 비상시에만 쓸 수 있도록 되어 있었다. 그러나 지금 로이잔느는 초단거리 워프를 단거리 워프 모드에서 실시하고 있는 것이었다. 따라서 엔진에 큰 무리가 오지는 않을 것이었다.

"우현 10도, 속력 유지."

"우현 10도, 속력 유지."

"갑자기 워프는?"

로이잔느의 명령을 따라 되뇌는 가이나그 대위의 목소리를 들으며 케이셀은 답답한 나머지 고개를 갸웃거리며 물었다. 대답 대신 로이잔느의 입가에 미소가 떠오르고 있었지만, 이제 같이 지낸 지 3일. 케이셀이 그 미소의 진의를 파악하기에는 너무나 짧은 시간이었다.

[워프 준비 완료. 안전 거리 확보되었습니다.]

"좋아. 워프 10초 전."

[워프 개시합니다. 10, 9, 8……]

"후…… 머리를 쓰겠지?"

"네?"

[3, 2, 1.]

"워프!"

날카로운 로이잔느의 목소리와 함께 순간 사랑의 이름 호의 모습이 이지러지더니 다가오던 운석의 반대편에서 약간 비낀 장소에 그 모습을 드러냈다. 워낙 짧은 공간 워프였기에 사랑의 이름호도 승무원들도 아무런 피해를 입지 않았다.

[워프 완료.]

"피해 상황 보고, 시스템 점검. 좌현으로 190도, 후진 20스페어."

[피해 상황 없습니다. 기본 시스템 점검 이상 없습니다.]

"좌현 190도, 후진 20스페어."

처음 해보는 함장. 물론 부함장 시절 함장을 대신해서 지휘해본 적이 있기는 했다. 그리고 그 덕분에 소령에서 대령으로 특진도 했다. 그러나 그런 짧은 경력치고 로이잔느의 지휘 솜씨는 가히 일품이었다.

"탐사선 다시 보내. 목표는 정면 운석."

[탐사선 준비합니다. 목표 6.6—9.2—0.2.]

"탐사선 출발했습니다."

정신없이 쏟아지는 로이잔느의 명령에 케이셀은 더 이상 아무것도 묻지 않았다. 네 번의 특진을 거듭한 풋내기 대령 앞에서 그는 명함을 못 내밀고 있는 것이었다.

"탐사선 1호 이상 보고 없음."

멜스텐 중위의 보고가 들려오는 순간 케이셀 소령의 입가에 미소가 떠올랐다. 만약 두 탐사선 모두 아무런 이상 신호도 보내오지 않는다면 로이잔느의 육감은 그야말로 오판이 되는 것이었고, 케이셀로서는 비웃음을 보내줄 절호의 기회가 되기도 했기 때문이었다.

"상현 180도, 우현 190도, 속력 30스페어. 다시 1타르네 단거리 워프한다."

"상현 180도, 우현 190도, 속력 30스페어."

[알립니다. 모든 승무원은 단거리 워프를 준비하기 바랍니다. 미세 좌표 설정합니다.]

"도대체……."

"훗, 잠깐 기다려 봐요, 부함장."

[워프 준비 완료되었습니다.]

"좋아. 워프 10초 전."

[10, 9, 8……]

자신의 질문에 대답하지 않는 로이잔느, 케이셀은 더욱 답답해지기 시작했다. 아무리 금속 반응이 있었다 치더라도 단순한 운석 하나를 보고 두 번씩이나 워프를 시도하다니, 이해할 수 없는 노릇이었다. 워프는 일반 비행과 달리 한꺼번에 많은 에네르기를 필요로 하기 때문에 가능한 자제하는 것이 수칙이었다.

[……3, 2, 1.]

"워프!"

또다시 사랑의 이름 호의 모습이 이지러지기 시작하더니 애초의 장소에 비해 3시 방향, 즉 전진해 오던 운석의 옆부분에 그 모습을 나타내었다.

'무엇인가 있다.'

완전한 확신이 든 듯 로이잔느의 눈이 커지기 시작했다.

[워프 완료.]

"피해 상황 보고, 시스템 점검."

[피해 상황 없습니다. 기본 시스템 이상 없습니다.]

"앗! 탐사선 2호 금속 물질 탐지했습니다. 영상 신호 확대합니다."

놀라는 가이나그 대위의 목소리와 함께 화면에 무엇인가가 드러나기 시작했다. 탐사선 2호에서 보내오는 신호를 최신형 컴퓨터 트헤로베가 재구성한 것이었기에 너무나도 생생한 화면이었다.

"아…… 저것은!"

"후, 들키니까 잽싸군. 그런데 제법 많은데……."

"저, 전투기 내보낼까요? 아, 아님 전투 로봇 편대로?"

"후후, 필요없습니다."

케이셀 소령은 말까지 더듬거리며 자신의 두 눈을 의심하고 있었다. 주 화면에는 우주선 같아 보이는 금속 물체가 어두운 공간보다 더 새까만 운석 사이에 역시 마찬가지인 새까만 모습을 드러내고 있었다. 그리고 그곳, 즉 운석의 앞과 뒤 사랑의 이름 호의 처음 장소와 두 번째 장소를 향해 수백 마리도 넘을 것 같은 사우르스들이 뛰쳐 나오고 있었다.

놀라는 승무원들의 표정과는 달리 로이잔느는 이미 완전한 여유를 찾아가고 있었다. 사랑의 이름 호의 주 화면에는 이미 사우르스들이 가득 메우고 있었지만, 로이잔느가 문제로 삼고 있는 것은 우주선이었다. 거대한 운석 사이에 교묘히 모습을 감춘 우주선. 그것이 해적선이라면 큰 문제가 아니었지만, 만약 살아 있다는 지구인들의 것이라면 그곳은 우주 제국과 지구간의 전쟁을 의미하는 것일 수도 있었다.

"그럼…… 주 포 발사 준비할까요?"

"아니, 실드 50%, 엔진 출력 50%, 1함대 본부에 연락."

"실드 50%, 출력 50%."

"1함대 사령부에 연락합니다."

[실드 50.00%, 엔진 출력 50.00%로 설정합니다.]

사우르스들이 다가오기 시작했다. 그러나 로이잔느는 웬일인지 공격할 생각을 하지 않고 있었다. 자신의 물음에 제대로 대답하지 않고 있는 로이잔느를 바라보고 있던 케이셀 소령은 너무나 답답해졌다.

'어쩌자고 실드만 올리는 것인가? 도대체 무슨 꿍꿍인가?'

로이잔느를 바라보는 케이셀의 등뒤에서 다시 땀이 흐르기 시작했다.

"전방 20타르에 단거리 워프 준비. 제1함대가 파견할 지원군과 합류한다."

[알립니다. 모든 승무원들은 워프에 대비하여 주시기 바랍니다.]

"푸……"

'결국 상대가 안 될 것 같으니까 꽁지를 빼는군.'

로이잔느의 명령에 긴장하고 있었던 케이셀은 그만 웃음을 참지 못했다. 그것은 비웃음이었다. 그러나 무슨 생각에 잠겨 있는지 로이잔느는 그런 케이셀을 의식하지 못하고 있는 것 같았다. 더욱이 이상한 것은 워프를 지시해 놓고 방향 전환을 하지 않는 것이었다. 워프 방향은 정면. 정면 1타르에, 즉 1만 킬로미터 지점까지는 아무런 장애물도 없어야 안전한 워프가 가능했다.

"사우르스과의 접전 시간 앞으로 10초."

[워프 준비 끝났습니다.]

가이나그 대위의 보고에 로이잔느는 미소를 띠었다. 순간 케이셀 소령의 등뒤로 식은땀이 흘러내리기 시작했다.

'도대체 또 무엇이지? 또 무슨 생각을 하고 있는 것이지?'

이미 사우르스들은 육안으로 확인되기 직전이었다.

"전속 하강!"

"전속 하강."

"전속 후진!"

"전속 후진."

로이잔느의 명령에 따라 사랑의 이름 호가 복잡한 궤적을 그리며 움직이기 시작했다. 마치 전함의 성능이라도 다시 한 번 시험해 보려는 듯 로이잔느는 계속해서 정신없이 명령을 내렸고, 케이셀 소령은 점점 더 사색이 되어가기 시작하고 있었다.

'도대체 뭐 하자는 것이지?'

지금 로이잔느가 내리고 있는 명령들은 동체와 엔진에 커다란 무리를 주기에 충분했기에 두려운 마음이 앞선 케이셀은 정신이 없었다. 기본적인 전술과는 다른 전법을 펼치는 로이잔느였기에 교과서적인 케이셀에게는 도무지 이해가 되지 않고 있는 것이었다.

"후후, 전속 상승!"

"전속 상승."

"전함, 정말 쓸 만하군. 전속 전진!"

"전속 전진."

사랑의 이름 호가 속력을 내면서 이리저리로 움직이는 동안 사랑의 이름 호를 따라서 움직이고 있던 사우르스들은 어느새 또 한 방향으로 몰려 있게 되었다. 로이잔느는 이미 사우르스들이 추적하는 물체가 방향을 바꾸면 그 자리에서 멈춰 다시 방향을 재설정한다는 패턴을 잘 알고 있었기 때문에 전함을 이리저리로 움직여 사우르스들을 한 방향으로 모은 것이다. 그러나 이번엔 또 예외였다. 다 모아놓은 사우르스들을 향해 테슬라 포를 발사하는 대신 사랑의 이름 호는 사우르스들 사이를 헤치고 다시 전진해

버린 것이다. 당황하는 사우르스들 사이로 쏜살같이 빠져 나가버린 사랑의 이름 호는 어느새 사우르스들의 모함을 향해 다가가고 있었고, 사우르스들의 모함은 갑작스러운 사랑의 이름 호의 행동에 놀란 듯 허둥지둥 후진하면서 후퇴하기 시작했다. 그러나 거대한 운석에 둘러싸인 모함의 속도는 너무나도 느렸다.

"테슬라 포 준비."

[테슬라 포 가동 준비 완료되어 있습니다.]

짧은 순간, 명령을 내린 로이잔느는 화면을 집중했다. 앞에는 도망치는 모함 뒤에는 흥분한 사우르스들이 미친 듯이 따라오고 있었다. 만약 모함이 충분한 전투력을 가지고 있고, 갑자기 반전이라도 한다면 완전히 샌드위치가 될 순간이었다.

덕분에 케이셀은 도무지 이해할 수 없는 로이잔느를 바라보며 여전히 어쩔 줄 모르는 표정을 짓고 있었다. 어쩌면 지금 로이잔느는 위기를 자처하고 있는 것인지도 몰랐다.

"제길!"

도망치던 모함이 방향을 바꾸기 시작했다. 무엇인지 정확히 그 정체가 드러나고 있지는 않았지만, 사랑의 이름 호를 공격하려는 듯 작은 포탑들도 돌리고 있었다. 따라서 케이셀은 비명을 지를 수밖에 없었다.

모선에 대한 공격이야 먼저 할 수 있겠지만, 뒤에 따라오는 사우르스들은 어떻게 처치하란 말인가?

흥분된 케이셀은 로이잔느를 노려보기 시작했다.

"좌현 170도 전속 선회! 목표 전방 1타르에 즉시 워프!"

"좌현 170도 전속 선회."

[모든 승무원들에게 알립니다. 단거리 워프에 대비하여 주시기

바랍니다. 미세 좌표 설정합니다. 3, 2, 1.]

"워프!"

사랑의 이름호의 모습이 이지러짐과 동시에 적 모함에서 이상한 무엇인가가 퍼져 나왔다. 그러나 이미 사랑의 이름 호는 거기에 없었다. 다만 속력을 내고 있었던 불쌍한 사우르스들만이 사랑의 이름 호를 대신해서 그 공간에 진입하고 있었다. 사랑의 이름 호는 미리 워프 준비를 하고 있었기에 순식간에 워프가 가능했던 것이었다.

[워프 끝났습니다.]

"피해 상황 보고, 시스템 점검."

[피해 상황 없습니다. 기본 시스템 이상 없습니다.]

"우현 180도, 전속 선회. 전 에네르기 테슬라 포."

"우현 180도, 전속 선회."

[전 에네르기 테슬라 포로 설정합니다. 10…… 30…… 60…… 90%…….]

"발사!"

피유융―

모선과 사우르스들이 한데 뒤엉킨 곳을 바라보며 그 모습을 드러낸 사랑의 이름 호의 주력 포가 빛을 내뿜었다. 광 압축기를 사용하여 발생시킨 초단파장의 증폭된 빛은 지나가는 모든 것을 원자 상태로 분해하는 매우 강력한 힘을 지니고 있었다. 이미 모선의 공격으로 충격을 받은 사우르스들과 자신의 아군을 공격해 버린 사우르스의 모함은 뒤엉킨 채 아직도 정신을 못 차리고 있었기에 다가오는 테슬라 포의 압축된 초단파장의 빛을 그저 바라만 보고 있었다.

번쩍—

"며, 명중했습니다. 잔여 사우르스들 도망칩니다."

"추, 추격할까요?"

"추격…… 글쎄, 한 마리 생포라도 해볼까? 훗, 하하하."

농담. 그러나 농담이라는 것을 알고 있었음에도 불구하고 케이셀 소령의 이마에는 다시 땀이 흐르고 있었다. 왜 미리 워프 준비를 해놓았는지 그제야 이해가 되는 케이셀이었다. 실드를 많이 올리면 엔진 출력이 저하된다. 즉, 단거리 워프를 하기 위해서 다시 실드를 내리고 엔진 출력을 높여야 하는데, 이 경우 시간이 걸리는 것이었다. 그러나 케이셀은 여전히 의문의 표정을 띠고 있었다. 도무지 이해가 되지 않는 것이 아직도 많았다. 도무지 정석대로 하지 않는 로이잔느였지만, 두 번의 전투에서 모두 깨끗이 승리하고 말았다.

"함장님……."

"왜 그러나요, 부함장?"

"왜…… 갑자기 1함대와의 합류를 위한 워프를 포기하신 겁니까?"

"후, 궁금한가요?"

로이잔느는 빙그레 웃었다. 안달이 난 케이셀이었지만 로이잔느는 잠시 말이 없었다. 석 달 전부터 시작된 사우르스의 출몰, 새로운 전함 사랑의 이름 호, 그리고 풋내기 대령. 분명 무엇인가 심각한 일이 벌어지고 있음이 틀림없다는 생각이 케이셀의 머리 속을 지배하기 시작했다.

"하하하."

"함장님."

[제1함대 지원군 워프해 오고 있습니다.]

로이잔느는 대답없이 웃기만 하고 있었다. 무시당했다고 생각했는지 케이셀의 표정이 올그락 불그락해졌다. 화면에는 사랑의 이름 호의 주변으로 워프해 오고 있는 제1함대 지원군들의 모습이 비춰지고 있었다. 사랑의 이름 호의 연락을 받고 달려온 것이었지만, 그보다는 이쪽에서 워프 신호를 보낸 이후 워프해 오지 않았기 때문에 몹시 궁금하기도 했을 것이었다.

슈우웅…….

번쩍—

워프하자마자 빛의 포들이 불을 뿜기 시작했다. 덕분에 도망치던 사우르스들은 결국 우주 제국의 밥이 되어야만 했다. 1척의 전함과 1척의 항모, 그리고 6척의 순양함과 36척의 구축함으로 이루어진 제1함대의 제2부분 함대는 사우르스들을 보자마자 공격을 시작하여 한 마리도 남김없이 그 목숨을 앗아가고 있었다. 모든 것이 자동화되어 있었기에 백 명도 안 되는 승무원만으로도 움직일 수 있는 거대한 전투함들에 의해 사우르스들은 이미 수적인 열세를 극복하지 못하고 하나둘씩 사라져 가고 있는 것이었다.

"로이잔느 함장."

"충성! 스나우르 부 사령관님."

순간 화면에 다소 거만한 모습의 어깨에 별 두 개의 계급장을 단 사내가 그 얼굴을 드러냈다. 저민트계를 담당하고 있는 제1함대 사령관 크나르페 중장을 보좌하는 스나우르 소장이었다. 평소에도 크나르페 중장과 사이가 좋지 않았기에 크나르페 중장과 친분이 있는 로이잔느의 출세를 별로 달가워하지 않는 인물 중에 하나였다.

"도대체 뭐요? 혼자서 상대를 하다니! 사랑의 이름 호는 특수 임무를 띠고 있는 최신함이오."

"훗, 죄송합니다."

"계속 그렇게 나온다면 앞으로 지원은 없소."

"네, 주의하겠습니다."

꾸짖듯이 말하는 스나우르 소장. 그러나 어차피 이 배가 1함대 소속이 아니라는 것을 잘 알고 있을 스나우르 소장이었기에 로이잔느는 그저 간단히 사죄할 뿐이었다.

'저 부 제독, 소문대로군……'

로이잔느의 입가에 아무도 알 수 없는 혼자만의 미소가 떠오르기 시작했다.

'별……. 나도 언젠가는 그 지위에 올라가리라.'

"함장님…… 아까."

화면이 사라지자 케이셀이 궁금한 듯 재차 질문했다. 로이잔느는 귀찮은 생각이 들었지만 친해져야겠다는 생각에 인심을 쓰기로 했다. 케이셀 소령. 분명 유능한 편에 속하는 사람이었다.

"후후, 부함장도 알고 있겠지만 일단 적 모함을 떠보기 위함이었습니다. 우리가 송출하는 신호를 저들이 듣고 있는지 아닌지를 알아야 하니까. 하하, 난 내 방에서 쉬고 있겠습니다. 보고서 부탁하고 브릿지도 부탁합니다."

말을 마친 로이잔느는 세이나와 함께 자신의 방으로 향했다. 놀라고 있는 케이셀 소령의 표정은 계속 그대로였다. 한수 배웠지만 어떻게 그 짧은 순간 그 많은 생각을 할 수 있었는지 정말로 이해가 되지 않는다는 표정을 감추지 못하고 있었다.

후두두두둑…….

사우르스들과의 두 번째 접전이 끝난 지 만 하루. 지금 로이잔느는 자신의 방에 딸린 작은 공간에 있었다. 물 소리. 샤워기에서 쏟아져 나오는 물이 로이잔느의 등과 가슴을 타며 흐르고 있었다. 눈을 감고 무념에 잠긴 듯한 로이잔느는 잠시나마 행복한 시간을 맛보고 있었다. 그러나 그 짧은 시간도 로이잔느에게는 과분했는지 벽면 모니터에 연결 표시등이 반짝거리고 있었다. 약간은 짜증난 얼굴로 손을 올려 스위치를 올린 로이잔느의 눈에 부함장의 얼굴이 비춰졌다.

"함장님, 긴급 전문이 도착했습니다."

"응? 또 무슨 일이지? 잠깐 기다리시오. 곧 갈 테니."

샤워실까지 설치되어 있는 긴급 연락용 송수신기를 노려보던 로이잔느는 샤워 장치의 스위치를 눌러 쏟아져 나오는 물을 잠갔다. 수건에 가려진 몸매 위로 보이는 얼굴은 다소나마 하얗게 상기되어 있었다.

'긴급 전문? 또 무슨 일이지?'

로이잔느. 나이 22세. 이제 막 사랑의 이름 호의 함장으로 부임. 맡고 싶은 직책이었지만, 어쨌든 함장으로서의 역할을 수행한다는 것은 꽤 힘든 것이었다.

"제독도 안 탔는데……."

로이잔느는 잠시 생각에 잠겼다.

저민트계 7행성 푸레와 옛 태양계 목성 사이를 이어주는 1번 웜홀, 이용이 절대 금지되어 있는 이곳을 누군가가 이용하고 있다는 소문. 그러나 그 사건이 에스퍼들의 출몰과 사우르스들의 존재와 무슨 상호 관련성이 있는 것일까? 설마 지구에서?

"쳇! 함장 생활이 생각보다는 좀 힘들군."

로이잔느는 거울에 비친 제복 속의 자신을 보며 혼자말로 중얼거렸다. 아직 홍안의 얼굴. 단지 남자가 되기 위해서 지원했던 사관 학교를 3년 만에 수석 졸업했지만, 이렇게 대령까지 초특급 진급을 하여 최신함 사랑의 이름 호의 함장이 될 줄은 자신도 몰랐다.

'내가 정말로 함장인가?'

잠시 후, 로이잔느는 세이나와 함께 복도를 걸으며 경례를 하는 많은 부하들을 향해 형식적인 답례를 하고 있었다.

윙—

"함장님 브릿지."

"함장님, 여기 전문."

"고맙습니다, 부함장."

로이잔느는 케이셀이 내민 서류를 뜯었다. 감열지를 이용해 속지만 인쇄되게 되어 있었기 때문에 함장 이외에는 먼저 읽어볼 수가 없게 되어 있는 전문이었다.

"후후, 드디어…… 누군지 보게 되겠군. 베레시아로 가라?"

"네? 함장님?"

"흠…… 사령부에서 베레시아에 가서 제독님 한 분을 태우라는 군. 드디어 만나는가?"

'드디어 누군지 만나게 되겠구나. 비밀 임무를 맡고 있겠지? 부디 나를 시기하지 말아야 할 텐데……'

로이잔느는 드디어 예상했던 자그마한 걱정 하나를 갖게 되었다. 그러나 무슨 일인지 로이잔느의 입가에 금세 미소가 떠올랐다. 로이잔느는 잠시 눈을 감았다.

'에리카, 나의 친구.'

로이잔느의 뗄래야 뗄 수 없는 친구 에리카는 지금 베레시아 사관 학교에 부임해 있었다. 분명 시간이 날 것이다. 따라서 한 달 만의 재회가 가능할 것이다. 생각이 여기에 미치자 로이잔느의 입 가에 미소가 떠오른 것이었다.

로이잔느 대령. 22살. 지금까지 자기보다 나이 많은 부하들을 데 리고 있었다. 그러나 이제 그 자신이 그 반대의 운명에 처하게 될 줄 꿈에도 생각하지 못하고 있었다.

"그럼, 지금 바로 베레시아로 향합니까?"

"그래야 할 것 같아, 부함장. 자, 베레시아로 가자. 장거리 워프 준비. 목표 2번 웜 홀 입구."

[실드 10.00%, 출력 90.00%로 설정합니다. 미세 좌표 설정합니 다. 전함 방향 회전합니다. 워프 10분 전.]

로이잔느를 바라보고 있는 케이셀 소령은 여전히 마음속 깊은 곳에서 치밀어 오르는 울분을 삭이고 있었다. 짙은 금발의 머리와 훤칠한 키, 그 모습에 어울리는 부리부리한 눈, 그리고 그런 외모 에 걸맞은 기록들. 그는 사관 학교를 졸업하고 미지 탐사대에 자 원하여 수많은 해적들과의 전투에서 무공을 세워 특진한 결과 동 기들이 아직 대위임에도 불구하고 홀로 소령으로 진급했었다. 진 급 후에도 그는 구축함의 함장으로 많은 공훈을 세웠다. 어쩌면 곧 중령으로 특진할지도 몰랐다. 그러나 최신함 사랑의 이름 호의 시운전을 맡고 부함장으로 부임한 28살의 케이셀 소령을 기다리 고 있던 함장은 자기보다도 새파랗게 젊은 풋내기였던 것이었다. 아마 사관 학교만 같았어도 선후배를 따져 가면서 새로운 위계 질서를 세우려 했겠지만, 서로 다른 학교 출신이라 그것마저도 불가능했기에 케이셀의 마음은 그저 계속 답답해지고만 있을 뿐이었다.

째깍째깍…… 10분…….

물론 사람마다 그리고 환경마다 다르지만 10분은 그리 긴 시간이 아니다. 세이나 중위 등을 비롯해서 모두들 장거리 워프에 대비했고 주 컴퓨터 트헤로베는 장거리 워프 모드로 엔진을 가동하기 시작했다.

[워프 준비 끝났습니다.]

"워프 10초 전."

[워프 시작합니다. 10, 9, 8, 7, 6, 5, 4, 3, 2, 1.]

"워프!"

사랑의 이름 호의 모습이 이지러지기 시작했다. 이제 막 새로운 운명이 시작하려 하고 있었다. 아직 그 주인공들이 모두 탑승하지도 않았지만, 사랑의 이름 호는 우주의 한 공간을 휘어잡으며 날고 있었다.

제3장

한 운명으로 가는 길

거대한, 그러나 정밀하게 건축된 온통 짙은 회색의 공간 속. 그 안 여기저기에 놓여진 복잡한, 아니, 어지럽다고까지 이야기해도 무방할 정도로 빽빽히 얽히고설킨 각종 장치들. 그 한가운데에 솟은 검은 원기둥 앞에 서 있는 백발의 사내는 무엇인가 심각한 표정을 짓고 있었다.

[2단계 휴마노이드의 신경망은 아직 제어가 완벽하지 않습니다.]

"내 육체는 늙어간다. 나에게 주어진 시간은 그리 많지 않다."

[이미 3번의 수술을 거쳤습니다. 뇌 이식 문제는 좀더 기술적인 연습이 필요하다고 생각합니다.]

"후…… 수술받는 것은 나다. 왜 네가 걱정이지?"

[당신은 나의 창조주입니다. 당연합니다.]

기특한 말이라고 생각했는지 백발의 사내는 흐뭇한 미소를 띠었다. 18년 전 처음 지구에 도착했을 때만 해도 그는 아직 늙은이가 아니었다. 그러나 18년의 세월은 그를 늙은이로 만들었다. 그러나 그가 목표로 삼은 욕심은 그를 스스로 안드로이드화하는 데 주저하지 않게 만들고 있었다. 세 번에 걸친 수술 결과 그의 몸은 얼굴과 뇌 부분을 제외하고 대부분 안드로이드화되었다. 그리고 지금 그는 마지막 남은 그 부분마저 안드로이드화하려 하고 있는 것이다.

잠시 눈을 감은 백발의 사내는 18년 전 떠나온 사파이어 행성을 떠올렸다. 자신이 최초로 만든, 그리고 파괴시켜 버린 바이오 컴퓨터. 어쩌면 자신을 능가해 버릴지도 모른다는 두려움에 파괴시켜 버렸지만, 지금 그 앞에 있는 컴퓨터 또한 바이오 컴퓨터였다. 그러나 그는 안심하고 있었다. 자신의 뇌파와 연결된 컴퓨터는 자신이 죽으면 자폭하게 프로그램되어 있었기 때문이다.

백발의 사내는 인류 역사상 손꼽히는 천재 중의 천재였다. 물리학과 생화학, 그리고 컴퓨터까지 모두 세 개 분야의 박사 학위를 가지고 있던 그는, 베레시아 대학의 물리학 교수를 사임하고 사파이어 행성에 사설 연구소를 세워 몰래 바이오 컴퓨터라는 새로운 개념의 인공 지능 컴퓨터를 만들어내었다. 또한 인간과 구분하기 무척 어려운 안드로이드, 즉 휴마노이드(Humanoid :유사 인간, 여기소는 인간과 매우 유사한 안드로이드를 지칭한다) 기술을 확립했으며, 사우르스라는 일종의 안드로이드 공룡도 만들어내었다. 따라서 마음만 먹는다면 극진한 대접을 받으며 제국에서 편안히 여생을 보낼 수 있는 그였다. 그러나 그가 택한 길은 지구라는 불모지 행성이었다.

인간. 존재라고 주장할 수 있는 유일한 존재. 그러나 그 존재는 유한자였다. 그는 그것이 싫었다. 영원한 생명. 그는 어떻게 하든 지 그것을 얻고 싶었다. 그리고 가능하다면 우주의 지배자로 살고 싶었다.

윙—

"보고드립니다."

"뭐냐? 비상 사태가 아니면 이 방에는 들어오지 말라고 했지 않 나!"

문이 열리면서 빛의 검을 허리에 차고 있는 사내 한 명이 심각 한 표정을 지으며 다가왔다. 얼굴과 어울리지 않는 튼튼한 몸뚱어 리는 가지고 있는 백발의 사내는 다소 노기 어린 얼굴로 사내를 노려보았다.

"지구에 잠입시킨 에스퍼들이 배반했습니다."

"뭐라고?!"

에스퍼. 그들은 최근 들어 생겨나기 시작한 초능력자들이었다. 이들 에스퍼들의 숫자가 많아지자 제국에서는 이들 에스퍼를 모 아 특수 부대를 양성하고 있었다. 정보국의 2인자인 세나리트 중 령도 에스퍼였고, 지구에 잠시 워프했다가 목숨을 잃을 뻔한 사파 이렐 역시 에스퍼였다. 그러나 지구 에스퍼들의 역사는 좀 달랐다. 그들은 백발의 사내가 만들어낸 안드로이드들이었다. 백발의 사내 가 사파이어 행성에서 새로운 형태의 안드로이드를 실험하던 중 우연히 생겨난 에스퍼 능력, 그 뒤 지구로 건너온 백발의 사내는 그때의 실험 자료를 기초로 하여 그들을 계속 개량시켜 오고 있 었던 것이었다.

"암살대는 보냈습니다."

"죽일 놈들! 절대로 살려둬서는 안 된다. 그리고 이번에 제국으로 보낸 사우르스들은 어떻게 됐나?"

"저…… 그게."

"또 전멸인가?"

"네, 그렇습니다."

"사우르스가 제국의 전투함을 능가하지 못하다니…… 좀더 크기를 늘려야겠구나."

[사우르스보다는 제국과 마찬가지로 전투함을 만드는 편이 제국 정복에 더 용이하다고 생각합니다. 무인 전투함의 개발 병행을 제안드립니다.]

"후후, 아니다. 아직 사우르스가 개발 초기라서 그렇지 몇 년만 더 개조하면 전함 따위는 전혀 두렵지 않게 될 것이다."

[그러나 그 전에 지구의 존재가 발각될 확률이 더 높습니다. 아니, 사파이렐이라는 아이의 출현 이후 이미 제국은 우리의 존재를 알고 있을지 모릅니다.]

"그 여자아이…… 어떻게 지구까지 워프해 왔는지 모르겠지만, 설마 제국에서 바이오 컴퓨터를 부활시킨 것은 아니겠지…… 제길, 그때 그 아이만 잡았어도."

백발의 사내는 그날을 떠올리고 있었다. 사파이렐이 지구를 방문하던 날, 보좌에 앉아 있던 사내는 무척이나 놀랐었다. 제국인. 제국인이 지구를 방문한 것이다. 사내는 곧바로 추격 명령을 내렸다. 그러나 사파이렐은 세나리트의 도움을 받아 무사히 프라네트 기지로 숨어버리고 말았던 것이다.

"안 되겠다. 그 아이를 확실히 잡아야겠다. 자연적인 에스퍼라면 그런 공간 이동 능력이 나올 리 없어……"

[알겠습니다. 잘 훈련된 휴마노이드들과 대량의 쓰레기들을 동

시에 보내겠습니다. 해적들로부터 얻어낸 소식으로는 지금 사파이렐은 프라네트 기지를 떠나 베레시아로 이동 중이라고 합니다.]

"알았다. 이번에는 실수가 있으면 안 된다. 제길, 그때 한꺼번에 몇 명 보낼 것을…… 아니, 안 되겠다. 제국이 바이오 컴퓨터를 부활시켰을지 모르니 다단계로 작전을 짜야겠다. 일단 바이오 컴퓨터가 개발되었다면 관계자를 모두 죽이도록 해라."

[알겠습니다. 쓰레기들이 많으니 충분히 작전을 수행할 수 있을 겁니다.]

"아니, 아니…… 그들만으로는 불안해…… 작전이 실패할 것을 대비해서 사우르스들을 대기시켜라. 개조된 성과를 제대로 보려면 공습이라도 감행해야지."

사내는 그때 사파이렐을 놓친 것에 대해 무척이나 근심하고 있었지만, 아직 늦지 않았음도 알고 있었다. 그러나 정작 사파이렐은 지구가 자신의 목숨을 다시 노리고 있다는 사실을 전혀 모르고 있었다.

*　　　　　*　　　　　*

들릴까말까한 조용한 소음을 내며 화려한 거리를 누비고 있는 자동으로 움직이는 길, 그 위를 걷고 있는 두 사람은 하얗고 근사한 제복을 입고 있는 사관 생도 지크리트와 라디날이었다. 그것도 베레시아 사관 학교의 사관 생도였다. 우주 제국에서 사관 생도는 선망의 대상이었다. 특히 제국의 수도인 세잉트계의 3행성 베레시아의 사관 학교라면 더욱 그랬다. 군대가 모든 것을 지배하고 있는 세상에서 어쩌면 당연한 일인지도 몰랐지만, 사관 생도가 되기 위한 시험이 상당히 까다로웠기에 누구나 사관 생도가 될 수는 없었다.

"모레…… 도대체 누구를 소개시켜 준다는 거야? 라디날."

"하하, 이름은 에리카라고 하던데? 루이몽트 교수가 사고를 당해 새로운 강사로 채용된 모양이야. 근데 정말 미인이라고 하더라, 지크리트. 후후, 애인만 없었더라도 내가 하는 건데…… 흠…… 별로 친하지도 않은데 헤어지고 내가 할까?"

지크리트와 라디날은 12개 행성 사관 학교 중 가장 입학하기가 어렵다는, 또 졸업하기도 어렵다는 베레시아 사관 학교의 졸업 예정자들이었다. 이제 며칠 뒤면 꿈에도 그리던 소위 계급장을 단다. 생각만 해도 너무나 즐거웠는지 지크리트와 라디날은 웃음 띤 얼굴을 감추지 못하고 있었다. 지크리트는 누가 보아도 준수한 미남이었다. 아주 남자답지는 않았지만 180센티는 되어 보이는 키와 다소 헝클어진 흑발, 그리고 그 안에 감추어진 고귀한 인상을 가진 얼굴은 충분히 시선을 끌 만했다. 라디날은 비록 키도 외모도 지크리트에 비해서 볼품이 없었지만, 단정한 금발을 지닌 그야말로 모범적인 우등생 생도였다.

"그래? 엄청난 미인이라……. 그런데 그 나이에 교수라니…… 물리학 박사라는 얘기잖아?"

"하하하, 정신 차려, 지크리트. 물리학 박사뿐만이 아니라고. 생화학과 컴퓨터에서도 학위를 땄어. 그뿐만이 아냐. 기계 다루는 것도 웬만한 기술자 뺨친다고 하더라. 한마디로 괴물이라고. 하하, 그렇다고 너무 걱정하지 마. 자! 자유로운 외출의 첫날인데 한잔 해야지?"

라디날은 지크리트를 끌어당겼다. 지구력 2223년 우주력 200년 7

월 11일의 저녁이 다가오고 있었고, 지금 지크리트와 라디날은 졸업 예정자로서 뿌듯함을 느끼고 있는 중이었다. 외부로의 출입이 제한적인 다른 생도들과는 달리, 오늘부터 그들은 11시까지 외부 출입이 허락되어 있었다. 때문에 그들은 그야말로 자유를 만끽하고 싶었다.

"여기가 어때? 멋있어 보이는데?"

라디날은 '마법의 성'이라고 쓰여져 있는 간판이 달린 술집 앞에서 걸음을 멈추었다. 어딘가 모르게 고풍스러운 건물 외곽은 주변의 첨단 건물들과 극심한 대조를 보이고 있었다. 문을 열고 들어선 둘의 눈에 비친 모든 것 또한 마찬가지였다. 역사 책에서나 본 듯한 물건들이 큰 홀을 가득 메우고 있었다.

"어서 오세요."

"와…… 사람 많네……."

"이것 봐…… 라디날! 이거 다 골동품 아냐?"

꽤 명소인 듯 사람들이 많았다. 지크리트와 라디날은 종업원의 안내에 따라 다소 후미진 곳에 자리를 잡았다.

"찾아주셔서 감사합니다. 이건 공짜로 드리는 것이에요."

진짜로 역사 책에서나 나올 법한 탁자와 의자에 앉은 두 사람은 만족해하고 있었다. 상냥한 여직원의 미소도 기분 좋았지만, 마치 자신들의 주머니 사정을 잘 알고 있다는 듯 공짜로 안주가 나왔기 때문이다. 라디날과 지크리트는 맥주를 주문한 뒤 식사도 함께 주문했다.

잠시 후, 종업원이 주문한 맥주를 가져오자 둘은 시원하게 맥주를 들이키면서 신기한 주변을 계속해서 두리번거리고 있었다.

"모두 골동품 모으는 것이 취미인가?"

라디날의 말대로 손님들 대부분이 마치 역사 속에 나오는 인물들 같은 복장을 하고 있었고, 서로에 대해서도 익히 잘 알고 있는 듯했다. 제복을 입은 군인들과 보통의 현대 복장을 한 사람들도 있었지만 대부분 고풍스러운 옷을 입고 있었기에 마치 같은 취미를 지닌 사람들의 사교장 같아 보였다.

그렇게 얼마나 시간이 지났을까? 주문한 식사가 나오자 열심히 배를 채우고 있던 지크리트의 머리 속에 에리카에 대한 궁금증이 스쳐 지나갔다.

'어떤 여자일까? 동갑이라는데 세 개나 되는 박사 학위라니……'

순간, 고민하던 지크리트와 친구의 마음을 제대로 읽지 못하고 있는 라디날의 귀에 시끄러운 웅성거림이 들려오기 시작했다.

"건방진 자식! 너 따위가 날?"

소란스러운 광경이 연출되자 지크리트는 고개를 돌렸다. 거구의 사내가 입에 거품을 문 채 몹시 상기된 표정을 짓고 있었다. 그리고 그 눈동자가 향하고 있는 곳은 우주 제국의 장교 제복을 입은 너무나도 거만한 표정을 짓고 있는 사람이었다.

"제길! 정부의 개가 이런 곳에 들어오다니…… 꺼져라!"

"뭐? 정부의 개? 이 개자식들! 이제 보니 모두 다 깡패, 아니, 해적들이었구나! 후후."

거구의 사내가 협박했지만 대위 계급장을 단 사내의 표정 또한 조금도 수그러들지 않고 있었다. 자신의 등뒤에 동료들이 꽤 있었기 때문인지, 오히려 오른손을 가슴속으로 집어넣으면서 음흉한 웃음을 터뜨리고 있었다.

"이 정부의 개가!"

"거지 새끼들! 감히 너희들이 베레시아의 장교를 건드려?"

거구의 사내는 가슴속 대위의 손에 들려 있는 것이 레이저 건이라는 사실을 인지했는지 더욱 흥분된 표정으로 바뀌어가고 있었다. 대위 계급장의 사내 또한 다소 흥분했는지 진짜로 레이저 건을 꺼내 겨누기 시작했다. 그러나 그 순간, 거구의 사내 뒤로 또 다른—상당히 꾀죄죄한 모습의 다소 늙어 보이는—사내가 자리에서 벌떡 일어났다.

"이봐, 케로스트. 살살 하게."

"알았소, 주인장!"

배가 불룩 튀어나온 마치 오뚝이를 연상시키는 주인장이 사내의 이름을 부르며 살살 처리해 줄 것을 요구했지만, 사내는 주인에게 그저 건성으로 대답한 채 장교복을 입은 사내를 향해 다가가기 시작했다.

"응? 넌 또 뭐야?"

"너희들 제국의 개들."

"뭐라고? 이 늙은 개자식이!"

나지막이 목소리를 깐 꾀죄죄한 옷차림의 사내는 알 수 없는 묘한 웃음을 띠고 있었다. 열을 받았는지 대위 계급장의 사내는 손에 든 레이저 건의 방향을 바꾸어 꾀죄죄한 사내를 겨누었다. 그러나 그 순간 꾀죄죄한 사내의 두 팔이 계급보다 훨씬 늙어 보이는 대위 계급장의 사내를 향해 펼쳐졌다.

"죽어버려라!"

이이이이잉…….

"으아아악!"

그야말로 남루한 옷차림, 그러나 그 사내의 벌린 두 손에서 무엇인가 강력한 에네르기가 터져 나오자 대위 계급장의 사내는 마치 고압 전기에라도 감전된 듯 고통스러운 절규와 함께 바닥을 구르기 시작했다. 대위 계급장 사내의 손에 들려 있던 레이저 건은 발사되기는 했지만 애매한 천장만 구멍이 움푹 패이게 만들었을 뿐이었다.

'도대체…… 뭐지?'

지크리트의 놀라는 눈과 함께 술집 안은 순식간에 북새통이 되어버렸다. 사람들은 비명을 질렀고, 거구의 사내는 움찔하며 뒤로 물러섰다. 쓰러진 대위 계급장의 사내는 이미 숨이 끊긴 듯 더 이상 구르지도 않고 있었다.

"저게…… 저……."

지크리트와 라디날은 너무 놀란 나머지 자리에서 벌떡 일어나 있었다. 술집에서의 싸움이야 늘 있는 일이었지만, 손에서 튀어져 나온 것 같은 마치 희미한 빛과도 같은 이상한 에네르기. 너무나도 신기한 현상을 목격한 터라 자리에 가만히 앉아 있을 수 없었다.

혼란의 틈. 이미 이상한 에네르기를 출수한 사내는 지크리트와 라디날의 시야에서 사라지고 있었고, 사람들은 우왕좌왕하며, 또 소리를 지르며 가게를 빠져 나가고 있었다.

"거, 거기서! 이 개자식!"

쓰러진 장교의 동료들로 보이는 사람들이 꾀죄죄한 옷차림의 사내를 쫓았지만, 이미 사내는 뒷문을 통해 자취를 감춰버린 뒤였다. 지크리트와 라디날은 웅성거리고 있는 사람들을 제치고 쓰러진 장교에게로 다가갔다.

"이, 이런 홉킨스 대위……. 뭐, 뭔가? 자네는!"

"네, 저는 생도…… 아니, 졸업 예정자 지크리트입니다."

"여기서 뭘 꾸물거리고 있는 거냐! 빨리 경찰을 부르지 않고! 흐…… 흑."

지크리트가 가까이 다가서자 쓰러진 장교와 같은 대위 계급장을 단 장교 사내가 놀라며 고함을 질렀다. 지크리트가 자신의 신분을 밝혔지만 사내는 더욱 고함을 지른 후 쓰러진 동료를 부둥켜안은 채 흐느끼기 시작했다.

"그만 가자. 이미 주인이 경찰에 연락한 것 같으니까."

라디날이 끌어당기자 지크리트는 멍한 표정을 유지한 채 자리를 떴다.

'도대체…… 도대체…… 무엇이지?'

끌려가듯 마법의 성을 빠져 나가고 있는 지크리트의 머리 속에 중후한, 그러나 남루한 옷차림의 사내가 계속 아른거리기 시작하고 있었다.

"도, 도대체 뭐지? 마술 쇼도 아니고."

"글쎄, 나도 그런 광경은 처음이야. 손에서 무엇인가 이상한 것이 튀어나왔어……."

놀란 두 사람이 사관 학교로 돌아가는 길은 길고도 어두웠다. 아직 시간이 이르기 때문에 어디로 가서 한잔 더 하고 싶은 마음도 없진 않았지만, 사람이 죽는 것을 보았기 때문에 기분이 허락지 않고 있었다.

"혹시…… 항간에 떠도는 소문이 사실인가?"

"소문이라니?"

지크리트는 라디날을 바라보았다. 라디날은 주변을 의식한 듯 더 이상 아무 말도 하지 않고 있었다. 경찰 국가나 마찬가지인 우주 제국에서 유언비어를 유포한 죄는 매우 중벌에 처해지고 있었기 때문이다.

"기숙사에 가서 이야기해 줄게."

"그래? 그렇게 심각한 거야?"

지크리트는 라디날을 이상하다는 듯 바라보다가 이내 발걸음을 재촉했다.

그렇게 행성 베레시아의 밤이 찾아오고 있었지만 도시의 휘황찬란한 불빛은 그 어둠이 다가오지 못하게 하고 있었다.

"앗! 그 사람이다!"

자동으로 움직이는 복도를 따라 걷던 지크리트가 갑자기 소리를 질렀다. 보통 사람들보다 뛰어난 지크리트의 직관력. 분명 그 사람, 남루한 옷차림의 사내였다. 그러나 라디날은 멀리 사라지고 있는 사람의 정체를 확인하지 못한 듯 고개를 갸웃거리고 있었다.

"뛰어, 라디날!"

"야! 지크리트!"

"헉헉, 제길! 아, 저기다."

"헉헉…… 지크리트!"

지크리트는 사내가 사라지고 있는 방향을 향해 자동으로 움직이는 복도를 벗어나 후미진 골목길로 뛰기 시작했다. 사내는 걷고 있는 것 같았지만 생각보다 속력이 빨랐기에 거리는 쉽게 좁혀들지 않고 있었다. 지크리트와 라디날은 더욱 속도를 내서 뛰었지만 여전히 거리는 좁혀지지 않고 있었다.

"헉헉…… 뒷골목은 위험해! 지크리트!"

"난 궁금하면 못 참아. 알잖아, 라디날. 헉헉."

등에 땀이 흐르기 시작하고 있었다. 경찰 국가나 다름없었기에

치안은 매우 좋은 편이었지만, 그래도 뒷골목은 위험했다. 특히 우주 해적들의 소굴이 군데군데 있었기에 더욱 그랬다.

"헉헉…… 이봐요…… 당신."

"뭐지?"

좁은 골목길. 사내는 그제야 지크리트와 라디날이 따라오고 있다는 사실을 알았는지 갑자기 돌아섰다. 꾀죄죄하면서도 매우 중후한 얼굴이었지만, 자세히 보니 그렇게까지 나이가 든 것 같지는 않아 보였다.

"응? 그 술집에 있던 애들이군."

"애들이라고? 난 생도 졸업반이야!"

애들이라는 소리에 지크리트는 주먹을 불끈 쥐었다. 그러나 사내는 비웃듯 지크리트와 라디날을 찬찬히 훑어보기 시작하고 있었다. 지크리트와 라디날도 사내를 유심히 관찰했다. 분명 범상치 않은 기운이 느껴지고 있었다.

"그만 돌아가거라."

"자, 잠깐. 아까는 어떻게 한 거지?"

"후후, 알고 싶은가, 꼬마?"

"난 꼬마가 아니란 말야!"

사내는 전혀 상대하고 싶지 않다는 듯한 얼굴이었다. 그러나 지크리트는 집요했다. 라디날이 옷자락을 잡아당기며 끌고 있었지만, 물러설 기세가 통 보이지 않았다.

"놔!"

"지크리트!"

"친구의 말을 듣는 것이 좋아."

"당신 해적인가? 손에서 튀어나온 그 희미한 빛은 뭐지?"

지크리트의 질문에 사내는 빙긋이 웃기 시작했다. 라디날은 섬 뜩했다. 또다시 사내의 두 손에서 에네르기 덩어리가 튀어나올 것만 같았다. 그러나 지크리트는 마치 기자라도 되는 듯 더욱 사내에게로 가까이 다가서고 있었다.

"내 이름은 케로스트. 혹시 필요할지 모르니 기억해 두거라."

"뭐?"

쉬리리리—

"으억……!"

"악……!"

사내가 두 손을 뻗자마자 마치 빛의 기둥과 같은 무엇인가가 두 사람을 덮쳤다. 지크리트와 라디날은 그 기둥에 밀려 거리로 퉁겨지고 말았다. 차들이 쏜살같이 다니는 차도 위로 널브러진 라디날과 지크리트는 그대로 기절해 버렸다.

삐뽀삐뽀—

쓰러진 두 사람을 피해 급정거를 하고 있는 차량들. 잠시 후, 구급차가 달려왔고 둘은 곧 병원으로 실려갔다. 너무나도 체계적으로 잘 조직화된 사회. 아주 후미진 골목만 아니라면 어디나 감시가 되고 있었기에 구급차의 출동은 순식간이었다.

잠시 후 둘은 병원 침대에 눕혀졌다.

"으으……."

"아……."

"살았나?"

"여기는?"

둘은 거의 동시에 눈을 떴다. 병원. 하얀 천장이 자신들의 위치를 암시하고 있었다.

'제길…… 도대체…… 그 사람은 누구지?'

살아 있다는 기쁨보다, 또 징계를 받을 수도 있다는 걱정보다 사내에 대한 호기심을 마저 풀지 못한 것에 대한 아쉬움이 가슴을 짓누르고 있는 지크리트였다.

*   *   *

아무도 없는 강사 휴게실. 베레시아 사관 학교의 강사는 모두 다섯 명. 그러나 지금 자리를 지키고 있는 사람은 짧은 단발 머리를 가진 여자 한 명뿐이었다. 다른 강사들은 모두 수업 중이었는지, 아니면 이미 수업이 끝나서 퇴근해 버린 것인지 어쨌든 휴게실은 무척이나 큰 적막감에 쌓여 있었다. 하얀 벽면과 단순한 장식품 몇 개, 덩그러니 놓여진 책상과 의자들, 그리고 그 위에 놓여진 컴퓨터 단말기들이 썰렁함을 더해주고 있는 어딘가 모르게 텅 빈 듯한 느낌을 주고 있는 강사 휴게실에 에리카의 모습만이 그 아쉬움을 달래고 있는 것이었다.

"치…… 뭐야. 항상 1분이면 끝이야."

모처럼 만의 통화. 특이한 연한 녹색 빛이 도는, 마치 물에 타 흐리게 된 듯한 파란색의 머리를 가진 에리카는 심술이 났다. 가날픈 몸매에 어울리는 좁은 어깨와 팔, 그리고 작은 손, 그리고 거기에 어울리는 작은 개인 단말기. 비록 수신 전용이지만 그래도 타키오느 통신을 할 수 있는 자신의 단말기가 상당히 맘기는 고마웠다.

한 달 반 전 로이잔느가 대령으로 진급하면서 휴가를 얻었을 때, 두 사람은 자신들의 고향인 카이나그계 제4행성 페네로트에서 만났었다. 그때 로이잔느가 자신에게 준 선물이 바로 이 타키오느 수신기였다.

그리운 로이잔느…….

옛날 페네로트에서 같이 지낼 때처럼 밤새워서 떨던 수다가 무척 그리웠는지 에리카의 나온 입은 쉽게 들어가지 않고 있었다. 그러나 아무도 그 표정을 보고 있지 못한 것 때문인지, 아니면 다른 이유 때문인지 에리카의 얼굴은 결국 슬퍼지는 듯싶더니, 이내 눈물이라도 주르륵 흘러내릴 것 같은 표정으로 변해가고 있었다.

삐리이이—

에리카의 개인 단말기가 반짝거리기 시작했다. 에리카는 혹시나 하는 마음으로 단말기를 켰다.

'로이잔느…….'

그러나 로이잔느가 아니었다. 몇 다리를 건너 알게 된 라디날이었다.

"아! 접니다, 교수님. 저…… 있다가 장소요. 저기 제가 한번 가본 장소가 있는데요. 마법의 성이라고 확인해 보니 345번 도로의 65번지예요. 거기서 7시입니다."

"아, 예…… 알겠습니다."

작은 화면 속에는 라디날이 쑥스러워하고 있었다. 물론 에리카 역시 쑥스럽기는 마찬가지였다. 단말기를 끈 에리카는 잠시 멍하니 생각에 잠긴 듯하더니, 이내 컴퓨터 단말기를 향해 고개를 돌려 자신의 새로운 이론이 펼쳐지고 있는 저서를 쓰기 시작했다.

그렇게 얼마나 시간이 지났을까? 에리카는 다소 피곤한 듯 기지개를 켰다. 커다란 시계 속의 시간은 6시를 조금 넘게 가리키고 있었다. 여기서 345번 도로까지는 차로 10분. 그러나 바람도 쏘일

겸 에리카는 주변을 정리하고 휴게실을 빠져 나왔다.

"휴……"

'다들 왜 그러는 거야?'

에리카는 도통 고개를 들고 다닐 수가 없었다. 지나가는 거의 모든 생도들이 자신을 빤히 쳐다보는 것만 같았다. 머리라도 길었으면 그 속에 파묻혀 버릴 텐데 짧은 단발이 원망스럽기만 했다.

[어서 오십시오, 주인님. 어디로 모실까요?]

"잘 지냈어, 엥피르? 345번 도로의 65번지 가장 가까이 있는 주차장으로 가자."

[예, 알겠습니다. 가장 가까운 주차장은 23번지에 있습니다. 23번지로 가신 후 걸으시겠습니까? 아니면 65번지에 내리시겠습니까?]

'별걸 다 묻네.'

에리카는 잠시 고민했다. 어떤 선택을 해야 할지에 대한 고민이 아니었다. 라디날이 소개해 준다는 지크리트 생도를 만나는 것. 아무리 초임 강사와 졸업 예정자라지만 그래도 자신은 교수, 상대는 생도였기에 다시 생각해 보니 다소 만남이 이상하게 느껴지는 것이었다.

"23번지에서 65번지까지 걸으면 얼마나 걸리지?"

[걸어서 약 15분입니다.]

"그래? 그럼 걷지. 운동해야 하니까."

[네, 알겠습니다.]

비록 딱딱한 컴퓨터였지만 오히려 에리카는 그런 상대가 좋았다. 부담없이 대할 수 있다는 것이 무엇보다도 좋았던 것이다.

어느새 사관 학교를 빠져 나온 에리카의 자가용은 화려한 불빛이 수놓인 도시의 거리를 날아가듯 달리고 있었다. 반 중력 장치가 개발된 덕분에 지상에서 30센티미터 정도 뜬 상태로 달렸기 때문에 저항도 적어서 효율도 높았지만, 그 무엇보다도 매우 안락했다. 때문에 지금 에리카는 자신도 모르게 잠이 들어버렸다.

[도착했습니다, 주인님.]

"응? 으응…… 아함, 그만 졸았네. 이따 봐."

[네. 즐거운 시간되십시오.]

에리카는 차를 주차시켜 놓고 거리로 나와 걷기 시작했다. 거대한 주차 빌딩 위로 지나가는 고속 터널들. 그리고 그 안으로 차량들이 질주하고 있는 하늘과 그 하늘에 어울리는 자동 거리, 그러나 성질 급한 사람들과 함께 에리카는 천천히 걷고 있었다.

걸으면서 에리카는 골몰히 생각에 잠기기 시작했다. 거리의 화려한 간판들과는 달리 지금 에리카의 뇌리 속에는 떠올리기 싫은 어둠이 감돌고 있었다. 실험관 인간으로서, 특히 여자로서 반드시 결혼을 하거나 결혼을 하지 않으면 강제로 임신을 해야 하는 법 때문에 무척이나 고민 중이었다. 지금 22세. 25세까지 결혼하지 않으면 강제로 사내아이를 임신해야 하는 그녀에겐 그다지 많은 시간이 남아 있지 않았던 것이다. 지금 이 미팅도 법에 의해 반강제적으로 이루어진 것이다.

"여긴가?"

10분쯤 걸었을까? 에리카는 묘한 분위기를 물씬 풍기는 술집 앞에 멈춰섰다. '마법의 성'이라고 쓰인 집은 주변 건물들과는 달리 동화 책에서나 본 것 같은 고풍스러운 분위기를 물씬 풍기고 있었다.

"여깁니다, 교수님."

입구에 들어서자마자 라디날이 달려왔다. 아직 약속 시간이 25분이나 남아 있었지만, 라디날과 지크리트는 이미 오래 전부터 기다리고 있었던 것 같았다.

식당 안에는 어제도 그랬었지만 무척이나 고풍스러운 옷들을 입은 사람들이 북적대고 있었다. 에리카는 라디날의 뒤를 쫓아 걸으면서 시내의 한복판에 이런 곳이 있다는 사실이 매우 신기한 듯, 식당 안의 여기저기로 고개를 돌려 둘러보고 있었다.

"처음 뵙겠습니다."

"예…… 저도."

에리카가 자리에 앉자 라디날의 소개로 에리카와 지크리트는 서로 인사를 나누었다. 에리카의 미모에 놀란 듯 지크리트는 상당히 긴장하고 있었지만, 에리카는 그런 지크리트의 표정을 잘 읽지 못하고 있었다. 오히려 자신이 너무 긴장한 나머지 고개도 제대로 들지 못한 채 어쩔 줄 모르고 있었다. 한쪽은 이제 막 부임한 강사, 또 한쪽은 곧 임관할 졸업반. 그러나 어쨌든 아직까지는 교수와 생도였다.

"주문하시겠습니까?"

어느새 다가왔는지 종업원이 주문을 요구하자 지크리트는 어제 보아두었던 먹음직한 것을 시켰다. 에리카는 그런 지크리트를 따라 같은 것으로 주문했다. 분위기를 돋워주려는지 라디날이 무엇이라 계속 떠들고 있었지만, 둘은 계속 긴장을 풀지 못했는지 잠시 동안 아무런 말도 꺼내지 못하고 있었다.

이렇게까지 부끄럽다니. 이렇게까지 쑥스럽다니.

서로의 이름을 주고받은 두 사람은 서로의 취미 등 일상적으로 미팅 때 쓰이는 질문 몇 마디를 주고받았지만, 지금 분위기는 그야말로 어색하기 그지없었다. 그런 두 사람의 분위기와는 상관없이 이미 애인이 있는 라디날은 다소 무엇인가를 부러워하는 눈으로 계속해서 혼자 떠들고 있었다. 그런 라디날의 수다를 잠재우려는 듯 시간이 점점 밤으로 다가가자 주점 내는 점점 더 시끌벅적 분주해지기 시작했다.

"오호…… 아름다운 아가씨."

지나가던 사람들 중 꽤 건달기가 있어 보이는 사람이 한마디하며 지나갔지만, 익히 그런 경험이 많은 에리카는 별로 신경 쓰지 않았다. 그저 남자이면서도 별말이 없는 지크리트를 숙인 고개 너머로 눈을 치켜 뜨며 답답한 듯 쳐다보고 있을 뿐이었다.

"죄송해요. 제가 말주변이 없어서…… 저기 사실 사관 학교에는 여자들이 거의 없어서."

"예, 그건 저도 알아요."

"그래서 저기…… 여자들하고는 대화를 많이 해보지 못해서…… 그리고 솔직히 너무 아름다우셔서 뭐라고 말이 잘 안 나와요……."

"예? 예……."

"아, 부정하지는 마세요. 저기……."

지크리트의 칭찬에 에리카는 몸둘 바를 몰랐다.

'미팅이라는 것이 이렇게 어색한 것이었나? 대학 시절 미팅이라도 많이 해볼 것을…….'

그러나 후회는 이미 소용없었다.

잠시 다시 침묵이 흐르려고 할 때 종업원이 음식을 가지고 나왔다. 덕분에 둘은 말없이 식사를 했다. 어디서 구했는지 음식은 신선했다. 베레시아 시내의 거의 모든 음식점에서 파는 음식들은 가공식이었다. 그러나 그럼에도 불구하고 이곳 음식은 대체로 천연 재료로 만든 것 같은 느낌을 주고 있었다.

"비쌀 것 같은데…… 여긴?"

"아, 아뇨…… 저……."

"예?"

"박사 학위가 세 개라면서요…… 그럼 1년에 하나씩?"

"아니에요. 한꺼번에 세 개의 테마로 3년이 걸렸어요."

"아…… 네…… 응?"

간신히 대화에 성공하고 있는 지크리트. 그러나 그 순간 자신의 등뒤로 거대한 그림자들이 비쳐지자 깜짝 놀라며 뒤를 쳐다볼 수밖에 없었다. 라디날과 에리카 또한 자신의 눈앞에 그야말로 거대한 덩치의 사람들이 떼거지로 나타나자 다소 놀란 듯 눈을 크게 뜨고 있었다.

"어이 친구, 자네 애인인가?"

"아, 아니. 하지만……."

"그럼 됐어. 어이, 예쁜 아가씨. 외로워 보이는데 우리랑 술 한잔 어때?"

"누, 누구세요?"

사내들 중 대장격으로 보이는 우람한 체격의 남자가 기분 나쁜 미소와 함께 에리카에게 손을 내밀었다. 에리카는 자리에서 일어나 뒷걸음질을 쳤지만, 이미 자신의 뒤에도 한패로 보이는 사람들이 둘러싸고 있었다.

"너희들, 뭐야!"

"우리는 곧 장교가 될 사람들이야!"

"후후…… 그래?"

소란스러워지자 제복을 입은 사내 두 명이 에리카와 지크리트가 있는 곳으로 다가오기 시작했다. 그 두 사람을 인식했기 때문인지, 아니면 용감해 보이고 싶었는지 지크리트가 소리를 지르며 일어섰다. 라디날 또한 같이 일어섰다. 어떻게 생각해 보면 당연한 행동이었지만 워낙 수적으로 불리했기에 만약 다가오고 있는 제복의 사내들이 도와주지 않는다면 개망신은 물론이고, 에리카에게 어떤 해가 갈지도 모른다는 생각이 뇌리를 스쳐 가자 지크리트의 등뒤로 식은땀이 흐르기 시작했다. 더욱이 비웃고 있는 10여 명의 건달 사내들이 지크리트와 라디날을 그저 어린아이 보듯 보고 있었기에 지크리트와 라디날은 바짝 긴장한 채 계속 식은땀을 흘릴 수밖에 있었다. 왜 이 주점을 찾을 때마다 이런 일이 일어나야 되는지 알 수 없다는 표정이 스쳐 지나가고 있는 두 사람이었지만, 그 표정과는 상관없이 지금 그들을 둘러싼 덩치들은 전혀 만만해 보이지 않았다.

"경찰을…… 경찰을 부르겠어요!"

"후후, 불러보시지요. 잡혀가더라도 이런 예쁜 아가씨를 포기할 수는 없지…… 안 그래? 후후후, 덮쳐!"

"악! 이거 놔요!"

"윽…… 교, 교수님."

"윽, 이……."

대장격인 사내의 명령이 떨어지자 건달 중 한 명이 에리카의 팔목은 잡았다. 그리고 그와 동시에 지크리트와 라디날 또한 제대로 반항조차 못 한 채 두 팔을 제압당해 버렸다. 상대가 너무 많았기 때문에 어쩔 수 없는 상황이었지만, 발버둥치고 있는 지크리트와 라디날은 너무나도 자신들이 한심했다. 더욱이 자신들을 향해 다가오던 장교들 또한 거구의 사내들에게 둘러싸인 채 꼼짝 못 하고 있었기에 두 사람, 아니, 에리카에게 희망은 없어 보였다.

사태를 파악한 사람들이 웅성거리며 슬금슬금 빠져 나가기 시작했다. 몇 분이면 경찰이 도착하겠지만, 그 사이 일이 벌어지기에는 충분한 시간이었다.

"아……."

"히…… 한번 즐겨보실까?"

"윽, 이거 놔!"

"조용히 해, 꼬마!"

이미 새파랗게 질려 입을 굽게 다문 채 부르르 떨고만 있던 에리카는 지금의 이 고통스러운 순간을 어떻게 해서든 빠져 나가고 싶은지, 그야말로 온 힘을 다해 몸부림을 치고 있었다. 그런 에리카의 모습을 보고 있어야만 하는 지크리트의 두 눈에 핏기가 서리고 있었지만, 아무리 있는 힘을 다해 반항해 보았자 허사였다. 지크리트의 사지를 너무나도 견고하게 잡고 있는 거구의 사내들은 자신들의 대장이 에리카를 욕보이려 하는 모습을 그저 기대된다는 표정으로 바라만 보고 있었다.

부우욱!

"아……."

"안 돼!"

에리카의 겉옷이 찢어졌다. 아직 하얀 브라우스가 남아 있기는 했지만 이제 욕을 보는 것은 정해져 있었다. 거의 정신이 나간 에리카와 소용없는 몸부림을 치고 있는 지크리트와 라디날. 다가오던 장교복의 두 사람은 이미 건달들에게 둘러싸인 채 늘씬하게 두들겨 맞고 있었다.

"그 손 놓지!"

"넌 또 뭐야?"

"오호…… 해적 놈들이군. 죽음조차 아까운 버러지들."

"뭐? 겁대가리를 상실했나, 늙은이?"

작지만 날카로운 희망의 목소리에 주인공은 이미 썰렁해진 공간을 메우고 있는 단 한 명의 손님이었다. 남루한 옷을 걸쳤지만 그럭저럭 중후한 모습을 지닌 사내의 입을 통해 해적이라는 단어가 나오자 건달들은 어이가 없다는 표정을 지었다. 알 수 없는 묘한 웃음을 짓고 있는 아리송한 존재는 전혀 겁먹은 표정 없이 뚜벅뚜벅 다가오기 시작했다.

"이봐, 케로스트. 기물을 파손하면 안 되네."

"알았소, 주인장."

이런 상황이 마치 자주 일어난다는 듯 배불뚝이 주인은 그저 기물을 파손하지 말라며 케로스트에게 한마디 던지고 강 건너 불구경하듯 경찰에 신고할 생각조차 하지 않는 것 같았다.

"건방진 자식! 어디서!"

"죽어버려라, 버러지!"

이이이이잉…….

"허어걱!"

해적 건달 중 한 명이 케로스트를 향해 주먹을 날렸다. 그러나 남루한 옷차림을 한 사내의 행동이 더 빨랐다. 희미한 빛 같은 무엇인가가 쏜살같이 달려가 건달 사내들을 덮쳤다. 눈으로 따라가기 힘들 정도의 속도를 지닌 정체 불명의 에네르기 덕분에 건달은 주먹을 제대로 휘두르지도 못한 채 저 멀리 나가떨어지면서 정신을 잃고 말았다.

'저 사람은?'

중후한 분위기를 풍기는 신비한 느낌, 그러나 어딘가 모르게 꾀 죄죄한 사람. 그리고 눈에 이미 익숙한 사람. 지크리트와 라디날은 두 손을 제압당한 채 갑자기 나타난 사내를 멍하니 바라보기 시 작했다.

"흥! 네가 소문의 지구인인가?"

에리카의 찢겨져 나간 브라우스를 잡고 있던, 두목으로 보이던 사내가 묘한 웃음을 띠며 에리카를 그 손에서 해방시켜 주었다. 사내는 매우 자신감 넘치는 태도로 꾀죄죄한 존재에게 다가갔다. 지크리트를 잡고 있던 해적들도, 장교들을 패주고 있던 해적들도 일제히 손을 놓고 자신의 대장을 따라 나섰다.

"버러지들……."

"뭐? 뭐라고! 듣자 듣자 하니까…… 그 알량한 능력으로 우리 를 동시에 상대할 수 있을 것 같으냐!"

말을 마침과 동시에 해적들은 저마다 흉측한 무기를 꺼내 들고 덤벼들기 시작했다. 언제나 그렇듯이 깡패들은 모욕을 참지 못한 다. 모욕보다는 차리리 죽음. 그것이 그들 세계의 단순한 법칙이라 는 사실이 잘 알려져 있음에도 불구하고 케로스트는 무척 태연한 표정을 짓고 있었다.

그사이 간신히 정신을 차린 지크리트는 완전히 얼어 있는 에리 카의 손을 잡았다. 에리카는 너무 놀랐는지 지크리트가 자신의 손 을 잡았다는 사실도 모른 채 그저 새하얗게 질려 있었다.

"빨리, 라디날!"

"그, 그래."

지크리트는 에리카의 손을 잡고 재빨리 입구를 향했다. 기회는 지금뿐이라고 생각한 듯했다. 라디날도 엉겁결에 따라 나섰다. 때를 기다렸다는 듯 케로스트의 손이 빠르게 움직이기 시작했다.

"죽어라, 버러지들!"

슈아아앙……

"헉…… 으아악!"

"으허억!"

콰콰광! 쿵!

눈 깜짝할 사이 벌어진 일답게 결과는 싱거웠다. 깡패 대장과 그 부하들은 마치 괴물과도 같이 다가온 빛의 기둥에 의해 무참히 짓밟히고 있었다. 한쪽 벽에 부딪힌 사내들은 비명 소리조차 제대로 내지 못하고 쓰러져 버렸다. 그나마 정통으로 빛의 덩어리를 얻어맞지 않은 몇 명만의 비명이 여기저기서 울려퍼지고 있을 뿐이었다. 그리고 그 비명 속엔 미처 피하지 못한 종업원들의 목소리도 끼여 있었다.

'어쩌다가 내가 이 장소를 다시 찾은 거지? 저 사람은 분명 그때 그 사람이야…….'

문을 나서기 직전 뒤를 돌아본 지크리트와 라디날의 두 눈에 사내의 얼굴이 확실히 비춰지자 둘은 놀라지 않을 수 없었다.

"다, 당신은……."

"케로스트!"

지난번 희미한 빛의 덩어리를 쏟아내는 장면을 목격한 이후에 또다시 같은 장면을 목격한 지크리트와 라디날. 둘의 눈에 잠시 비춰진 남루한 옷차림의 사내 케로스트는 이미 뒷문으로 유유히 사라지고 있었다.

삐뽀삐뽀—

경찰차 소리가 들리자 지크리트와 라디날은 신분을 생각한 듯 여전히 멍한 에리카를 데리고 서둘러 그곳을 빠져 나왔다. 이미 한번의 사고로 인해 경고를 받은 그들이었기에 다시 경고를 받으면 졸업이 유예될지도 모르는 상황이었다.

급히 뛰어가는 경찰들의 뒷모습을 보고 있는 지크리트의 한 손에 찢어진 에리카의 겉옷이 들려 있었다. 꽤 비싸게 주고 산 것 같은 연한 분홍색의 정장 상의였다.

"저기, 죄송합니다."

"예, 예……."

겨우 제정신이 든 에리카는 지크리트를 바라보며 간신히 입을 열었다. 지크리트는 거의 울고 싶은 마음이었다. 에리카가 너무나 마음에 들었기 때문이다. 어떻게 하든 잘 보이고 싶었지만, 이제 도저히 빠져 나올 수 없는 수렁에 빠지고 만 것 같은 기분이 들고 있었기에 너무나도 모든 것이 원망스러웠다.

"나…… 괜찮아요. 그 옷 주세요."

"네……."

에리카는 자신의 찢어진 겉옷을 건네받으면서 다른 한 손으로 주머니 속의 단말기를 꺼내 자가용을 불렀다. 그런 에리카를 보고 있는 지크리트의 가슴은 그야말로 새까맣게 타 들어가고 있었다.

"정말 죄송합니다."

"아니에요, 지크리트. 라디날, 오늘 만나서…… 반가웠어요."

에리카는 억지 웃음을 띠었다. 그러나 그 웃음은 지크리트의 마음을 더욱더 괴롭히고 있었다. 어떻게 하든지 만회의 기회를 갖고 싶었기 때문에 어색한 짧은 시간 동안 지크리트는 머리를 굴리고 있었다. 그러나 이미 에리카의 자가용은 다가오고 있었다.

"그럼 안전한 호텔 같은 곳에서 제가 식사를……."

"아니에요. 오늘 밤은…… 쉬고 싶어요. 미안해요."

"네……."

"미안해요. 그럼……."

자가용의 문이 열리자 순식간에 에리카의 모습이 지크리트의 시야에서 사라졌다. 멍한 지크리트의 표정은 안타까움의 절정이었다. 지크리트를 엄습하고 있는 그 표정은 계속 아무런 말도 없는 라디날에게도 전이되고 있었다.

쿠르릉, 꽝!

맑았던 하늘에 갑자기 번개가 내리치더니 곧 이어 천둥 소리가 지크리트의 귓가를 때렸다. 이미 해가 진 하늘에 검은 먹구름이 몰려들기 시작하고 있었다. 마치 애타는 지크리트의 가슴을 식혀 주려는 듯 소나기가 내리기 시작했다.

'제길, 내가 미쳤지. 장소를 거기로 하다니…….'

지크리트는 연신 자신을 저주하기 시작했다.

"휴…… 되는 일이 없군."

"그러게 말이야……."

지크리트와 라디날은 자신들의 카드에 아직 충분한 돈이 비축되어 있음에도 불구하고 비라도 맞아야 속이 풀리겠다는 표정을 지으며 그냥 걷기 시작했다. 상의의 옷깃을 올려세우며 처량한 자신의 모습을 자랑이라도 하려는 듯 바삐 뛰는 사람들 사이로 터덜터덜 걷고 있는 지크리트와 라디날의 표정이 꽤 측은해 보였다. 잠시 비를 피하려고 건물 안으로 들어선 사람들이 만들어놓은 빈 공간. 그 빈 공간 속의 지크리트와 라디날은 정말 더욱 처량해 보일 수밖에 없었다.

"도대체 무슨 일이지…… 마법의 성이라서?"

식당이 자신의 이름 값이라도 했는지 지크리트와 라디날은 두 번 모두 그곳에서 소문 속의 에스퍼를 보았다. 라디날이 이야기 해 준 대로 소문 속의 에스퍼들은 사실이었다. 특히 해적 두목이 말한 '지구인'이라는 소리. 그것은 라디날이 기숙사에서 이야기해 준 에스퍼들이 지구인이라는 소문을 확인시켜 준 것이기도 했다.

"제길……."

"일단 들어가자. 들키지 않은 것만으로도 다행이야."

"그래……."

지크리트와 라디날은 어디라도 가서 울적한 기분을 달래고 싶 었지만 사고라도 칠 것 같아 참고 기숙사로 향했다. 몹시 씁쓸한 기분이었다. 에스퍼를 두 번씩이나 본 것도 그랬지만, 너무나도 놓 치기 아까운 아가씨를 그렇게 보내버린 것이 더욱 가슴 아픈 지 크리트였다.

한참 후, 여전히 빗속을 걷고 있는 두 사람의 눈에 멀리 사관 학교의 기숙사가 보였다. 네모 반듯하고 딱딱한 건물. 둘은 아무런 말도 없이 자신들의 방으로 향했다.

삐리리릭—

라디날이 샤워를 하고 있는 동안 멍하니 바닥에 누워 있던 지 크리트의 개인 단말기가 반짝거리기 시작했다. 몹시 귀찮았지만 지크리트는 스위치를 켰다. 늘 보던 얼굴이 나타났다.

"형이다."

"어, 어디야? 화면이 보이는 것을 보면…… 여기네? 칫, 잘 있었 어?"

"그래, 하하하…… 그건 그렇고 너 이제 이틀 뒤면 임관이구나?"

"그래, 잊지 않고 있었구나? 여기 나 때문에 온 거야? 아니면 다른 일? 어쨌든 임관할 때 올 거지?"

"하하…… 그건 몰라도 되고. 부모님도 안 계신데 나라도 가야 하지 않겠어? 솔직히 말하자면 베레시아에서 일이 있어서……."

"쳇. 하하, 어쨌든 잘됐네?"

세나리트. 지크리트의 형이자, 사파이렐을 지크리트의 통신 친구로 만들어준 장본인. 지크리트와 세나리트 형제간의 우애는 무척 좋은 편이었다. 준장으로 해적 퇴치 작전을 수행하다가 돌아가신 아버지의 유언을 받들어 둘 다 군대에 몸바치기로 했지만, 둘의 길은 달랐다.

다소 허약한 체질이었지만 특수한 능력을 갖고 있었던 세나리트는 임관하자마자 총장 직속 정보국에서 일을 하게 되었고, 특진을 한 번 한 결과 일찍 중령이 되었다. 그러나 이에 반해 지크리트는 비교적 튼튼한 편이었기에 전투기 조종사로서 훈련을 받아왔고, 곧 소위로 임관할 예정인 것이었다.

"그럼, 그때 보자. 아, 그리고 네 통신 친구."

"응? 아! 사파이렐?"

"그래, 아마 네 졸업식에 갈지도 몰라."

"그래? 아…… 한번 만나보고 싶었는데 잘됐네."

"하하, 그래? 사파이렐이 들으면 좋아하겠는데. 아마 놀랄걸?"

"응?"

사파이렐. 이미 계급이 준장이었다. 그리고 이미 이곳 베레시아 군인 휴게소에서 세나리트와 함께 휴식을 취하면서 사랑의 이름호를 기다리고 있는 것이었다. 그러나 그런 사실을 지크리트가 알리 없었다.

"그럼, 그때 보자."

"그래, 잘 있어."

통신이 끊김과 동시에 라디날이 수건으로 머리를 말리며 다가왔다. 다소 못생긴 듯했지만 그래도 똑똑해 보이는 라디날은 전투기 조종사인 지크리트와 달리 전함 조정이 주 전공이었다.

"누구야?"

"아…… 형한테서 전화 왔었어. 그럼, 내가 샤워한다."

"그래."

지크리트가 샤워실로 들어가자 라디날은 컴퓨터를 켰다. 우등생답게 잠시라도 궁금증을 가슴에 안고 있으면 못 견디는 그였기에 최근에는 에스퍼들에 대한 연구를 계속하고 있었다

"도무지…… 음……."

이곳저곳 가볼 수 있는 곳은 다 뒤지고 다녔지만 중요한 단서가 될 만한 곳에 다가서면 언제나 장애물이 막고 나섰다. 군 본부나 정보국. 그렇다고 해킹을 할 수도 없었다. 라디날의 실력이면 성공할 수도 있었지만, 만약 들키기라도 한다면 임관이고 뭐고 다 끝장이었다.

"치……."

잠시 후, 별 성과를 얻지 못한 듯 컴퓨터의 전원이 내려졌다. 지크리트가 나오자 잠시 이야기를 나누던 둘은 그렇게 그냥 잠이 들어버렸다.

'햇살. 아침 햇살. 그래 나는 이런 햇살이 좋아. 그러나 오늘은 왠지 더 자고 싶은데……'

삐리리릭—

졸업을 하루 앞둔 아침. 늦잠이라는 소망을 무시하고 지크리트와 라디날의 개인 단말기가 동시에 울리기 시작했다. 거의 동시에 잠에서 깬 둘은 부스스한 눈으로 각자의 단말기를 집어 들었다.

아침 일찍부터 호출이라니…….

분명 무슨 일이 생긴 것이었다.

"충성! 교장 선생님, 지크리트입니다."

"충성! 교장 선생님, 라디날입니다."

"지금 두 사람 모두 내 방으로 오도록!"

"네, 충성!"

화면이 사라지자 둘은 서로의 얼굴을 보았다. 명령. 둘은 재빨리 옷을 갈아 입었다. 세수를 할 시간적 여유도 없었기에 둘은 잽싸게 방문을 열고 교장실을 향해 나섰다.

"헉헉…… 같이 가."

"빨리 와."

지크리트는 자동 복도를 뛰어가 채 5분도 안 되는 시간에 교장실 앞에 도착했다. 하지만 라디날은 그리 체력이 강한 편이 아니었기 때문에 아직 뒤쳐져 있었다.

교장실에 도착하자 지크리트는 노크를 하고 문을 열었다. 계속 뛰어서 숨이 차왔다.

"헉헉…… 충성!"

"아, 지크리트 생도와 라디날 생도?"

"네, 대위님."

"이리로."

교장의 비서가 지크리트를 안내하자 그제야 라니날도 간신히 따라 들어왔다. 교장실 안에는 처음 보는 소령 한 명이 서 있었다.

"충성!"

두 사람이 재빨리 경례를 하자 교장은 무척 자랑스러운 표정을 지으며 두 사람을 바라보기 시작했다. 준장 계급장의 교장은 대머리로 인해 항상 놀림이 되고 있었지만, 그래도 생도들 사이에서는 인기가 꽤 있는 자상한 사람이었다.

"이 두 사람이오, 소령. 라디날 생도는 전교 수석이자 당장 전함 조정을 맡겨도 무리가 없을 정도의 실력파고, 여기 지크리트 생도는 다른 것은 몰라도 전투기 조정 하나만큼은 타의 추종을 불허하지…… 하하."

"네, 그런 생도들을 만나니 반갑군. 나는 케이셀 소령이다."

"네! 소령님, 반갑습니다."

지크리트와 라디날은 동시에 큰 소리로 답했다. '사랑의 이름호'의 부함장 케이셀 소령은 두 사람이 마음에 드는지 두 사람을 세워놓은 채 계속 교장과 두 사람에 대해 담소를 나누기 시작했다.

"좋다. 너희 둘 다 임관과 동시에 최신함 사랑의 이름 호에 탑승한다."

"네?"

"네!"

최신함이라니!

둘은 무척 기뻤다. 보통 임관하자마자 최신함에 태워주는 법은 없었다. 그러나 사연을 듣고 난 둘은 다소 실망의 표정을 지었다. 그러나 그럼에도 불구하고 둘은 기쁠 수밖에 없었다.

사랑의 이름 호는 방금 베레시아 기지에 도착했다. 베레시아의 제2군 기지는 로이펠 중장이 군단장으로 있었으며 사관 학교 바로 옆에 있었다. 케이셀 소령은 전함이 착륙하자마자 이곳으로 달려올 수밖에 없었다. 몇 번에 걸친 장거리 워프를 한 사랑의 이름호는 결함을 드러내며 사고를 일으켰고, 결국 두 사람이 중상을 당했다. 로이잔느가 긴급한 충원을 요구하자 사령부는 베레시아 사관 학교 졸업 예정자 두 명을 허락했고, 지시에 따라 케이셀이 긴급 수혈을 하러 온 것이었다. 부상당한 한 사람은 전투기 조종사였고, 또 한 사람은 전함의 부 오퍼레이터인 멜스턴 중위였다.

"입함은 임관식이 끝나는 다음 날 아침 9시. 잊지 말도록!"

"네, 알겠습니다."

"그럼 그만 가보도록."

"네, 충성!"

교장실을 나서는 지크리트와 라디날은 무척 기분이 좋았다. 최신함이라니, 너무나도 기쁜 일이었다. 최신함에는 최신 전투기도 탑재되어 있었다. 시뮬레이션으로만 해보았던 오메가—1형의 최신 전함. 그리고 구므다므—3형의 변신 전투기가 탑재해 있을 것이라고 생각하니 너무나도 기분이 좋을 수밖에 없는 두 사람이었다.

"야호!"

지크리트와 라디날은 발걸음마저 가벼웠다. 오늘부터는 수업도 없었다. 이제 모레 임관과 동시에 글피엔 최신함을 탄다. 벌써부터 둘은 꿈에 부풀어 있었다. 그런 둘의 행동이 너무나 이상했던지 사람들이 수군거리며 지나가고 있었다.

"어……."

"아……."

"아, 안녕하세요?"

"예…… 안녕하세요…… 저, 에, 에리카 교수님."

그녀였다. 너무나 들뜬 나머지 그녀가 다가오고 있음에도 불구하고 바로 코앞에서야 그녀를 인식하고 만 것이었다.

쿵, 쿵, 쿵!

지크리트의 심장이 다시 뛰기 시작했다. 그러나 에리카는 간단히 인사를 하고 지나가 버렸다. 덕분에 지크리트의 가슴은 다시 타 들어가기 시작하고 있었다.

"치…… 이제 그 배를 타면 다시 그녀를 못 보는 건가?"

"하하, 안됐다, 지크리트."

"제길."

자신의 방에 도착한 지크리트는 컴퓨터를 켰다. 누군가와 대화를 나누고 싶었다.

'혹시 사파이렐이 들어와 있을까?'

그러나 사파이렐은 접속해 있지 않았다. 그녀에 대해서는 아직 잘 모른다. 그저 형이 소개시켜 주었을 뿐. 사파이렐 소위. 상당히 귀여운 모습. 그러나 이상하게도 얼마 전부터 사파이렐은 사복을 입은 상태에서만 통신에 들어왔다. 지크리트는 그러려니 했지만 사파이렐은 계속 진급하는 자신의 실체를 드러내기 싫었던 것이었다.

"야! 나 좀 쓰자."

"도서관에 가서 써. 난 사적인 거라서 거기선 못 쓰잖아."

"치, 으이그."

라디날이 나가자 지크리트는 계속 이리저리 통신 세계를 누비고 다녔다.

'어? 그녀다. 그녀가 접속했구나. 꿩 대신 닭이라도……'

지크리트는 웃음을 띠었다.

〈사파이렐? ⌣⌣〉

지크리트는 메시지를 보냈다. 잠시 후 낯익은 귀여운 소녀의 모습이 화면에 나타났다. 사파이렐. 언제 보아도 귀여운 모습. 웃고 있었다. 지크리트도 따라 웃었다.

〈곧 졸업이지? ⌣⌣〉

〈응……〉

〈나도 그 졸업식 갈 거야. ⌣⌣〉

〈그래…… 형한테 들었어.〉

〈아…… 세나리트 중령님한테서……. ⌣⌣;〉

요즘 젊은이들 사이에 유행하는 문자 전송을 통해 즐거운 대화가 계속되기 시작했다. 곧 만날 두 운명. 준장과 소위. 그러나 둘은 엄청난 운명이 기다리고 있다는 사실을 당연히 모르고 있었다.

＊　　　　＊　　　　＊

로이잔느는 자신의 전용 차를 타고 베레시아 군인 휴게소를 찾아가고 있었다. 물론 옆에는 세이나가 같이 타고 있었다. 베레시아 행성의 메크로티시(市). 우주 제국의 심장부답게 거리는 화려했지만 사관 학교와 군 휴양소, 그리고 군 기지가 붙어 있는 이곳은 화려하다고 말하기에는 확실히 조금 부족한, 딱딱한 느낌을 전해 주고 있었다.

"수리가 빨리 끝날까 모르겠군……."

"네, 3일 예정이라니까 그 안에 끝날 겁니다."

아무런 말도 없던 로이잔느가 수리 중인 전함에 신경이 쓰였는지 갑자기 혼자말을 중얼거렸다. 물론 옆에서 세이나가 듣고 있었기 때문에 목소리를 낸 것이었다. 사랑의 이름 호는 방금 건조한 전함답게 장거리 워프에서 결함을 드러내며 많은 사람들이 부상을 당하는 사고를 냈다. 때문에 지금 전함은 수리 예정이었다. 특히 두 사람의 부상 정도가 심해 로이잔느는 인원 보충을 요구했다. 제국 사령부는 곧바로 이곳 베레시아 사관 학교의 졸업 예정자 둘을 허락했고, 그리고 그 일로 인해 오늘 아침 케이셀 소령이 사관 학교를 방문했던 것이었다.

"전함 자체에도 내가 모르는 무엇인가가 있는 것 같아."

"네?"

사실 그랬다. 수리를 시작하려는 순간 정보국 직원들이 일반 수리공들을 다 내보내고 저민트계 7행성 푸레에서 사랑의 이름 호의 건조를 맡았던 제작진들을 급히 불러 수리를 시작하도록 지시 내린 것이었다.

"그건 그렇고…… 제독 이름이 사파이렐이라고?"

"네, 계급은 준장인데 기록을 뒤져 봐도 전혀 나오지를 않습니다. 정보국 소속이라는 것밖에는."

"그래? 참 이상하군. 준장인데…… 부관이 중령이야? 세나리트 중령?"

"네…… 이상하네요. 보통 준장의 부관은 대위인데."

로이잔느와 세이나가 전함에 탑승할 제독에 대한 이야기를 나누고 있는 동안 제독이 휴양하고 있다는 베레시아 군인 휴게소가 멀리 그 모습을 드러냈다. 군 기지가 워낙 커서 다소 시간이 걸렸을 뿐이었지 군 휴양소는 기지 바로 옆에 붙어 있었다. 따라서 로이잔느의 전용 차는 어느새 휴양소의 검문소에 다다르고 있었다.

"충성! 잠시 검문이 있겠습니다."

"아, 로이잔느 대령님이다. 사파이렐 준장님을 뵈러 왔다."

"넷! 약속과 신분 확인되었습니다. 1동 303호실입니다."

세이나와 헌병 사이의 간단한 대화로 검문이 끝나자, 로이잔느의 전용 차가 다시 움직이기 시작했다. 잠시 후 전용 차는 아무런 장식도 없는 1동이라고 큼직하게 글자가 써 있는 하얀 건물 앞에 멈춰 섰다.

"여기입니다. 303호실에 묵고 계신다고 하네요."

"그래, 가자."

로이잔느는 만지작거리던 모자를 쓰고 차에서 내려 걷기 시작했다. 경례를 하면서도 바라보는 이상한 시선들. 귀엽고 예쁘장한 얼굴. 어울리지 않은 대령 계급장. 그러나 로이잔느는 생각에 잠겨 있었다.

사파이렐이라는 사람은 도대체 어떤 사람일까?

이런저런 생각을 하며 경례를 해오는 사람들을 거의 무시하며 걷고 있던 로이잔느의 머리 속에 불현듯 에리카의 모습을 떠올랐다. 솔직히 당장 에리카부터 만나보고 싶었지만 공적인 일이 우선일 수밖에 없었다.

"대령님, 이 명령서에는 먼저 세나리트 중령을 찾아가 안내를 받으라고 되어 있습니다만……."

"치, 뭐가 그리 복잡해?"

"네? 헤헤, 글쎄요."

요 며칠 사이 둘은 꽤 친해졌다. 로이잔느가 먼저 세이나에게 다소 친구처럼 다가갔다. 세이나 또한 원래 누구하고도 쉽게 친해지는 성격이었고, 더군다나 시기나 질투 같은 것이 없는 여자였기에 쉽게 로이잔느의 접근을 잘 받아주었다.

　건물 안으로 들어서자 세이나는 재빨리 카운터에 가서 단말기를 조작하여 세나리트를 찾았다. 그러나 공교롭게도 세나리트는 외출 중으로 표시되어 있었다.

　"어떻게 하죠?"

　"사파이렐 준장은 안에 있어?"

　"음…… 네. 있다고 나와 있네요?"

　"그럼 찾아가지 뭐."

　"네? 아…… 네, 알겠습니다."

　세이나는 명령서의 내용이 상기되었지만 별로 문제가 되지 않을 듯했기에 그냥 로이잔느가 명령하는 대로 앞장을 섰다. 303호. 3층은 장성들의 휴양소였다. 잠시 후 둘은 303호 문 앞에 섰고 세이나는 초인종을 눌렀다.

　디디딩—

　디디딩—

　"응? 아무도 없나? 이상하다 분명 있다고 했는데……."

　"열리나 봐."

　"네……."

　윙—

　아무리 눌러도 인기척이 없자 세이나는 로이잔느의 명령대로 한 발자국 문 앞으로 다가섰다. 잠금 장치가 되어 있지 않았는지 문이 열렸다. 깔끔한 소파와 탁자, 그리고 오른쪽으로 난 문과 왼쪽으로 난 문. 로이잔느도 세이나도 처음 와보는 장성 휴게소가 이렇게 넓고 좋은지 몰랐다.

　"홋, 좋군. 역시 빨리 장군이 되어야 하겠군. 여기서 기다리지 뭐."

"아…… 네……."

순간 세이나의 등줄기로 식은땀이 흘러내렸다. 아무리 로이잔느가 출세 가도를 달리고 있는 대령이라도 해도 상대는 엄연한 준장. 지금 로이잔느는 남의 방 소파에 털썩 앉아버린 것이다.

"후후, 괜찮아. 총장님이 내 전함에 태울 제독이라면 그렇게 형식을 따질 사람이 아니야."

"아…… 네."

세이나는 그제야 로이잔느의 행동을 이해할 수 있었다. 웃고 있는 로이잔느. 아무리 봐도 도무지 대령 계급장이 어울리지 않은 예쁘장하고 귀여운 처녀의 이미지였다. 지금 세이나는 조금씩 로이잔느를 좋아하고 있는 자신을 발견하고 있는 중이었다.

윙—

"아……."

"아악, 싫어!"

왼쪽 문이 열리며 소녀 같아 보이는 누군가가 수건으로 몸을 닦으며 나왔다. 세이나는 등 방향이었기 때문에 못 보았지만 로이잔느는 겸연쩍은 미소와 함께 야릇한 소리를 내뱉어야만 했다. 샤워를 마친 사파이렐은 당연히 아무도 없다는 생각에 나온 것이었지만, 이내 비명을 지르며 다시 샤워실로 들어갈 수밖에 없었다.

"미, 미안해요. 우리는 나가 있겠어요."

윙—

로이잔느는 겸연쩍은 미소를 띠며 문 밖으로 나갔다. 영문을 정확히 몰랐지만 세이나도 재빨리 따라 나갔다. 문이 닫히자 로이잔느가 세이나를 보며 웃었다. 이유를 몰랐기에 세이나는 멀뚱멀뚱한 눈으로 로이잔느를 쳐다볼 수밖에 없었다.

'에리카……'

로이잔느는 또다시 에리카 생각이 났다.

아직 성별이 정해지기 전, 끝까지 남자를 원했던 자신과 달리 에리카는 순순히 여자가 되었다. 그 이후로도 둘은 여전히 친했지만, 그래도 옛날과 달리 어딘가 모르게 하나의 벽이 생겨버렸다. 그 전, 둘 다 무성이었을 때는 늘 같이 목욕을 했었다. 그러나 일단 에리카의 성이 정해지고 난 뒤로 둘은 점점 같이 목욕하는 것을 꺼리게 되었다. 특히 에리카 쪽에서 더욱 꺼리게 되었고, 결국 로이잔느가 사관 학교로, 에리카가 베레시아 대학으로 입학하면서 그 후 그들은 한번도 같이 목욕한 적이 없었다.

"치…… 여자들이란."

"네?"

"아니야."

윙―

잠시 후 문이 다시 열렸다. 홍조를 띤 조그마한 소녀가 나왔다.

'누구지?'

로이잔느와 세이나는 잠시 서로의 얼굴을 바라보았다.

'303호 맞는데? 혹시?'

"저…… 아가씨. 아버님은?"

"예?"

"아, 죄송합니다. 그럼…… 삼촌이나 오빠께서?"

"예?"

문가에 선 두 사람과 문 안쪽의 귀여운 소녀. 이제 막 18살. 짧았던 단발은 어느새 조금 자라 어깨에 다다르고 있었다. 아직 말리진 않았지만, 분명 찰랑거리면 아름다운 밝은 초록색일 것 같은 머리를 가진 아가씨는 당장이라도 껴안아주고 싶은 충동을 일으키는 모습을 하고 있었다.

"어떻게 된 거야, 세이나 중위?"

"네…… 그게…… 303호 맞는데."

로이쟌느의 질문에 겸연쩍은 미소를 머금은 세이나는 다시 접견 명령서를 읽기 시작했다. 분명 어렸을 적 상당히 말괄량이였으리라는 생각을 불러일으키는 미소였다. 그런 두 사람을 보고 있는 사파이렐은 살짝 웃고 있었다. 이미 총장이 건네준 작전 명령서에는 로이쟌느 대령의 신상 명세가 적혀 있어 그들을 알아볼 수 있었기 때문이다.

"혹시? 로이쟌느 대령님?"

"어…… 맞는데."

"아, 반가워요. 제가 사파이렐이에요."

"네?"

잠시 멍한 표정을 짓고 있던 로이쟌느는 곧 어이없는 웃음을 띠었다.

'얘가 장난하나?'

로이쟌느의 미소는 그 이상도 그 이하도 아니었다. 세이나 역시 마찬가지였다. 전혀 믿을 수 없다는 표정을 짓고 있을 뿐이었다.

"일단 들어오세요."

"그, 그러지요."

'기다리고 있으면 진짜가 나타나겠지…… 딸이 아니라면 친척인가?'

로이쟌느는 설마 하는 표정을 지으며 다시 소파에 앉았다. 결국 로이쟌느는 이 상황을 어린 여자아이의 장난으로 받아들이고 있었다.

사피이렐 또한 짧은 순간이나마 다소 못마땅한 표정을 짓기는 했지만 이미 비슷한 경험이 있었기에 금세 표정을 바꾸고 웃으며 여유있는 모습으로 모니터가 올려져 있는 자리에 앉았다. 더 이상 말해 보았자 믿어주지 않을 테니, 딴 일이나 하면서 세나리트 중령을 기다릴 심산이었다.

〈야! 너, 아직도 있었니? ^;〉

〈응, 넌 왜 또 들어왔어? ^;〉

〈그냥……〉

〈참! 나 이따…… 친구들이랑 시내로 나갈 건데, 나올 수 있니?〉

〈아니, 힘들 것 같아…… 그냥 졸업식에서 봐.〉

〈그래? 한번 보고 싶은데. 히히 너 목욕했구나?〉

〈응…… 그래.〉

〈하하, 예쁜데? ^;〉

〈뭐? ——;〉

키보드 소리. 음성을 실어 넣을 수도 있었지만 사파이렐과 지크리트는 굳이 옛날 방식, 즉 키보드로 문자를 전송하는 애용했다. 젊은이들에게 유행하는 일종의 복고 유행이었다.

"뭐야?"

"글쎄요."

시간이 계속 지루하게 흘러가고 있었다. 멍하니 창 밖을 바라보고 있던 로이잔느가 기다리는 것이 지루했는지 다소 투정이 서린 말투로 질책했지만, 세이나는 다소 겸연쩍은 말투로 책임을 회피했다.

"저기요…… 제가 세나리트 중령님을 호출해 놓았으니 곧 오실 겁니다."

"아, 네."

사파이렐이 뒤를 돌아보며 세나리트 중령을 호출했다며 웃는 표정으로 이야기하자, 로이잔느는 얼떨결에 대답했다. 민간인을 대하는 로이잔느의 모습은 군인을 대할 때와는 사뭇 달랐다. 전투 시나 기타 긴장을 해야만 하는 때는 너무나도 날카로워지지만, 평상시에는 어딘가 모르게 아직 소녀 티가 남아 있는 로이잔느였다.

애애앵—

"응? 무슨 일이지?"

"글쎄요?"

[알립니다. 불순분자 침입으로 경계 경보. 경계 경보.]

갑자기 냉랭한 컴퓨터의 목소리가 울려퍼지기 시작했다.

'도대체 무슨 일이지?'

로이잔느와 세이나는 레이저 건을 뽑아 들면서 자리에서 일어났다. 창문 밖으로 중무장한 사내들이 이리저리 분주하게 뛰고 있었다.

"무슨 일이에요?"

'설마……?'

사파이렐은 불안해졌다. 그러나 로이잔느와 세이나는 별일이 아닐 거라고 생각한 듯 다시 소파에 앉았다. 아마 아직 자신들이 뛰쳐 나갈 상황은 아니라고 판단한 듯했다.

불안을 느낀 사파이렐은 지크리트에게 나가봐야겠다는 인사를 하고 단말기 앞에서 일어났다. 불안. 한번도 전투다운 전투에 참전해본 적이 없었는지라 이런 긴장된 순간이 찾아오면 옛날의 공포로 인해 점점 더 불안해지는 사파이렐이었다.

콰당!

"후후, 여기 있었군."

"아……."

기겁을 하는 사파이렐의 눈에 잊혀질 수 없는 존재가 비춰졌다. 부서진 문 뒤에는 빛의 검을 든 사내가 묘한 웃음을 띠며 서 있었다. 여전히 천사와 같은 얼굴과 잊을 수 없는 야릇한 미소. 그러나 아니었다. 지구에서 본 사내도 사파이어 행성에서 본 그 사내도 아니었다. 분위기는 비슷했지만 아니었다. 마치 복제 인간들처럼 너무나도 비슷했지만, 모두들 조금씩 어딘가 모르게 달랐다.

마찬가지로 너무나 놀란 로이잔느와 세이나는 동시에 레이저 건을 빛의 검을 든 사내를 향해 겨누었다. 그러나 사시나무처럼 떨고 있는 사파이렐에게 다가오는 사내는 전혀 그 둘을 신경 쓰지 않는 듯했다.

"더 이상 다가오면 쏜다!"

"후후…… 버러지들."

"뭐?"

피빙!

"어……."

로이잔느는 본인의 성격 그대로를 반영하듯 주저없이 방아쇠를 당겼다. 그러나 허사였다. 레이저 건은 사내를 맞추지 못하고 휘어나갔다. 세이나도 사격을 실시했지만 허사였다. 놀라움을 금치 못한 로이잔느와 세이나는 움찔하며 뒤로 물러섰다.

사파이렐은 떨면서 재빨리 로이잔느의 뒤로 몸을 숨겼지만 불행히도 지금 로이잔느는 사파이렐을 보호해 줄 만한 능력을 갖고 있지 못한 듯했다.

"젠장! 뭐, 뭐야?"

"죽어라!"

피비빙—!

사내가 칼을 들이세우며 돌진하려 할 때, 사내의 등뒤로 일제 사격이 가해졌다. 어느새 무장한 군인들이 출동한 것이다. 덕분에 로이잔느와 세이나는 일단 목숨을 건졌다. 그러나 태어나서 이렇게 많은 땀을 흘려보기는 처음인 것 같았다. 그것도 식은땀으로.

"죽어라!"

"으악!"

"아악!"

"아……."

'이럴 수가!'

돌아선 사내가 빛의 검을 휘두르자 병사들이 맥없이 쓰러져 갔다. 세 사람의 눈앞에서 펼쳐지는 살육. 사파이렐뿐만 아니라 로이잔느와 세이나 역시 이미 제정신이 아니었다. 사파이렐은 당장이라도 공간 이동을 하고 싶었지만, 앞의 두 사람을 그냥 두고 가기가 왠지 양심에 찔렸는지 계속 주저하고 있었다.

'내가 남아 있다고 이 두 사람이 살아날 수 있을까? 아니야.'

사파이렐은 자신에게 그런 냉정한 면이 있는지 몰랐다. 그러나 분명 이곳에 자신이 남아 있든 남아 있지 않든 두 사람이 죽는 것은 마찬가지였다. 따라서 마음을 결정할 수밖에 없었다.

챙강!

"아악!"

"뭐, 뭐야?"

사파이렐이 막 눈을 감으려는 순간, 창문이 깨져 나가면서 새로운 사내가 나타났다. 역시 빛의 검을 든 사내, 똑같이 천사와도 같은 환한 얼굴이지만, 너무나도 냉정한 그 모습. 분명 얼굴은 모두 조금씩 달랐지만 이 사내 역시 분위기만은 너무나도 흡사했다.

"으악! 놔, 놔!"

"제길!"

피빙―

가느다란 사파이렐의 손목은 이미 사내에게 그 자유를 속박당하고 있었다. 뒤로 돌아선 로이잔느와 세이나가 물러나면서 조준 사격을 실시했지만 역시 허사였다. 새로 나타난 사내는 한 손으로 사파이렐을 질질 끌면서 로이잔느와 세이나를 향해 한 발자국씩 다가오기 시작했다.

'설마 여기서 내 인생이 끝나는가? 이 사내들이 바로 에스퍼의 정체였던가? 아니다. 분명 내가 보아왔던 에스퍼들은 이런 사내가 아니다.'

짧은 순간 로이잔느는 기지에서 보았던 죄수를 기억해 내었다. 그러나 그들은 어디까지나 인간, 평범한 인간이었다. 그러나 지금 이 사내들의 모습은 아니었다. 마치 빛이라도 뿜어내고 있다는 착각을 불러일으킬 정도로 화려한 얼굴을 가지고 있었지만, 오히려 살아 있다고 이야기할 만한 느낌을 전혀 주지 못하고 있었다.

"죽어라!"

"안 돼!"

사관 학교에서 체육까지도 1등을 한―익힐 수 있는 호신 무술이란 무술은 모두 익힌―날렵한 로이잔느였지만, 지금 사내를 막을 수 있는 방법은 아무것도 없었다.

"아아아아악!"

먼저 나타난 사내가 병사들을 다 해치우고 난 뒤 뒤로 돌아서려는 순간, 그리고 두 번째 나타난 사내가 로이잔느에게 칼을 들이대는 절대절명의 순간 사파이렐의 가는 비명 소리가 울려퍼졌다.

'여기는? 나는?'

순간 갑자기 모든 것이 고요해졌다. 사파이렐은 눈을 떴다. 모든 것은 그대로였다. 그러나 단 한 가지, 아무것도 움직이지 않고 있었다. 칼을 내리치는 사내도, 막 칼을 맞기 일보 직전인 로이잔느와 세이나도, 그리고 이제 막 뒤로 돌아서서 자신을 노려보고 있는 사내도 움직이지 않고 있었다.

그야말로 마치 시간이 멈춘 것 같았다. 그러나 실제로 시간이 멈춘 것은 아니었다. 사파이렐의 능력에 의해 주변 공간의 시간이 극도로 천천히 흘러가기 시작한 것이었다.

"아……."

사파이렐은 잠시 어쩔 줄 몰랐다. 자신도 처음 겪는 일. 공간 이동만이 자신의 능력의 전부인 줄 알았는데 시간의 정지라니, 도저히 믿을 수 없는 일이 발생한 것이었다. 어쨌든 다행이었다. 아직 두 사람이 죽지 않은 상태에서 시간이 멈춘 것이 무엇보다도 다행이었다.

얼떨떨했지만 일단 사파이렐은 자신의 손목을 잡고 있는 손을 뿌리치고 간신히 자유를 얻었다. 너무나도 손목이 아팠다. 그러나 언제 시간이 다시 흐를지도 모르는 상황에서 꾸물거릴 여유가 없었다. 사파이렐은 떨리는 손으로 일단 사내의 손에서 칼을 빼내려고 칼 잡은 사내의 손을 펴기 시작했다. 그러나 있는 힘을 다 주어도 칼은 쉽게 빠질 생각을 하지 않고 있었다.

"아……."

사파이렐의 등뒤로 땀이 주르륵 흐르고 나서야 칼 하나가 간신히 뽑혔다. 그러나 그 순간 사파이렐의 얼굴은 후회하는 빛으로 가득 찼다. 지금처럼 칼을 뺐다 해도 어쩌면 저 두 사람이 이들에게 죽고 말 것이라는 사실이 변하지 않을지도 몰랐다.

'차라리 이 사내를 저 사내 앞으로 옮길 것을…… 그러면 혹시 서로의 칼에 맞아 죽지 않을까?'

이런저런 생각이 사파이렐의 머리 속을 스쳐 지나갔지만 후회할 여유가 없었다. 사파이렐은 재빨리 다른 사내에게로 다가갔다. 이제 막 돌아서서 칼을 올리려는 사내를 노려보던 사파이렐은 있는 힘을 다해 사내의 손을 펴 간신히 칼을 뽑아내었다.

"휴……."

사파이렐은 두 개의 칼을 들어 창문으로 가져 갔다.

'없어져!'

사파이렐은 칼을 던졌다. 그러나 칼은 떨어지지 않았다. 바로 사파이렐이 손을 놓은 그 장소에 그냥 있었다.

"어……."

너무나도 늦게 흘러가는 시간…… 사파이렐 이외의 그 어떤 것도 마치 움직이지 않는 것처럼 보이고 있었다. 놀란 사파이렐은 잠시 동안 멍한 표정을 지은 채 서 있었지만 계속 그런 표정을 허락할 마음의 여유가 없었다.

'이제 어떻게 하지? 사내들을 들어서 창문 밖으로 갖다 놓으면 좋을 텐데…… 그러면 시간이 다시 움직이더라도 떨어져 죽겠지……?'

사파이렐은 사내를 들어보았다. 하지만 꼼짝도 하지 않았다.

"아…… 어떻게 해…… 어떻게……."

잠시 혼자말을 되뇌며 고민하던 사파이렐은 일단 로이잔느부터 질질 방 밖으로 끌고 나갔다. 밖에는 수많은 군인들의 시체가 널브러져 있었기에 사파이렐은 자신도 모르게 눈을 감았다. 비록 안드로이드들이었지만 빨간 피가 여기저기 흩뿌려져 있었다.

"헉헉…… 아, 싫어…… 싫어……."

흘러내리는 피 또한 시간을 망각한 채 멈추고 있었기에 그 장면은 더욱 끔찍했다. 그런 군인들의 모습이 당연히 보기 싫었기에 사파이렐은 눈을 감은 채 다시 세이나를 끌고 나왔다.

"헉헉…… 싫어, 싫어…… 싫어……."

흥분하기 시작하는 사파이렐의 눈가에 눈물이 맺히기 시작했다. 그러나 그뿐이었다. 이미 사파이렐의 몸을 떠난 눈물은 더 이상 움직이지 않고 있었다. 아마 특수 사관 학교에서의 훈련이 아니었더라면 벌써 기절했을지도 모르는 일이었다.

"싫어……."

로이잔느와 세이나를 복도 끝까지 옮긴 사파이렐에게서 가냘픈 비명 소리가 터져 나왔다. 그와 동시에 다시 시간이 정상적으로 빠르게 움직이기 시작했다. 주인이 떠난 빈방에서 한 사내는 빈손을 내리쳤고 다른 사내는 빈손을 들어올렸다.

채쟁—!

칼 떨어지는 소리가 들려왔다. 잠시 동안 어리둥절한 모습들이 여기저기서 이어지고 있었다. 그러나 사내들은 곧바로 문 밖으로 나와 멍한 로이잔느와 세이나를 끌면서 도망치는 사파이렐의 뒷모습을 확인하고 재빨리 쫓아오기 시작했다.

피빙—

'여기는? 도대체 어떻게 된 거지?'

갑작스러운 장소 이동. 시간의 속도 변화를 느끼지 못한 탓에 당연히 놀란 로이잔느와 세이나는 허공을 향해 계속 레이저 건을 발사하고 있었지만, 이내 사내들이 쫓아오고 있다는 사실을 파악하고 사내들을 향해 레이저 건을 조준했다. 그러나 역시 헛수고였다.

"사파이렐, 피해요!"

"세, 세나리트!"

'세나리트……. 처음 나타난 그 순간 나를 구해주었던 그 사람……. 비록 지금은 나의 부관이지만 왜일까? 왜? 저 사람은 왜 내가 위급할 때마다 나를 구해주게 되는 것일까?'

계단 끝에서 갑자기 나타난 세나리트가 사파이렐을 제치고 다가오는 두 사내를 향해 뛰어갔다.

"아……."

그제야 제대로 정신이 든 로이잔느와 세이나의 눈앞에 두 손을 벌려 두 사내에게 달려드는 중령 계급장의 사내가 눈에 들어왔다. 언뜻 보기에도 다소 여성스러운 면이 있는 그리 건장해 보이지 않는 세나리트였지만, 지금 그들 눈에 비춰지고 있는 사람은 분명 강한 능력을 소유한 남자였다.

"뭐, 뭐야?"

"죽어라!"

"허억, 으……."

예상치 못한 듯 두 사내는 세나리트의 양손에 자신들의 이마를 제압당한 채 꼼짝도 못하고 있었다. 세나리트의 양손에서 무엇인가가 두 사내의 이마로 흘러 들어가기 시작했고, 사내들은 온몸을 떨기 시작하더니 이내 발버둥까지 치며 괴로워하기 시작했다.

"허헉, 위대한……."

"허헉……."

"크아악!"

"아아악!"

잠시 후, 헉헉거리는 세나리트 앞에 두 사내의 시체가 늘어졌다. 세나리트는 몹시 지친 듯 거친 숨을 몰아쉬고 있었다. 세나리트가 뒤로 돌아섰을 때 완전히 정신을 차렸는지 로이잔느가 무릎을 꿇고 정조준을 한 채 레이전 건을 겨누고 있었다.

"하악하악…… 로이잔느 대령님?"

"네…… 그럼, 세나리트 중령?"

"네…… 하악."

여전히 부들부들 떨고 있는 세이나 중위의 뒤로 중무장한 군인들이 달려오기 시작했다. 다들 쓰러진 시신들을 보고 놀랐지만, 신속히 사망자와 부상자를 가리려 애쓰고 있었다. 그러나 허사였다. 이미 모두 죽은 것이었다.

"도대체…… 무슨 일이지요?"

"네, 나중에 설명드리겠습니다. 이봐, 거기! 이 두 시체는 건드리지 마라."

"네, 중령님."

명령을 내린 세나리트는 울기 일보 직전인 사파이렐에게로 다가갔다. 모두가 무사하자 사파이렐은 다소 안도의 숨을 내쉬고 있었지만, 모든 일이 자기 때문에 일어난 것이라고 생각했는지 무척 괴로워하고 있었다.

"자…… 내려가요. 내 방으로 가요. 두 분도 따라오시지요."

"그럴까요? 세이나!"

"아…… 네."

로이잔느는 레이저 건을 집어넣고 흐느적거리는—아직도 정신이 없는—세이나의 등을 딱! 치고 세나리트를 따라 걸었다. 세나리트는 걸으면서 어딘가로 연락을 취하고 있었다.

'도대체 이자는?'

생각에 잠겨 있던 로이잔느는 이상한 느낌에 뒤를 돌아보았다. 어디서 나타났는지 낯선 사내 넷이서 사람들을 물리치고 쓰러진 두 사내의 시신을 옮기고 있었다.

"신경 쓸 것 없습니다. 제 부하들이에요."

"아, 그래요?"

세나리트의 설명에 로이잔느를 어깨를 으쓱거렸다. 정보국. 자신도 전혀 알지 못하는 곳. 군의 어느 곳보다 그 힘이 센 곳이었기에 비록 자신보다 계급이 낮다고 해도 함부로 대할 수 없는 그런 곳이었다.

"여깁니다."

계단을 한 층 내려온 세나리트는 일행을 자신의 방으로 안내했다. 역시 영관급 방이라서 장성용 방에 비해 다소 초라해 보였다. 그러나 로이잔느는 이미 몇 번 이 시설을 이용해 본 적이 있기에 다소 친근함을 느끼고 있었다.

"그렇다면…… 이분이 진짜로?"

"네, 사파이렐 준장님이십니다."

"아…… 실례했습니다, 준장님."

"저, 저도 실례했습니다, 준장님."

등줄기를 타고 흐르는 식은땀. 결례. 군에서 이런 결례는 경고에 해당하는 상황이었다. 그러나 지금 로이잔느의 등뒤로 흐르는 식은땀은 그런 경고가 무서워서 흘러내리는 것이 아니었다. 세이나 역시 마찬가지였다.

로이잔느. 22세에 대령. 늘 자신보다 나이 많은 부하들과 함께 했었다. 그러나 지금 눈앞에 자신보다 한참 어려 보이는, 아직도 부들부들 떨고 있는 상관이 있는 것이다.

"사파이렐 준장님, 이제 진정하세요."

"예…… 예."

세나리트가 따뜻한 눈으로 위로하자 그제야 사파이렐은 어느 정도 제정신으로 돌아온 것 같았다. 그러나 아직도 머리 속은 온통 그 사내들의 빛나는 검이 뛰어놀고 있을 뿐이었다.

"아참, 검……."

"검? 아…… 네."

세나리트는 다시 단말기를 조작하여 자신의 부하들에게 무엇이라 지시를 내렸다. 아까 사파이렐이 떨어뜨린 검을 회수하라는 명령이었다.

로이잔느는 사파이렐을 물끄러미 바라보았다.

'도대체 무슨 능력이 있기에 그 나이에 준장이라는 얘기인가?'

순간 로이잔느는 자신이 칼을 맞기 직전에 엉뚱한 장소로 이동했었던 기억을 떠올렸다.

'혹시? 아니다…… 인간이 어떻게? 하지만 그 부하들은 어떻게 갑자기 나타난 것이지?'

로이잔느의 머리 속이 점점 더 복잡해져 오기 시작했다.

"아…… 내 정신하고는…… 사파이렐 준장님, 이분들이 바로 사파이렐 준장님을 모실 로이잔느 대령과 그 부관입니다."

"예…… 알아요."

"아까는 정말 실례가……."

"아니에요…… 이미 익숙한 걸요 뭐."

그렇게 넷은 서로 인사를 나눈 뒤 긴장을 풀며 이런저런 자기 소개를 비롯한 담소를 나누었지만, 임무에 대한 이야기나, 방금 전에 일어났었던 이야기에 대해서는 아무 얘기도 없었다.

그렇게 어색한 상견례가 끝나고 로이잔느와 세이나는 전함의 수리가 끝나는 대로 다시 모시러 온다는 말과 함께 방을 빠져 나왔다. 기분이 상당히 허탈했다.

또다시 위기를 넘긴 사파이렐과 세나리트는 창문을 통해 멀어지는 두 사람을 바라보고 있었다.

"좋은 분들 같아요."

"네, 총장님께서 특별히 신경 쓰셨으니까."

"예……."

아직도 겁에 질린 사파이렐의 슬픈 눈동자. 세나리트는 그런 사파이렐을 보며 알 수 없는 묘한 감정을 느끼기 시작했다. 불과 몇 십 년 전부터 태어나기 시작한 얼마 되지 않은 능력자들, 그들이 모인 정보국 제9과 책임자 세나리트 중령은 다가오는 불안한 미래를 감지한 듯 눈꺼풀이 파르르 떨리기 시작하고 있었다.

군 기지를 향해 매끄럽게 달리고 있는 자신의 전용 차 안, 안락한 소파에 맥없이 기대어 있는 로이잔느는 한동안 말이 없었다. 세이나도 굳이 말을 걸지 않았다. 머리 속이 복잡할 것이 너무나도 뻔했기 때문이다.

"한잔 할까?"

"네?"

평소에 술은커녕 음료수도 잘 안 마시던 로이잔느였기에 세이나는 다소 놀랄 수밖에 없었다. 그만큼 지금 로이잔느의 머리 속이 정말로 복잡하다는 증거였다. 18살의 준장. 정말로 로이잔느는 이루 말할 수 없는 충격으로 인해 허탈해하고 있었다.

잠시 후 둘은 차에서 내렸다. 차를 가까운 주차장에 보낸 둘은 걷기 시작했다. 어둠이 깔림에 따라 시내는 그 화려한 모습을 점점 드러내고 있었다. 잘 짜여진 곳. 마치 로봇들만 사는 것처럼 깨끗한 거리. 어떻게 보면 이상향이었지만 짜증을 불러일으키기도 하는 모습이었다.

"후, 젠장! 완전한 것은 가장 완전하지 않은 것과 같지…… 후후…… 여기는 어때?"

"네, 전 좋아요."

알아들을 수 없는 로이잔느의 궤변을 들으며 세이나는 부관답게 기계처럼 대답했다. 화려한 불빛들의 거리를 잠시 돌아보던 로이잔느는 세련돼 보이는 간판을 단 주점에 들어섰다. 어딘가 모르게 활기 넘친 분위기가 마음에 드는 주점이었다. 자리를 잡자 로이잔느는 겉옷과 모자를 벗었다. 대령 계급장을 노출하기가 싫었던 것이었다.

"세이나, 어떻게 생각해?"

"네?"

"그 두 사람……."

"네…… 아직 잘 모르겠지만……."

그렇게 두 사람은 다른 두 사람과 방금 전에 있었던 일에 대해서 이야기를 나누기 시작했지만 이렇다 할 뾰족한 이야기가 나올

리 만무했다. 아니, 모처럼 만의 무미 건조한 시간이 마냥 흘러가고 있었고, 로이잔느는 다소 취기 어린 모습까지 보이고 있었다.

시기와 질투 속에서 뼈를 깎는 고통을 이겨내고 얻어낸 오늘날의 자신. 지난 3년간 정말로 이를 악물며 부단한 노력을 해왔었다. 그 결과 능력을 인정받아 계속 특진만 했다. 그래서 22살에 대령이 되었다.

'그런데 18살짜리 준장이라니……'

아무리 생각해도 기가 막힐 노릇이었다.

"저기…… 실례합니다. 두 분. 저쪽에서 합석을 요구하고 있습니다만."

"네?"

'후…… 그런가? 결국 내가 여자였나? 내가 여자로 보인다는 말이지? 후후……'

로이잔느는 약간 취기가 동했는지 웃음을 지었다. 세이나는 부관으로서 취하면 안 된다고 생각했는지 거의 술을 마시지 않고 있었기에 합석의 의사를 타진하고 있는 웨이터에게 손을 흔들어 정중한 거절을 표시하고 있었다.

"저기…… 가능하시다면……."

"죄송합니다. 저희들은……."

"아니야, 세이나. 우리 한번 가보자고. 후후."

"네?"

눈이 동그래지는 세이나. 자신이 부관이 된 이후, 이런 로이잔느의 모습을 보는 것은 오늘이 처음이었다. 웨이터는 야릇한 미소를 지으며 합석을 요구했다는 사내들이 있는 쪽으로 사라졌다.

"대령님……."

"괜찮아. 뭐, 이 계급만 들키지 않으면 되니까. 재미있겠네. 후후."

이미 어느 정도 취해 있었던 로이잔느는 웃으며 계급장이 완전히 보이지 않도록 옷과 모자를 정리했다.

잠시 후, 사내들이 다가왔다. 모두 다섯 명이었고, 사관 생도들이었다. 생김새는 나름대로의 개성들을 표출하고 있었지만 비교적 모범생들로 보였다. 다만 다들 많이 취해 있는 것이 문제였다. 로이잔느가 반쯤 졸린 듯한 눈으로 앉으라며 손을 들었다 내리자 다들 겸연쩍어하면서 자리에 앉았다. 웨이터가 그쪽 탁자에 있던 술과 안주를 가져오기 시작했다. 동시에 세이나의 등줄기에 다시 식은땀이 흐르기 시작했다. 그러나 다행히도 고급 술집 분위기답게 생도들 역시 취해 있기는 했지만 모두 점잖았다. 세이나에게는 일단 다행이었다. 로이잔느만 사고를 일으키지 않는다면 무사히 넘어갈 수도 있을 것 같았다.

"어…… 중위님들이신가요?"

"네, 그래요. 헤헤…… 댁들은?"

"네, 저희는 모레 졸업합니다."

"후후…… 그래요?"

세이나의 계급장을 보며 한 명의 사내가 묻자, 세이나는 겸연쩍은 웃음을 지으며 대답했다. 그러나 자신들의 졸업이 모레라고 밝힌 생도들을 향해 대답한 것은 로이잔느였다. 마치 장난이라도 치려는 듯한 모습이었다. 장난. 평소에 장난치기를 좋아하는 세이나였지만, 지금의 상황은 그럴 때가 아니라고 생각한 듯 표정이 더욱 겸연쩍어지기 시작했다. 로이잔느에 대한 걱정 때문에 어찌할 바를 모르는 것 같았다.

기초 교육 과정을 끝낸 17세면 누구나 사관 학교에 들어갈 수 있었다. 그러나 보통 17세에 입학하는 사람은 거의 없었다. 특별히 천재가 아니라면 몇 번의 낙방을 걸쳐 20세쯤에야 입학이 가능했다. 그렇기 때문에 로이잔느도 세이나도 이들이 모두 자신들의 나이와 비슷하리라는 것을 잘 알고 있었다.

"아직 나이가 어리신 것 같은데…… 벌써 중위시라니."

"아…… 예, 조금 일찍 입학했어요. 윙거르트 사관 학교에요."

"아…… 힌스데나 중장의 제4함대가 있는 곳?"

"네……."

대부분의 생도들은 발랄한 세이나에게 더욱 관심이 있었기에 세이나에게만 시선을 집중되고 있었다. 그러나 딱 한 명만은 로이잔느를 뚫어지게 바라보고 있었다. 로이잔느는 기쁘기도 했지만 슬프기도 했다.

'어차피 난 남자가 될 것이다. 그러니 사내들의 시선 따위는 반갑지 않다. 그러나……'

"중위님은 어디 출신이십니까?"

"아…… 난 페네로트 사관 학교. 바보 같은 8함대 사령관 자스메디 중장이 관할하는 곳이지."

"네?"

질문을 하던 생도의 표정이 다소 얼떨떨한 모습으로 변해가고 있었다.

'아무리 취했어도 상관에 대한 욕과 반말이라니……'

사내는 이해할 수가 없다는 듯 고개를 갸웃거리고 있었다. 군에서 특별히 계급의 차이가 심하지 않다면 서로 존대어를 써주는 것이 일반적이었다. 그러나 이미 버릇이 들 대로 다 든 로이잔느 대령에게—그것도 약간이나마 취기가 올라온 상태에서—그런 주문은 무리였다. 로이잔느도 이미 상대방의 의아해하는 표정을 읽고 있었지만, 이미 엎질러진 물이었다.

그래도 그럭저럭 화기 애애한 분위기가 이어져 가고 있었다. 세이나도 이런 분위기가 오래간만인지 결국 기분을 내고 있었다. 마치 말괄량이 소녀로 돌아간 듯한 기분으로 소리를 내어 떠들며 웃고 있었다.

쿠광!

"아…… 손님들, 싸움은 나가서……."

"이 빌어먹을 자식!"

"정부의 개가!"

어디서 많이 듣던 말이 들려오자 사내 중 한 명, 그나마 로이잔느에게 시선을 주고 있던 유일한 생도가 자리에서 벌떡 일어났다.

'저 사람은?'

생도의 눈에 비친 사내는 분명 마법의 성에서 소란을 일으켰던 그 사람이었다. 늘 소란을 일으키기를 좋아하는 것인지 아니면 군대하고 무슨 원수라도 졌는지 이곳에서도 어떤 장교와 싸우기 시작하고 있는 것이었다.

퍽!

"으윽, 개자식들!"

콰당!

장교의 동료로 보이는 사람들이 사내를 공격하자 역시 사내의 동료로 보이는 자들도 이에 질세라 붙어 싸우기 시작했다. 다들 취기가 올랐는지 엉망인 자세들이었다.

가재는 게 편인가!

로이잔느, 그리고 세이나와 마주했던 생도들이 모두 자리에서 일어났다. 취기가 오른 누군가가 앞장을 서자 모두들 따라 나설 기세였다. 그러나 제일 먼저 일어섰던 지크리트는 움직일 수가 없었다. 라디날이 그의 손목을 붙잡고 놔주지 않고 있기 때문이었다.

"놔! 라디날!"

"정신 차려! 여기 말려들면 모두들 졸업이고 뭐고 없어!"

라디날의 날카로운 목소리에 모두들 자리에 도로 앉았다. 졸업. 이틀 뒤면 졸업이었다. 당연히 자중할 수밖에 없는 그들이었다. 아마 3학년만 같았어도 벌써 치고 받고 난리가 났을 것임이 분명했다.

"어이…… 거기, 너희들 애숭이!"

그러나 결국 일이 터지고 말았다. 가까스로 진정된 생도들이었지만 그들의 도발에 넘어가 한 명이 뛰쳐 나가자, 연이어 다들 뛰쳐 나가기 시작했다. 라디날이 최선을 다해 말렸지만 아무런 소용도 없었다.

"후…… 너희들은 인간도 아니다! 헉!"

푹!

"해적 같은 놈들! 윽……."

퍽!

경찰 국가. 그러나 술집에서의 싸움은 늘 있는 일이었다. 특히 소외된 사람들은 군인들을 아주 경멸하고 있었다. 모든 권력을 쥐고 있는 군인들은 우상인 동시에 저주의 대상이었던 것이다.

"웃기는군……."

계속되는 주먹질로 인해 술집 안은 이내 난장판이 되어버렸다. 냉정한 로이잔느였기에 취기가 올라오고 있었지만, 그런 일 따위에는 상관하지 않고 있었다. 그러나 이미 분위기는 로이잔느를 가만두지 않고 있었다.

"어이, 거기 있는 계집!"

"뭐라고?"

취기에 발끈했는지, 아니면 낮부터 받고 있던 스트레스가 드디어 폭발한 것인지, 로이잔느는 자신을 가리키는 사내를 보며 주먹을 꽉 쥐고 일어섰다. 세이나도 깜짝 놀라며 따라 일어났다.

다소 비틀거리는 로이잔느를 세이나가 잡았지만 이미 소용없는 짓이었다.

"놔!"

"대⋯⋯."

자신의 손을 뿌리치는 로이잔느의 모습을 바라보며 하마터면 세이나는 로이잔느의 계급을 부를 뻔했다. 그러나 계급과 상관없이 이미 사건은 터지고 있었다. 로이잔느를 향해 지저분한 티셔츠와 허름한 잠바를 걸친 사내가 주먹을 휘두르며 달려오고 있었다.

퍽!

"윽⋯⋯."

"놔!"

주먹에 맞은 것은 로이잔느가 아니었다. 취중이었지만 워낙 단련된 몸이라서 그런지 로이잔느는 다가오던 주먹을 유연하게 피하면서 사내의 안면을 가격했다. 세이나는 재빨리 비틀거리는 사내를 향해 재차 주먹을 휘두르려는 로이잔느를 억지로 끌고 밖으로 향했다. 그녀의 한 손에는 로이잔느의 상의와 모자가 들려 있었지만, 생도들은 이미 엉망진창이 되어 있었기에 로이잔느와 세이나를 의식하지 못하고 있었다. 유일하게 멀쩡한―친구들의 싸움을 말리고 있는—라디날조차 경황이 없었던 탓에 빠져 나가고 있는 세이나의 손에 달린 대령 계급장을 인식하지 못하고 있는 듯했다. 그러나 둘이 빠져 나가고 있다는 사실은 이미 주지한 듯했다.

"아…… 가시게요?"

"네…… 에에헤, 친구가 많이 취한 것 같아서."

"아…… 만나서 반가웠습니다. 성함이라도."

세이나는 겸연쩍은 웃음을 지으며 헐레벌떡 배웅을 나온 라디날을 바라보았다. 라디날은 무척 세이나가 맘에 들었는지 이름이라도 알고 싶어했다. 세이나는 잠시 고민했지만 이름 정도야 가르쳐 주어도 될 것 같다고 판단했는지 입을 열었다.

"아, 난 세이나. 이쪽은 로이잔느 대…… 웁."

"네?"

"아…… 헤헤헤, 아, 로이잔느예요."

"네, 그럼……"

하마터면 세이나는 또다시 로이잔느의 계급을 말할 뻔했다. 겸연쩍게 웃고 있는 세이나를 향해 라디날은 짧은 예의를 갖추고 여전히 비틀거리며 싸우고 있는 자신의 동료들을 향해 뛰어갔다.

"헉……"

"네 녀석인가?"

"뭐라고?"

로이잔느를 잡아끌 듯이 술집을 빠져 나와 몇 발자국 지나지 않았을 때, 갑자기 길을 막고 선 한 무리의 사내들 때문에 세이나는 놀라고 말았다. 어딘지 모르게 말쑥하지 않은 분위기. 남루한 옷차림과 덥수룩한 모습들을 한 사내였다.

'어디서 봤더라⋯⋯? 저 느낌은?'

그러나 상황이 상황인만큼 쉽게 떠오르지 않고 있었다.

사내들 중 대장격으로 보이는 사람이 무엇이라 중얼거리며 힐끔 로이잔느와 세이나를 번갈아가며 바라보았지만, 로이잔느에게 대꾸할 시간은 허락되지 않았다. 사내들은 휙, 지나갔다. 로이잔느는 세이나에게 끌려가면서도 눈을 흘겨 사내들의 뒤통수를 쳐다보고 있었다. 로이잔느 또한 어디서 본 듯한 느낌을 강하게 받고 있는 것이었다.

세이나는 얼른 차를 불렀다. 로이잔느는 다소 비틀거리고 있었지만 다행히도 혼자 서 있지 못할 정도는 아니었다.

"아⋯⋯ 저 사람들⋯⋯ 그 죄수들의 느낌이다!"

"뭐? 으⋯⋯ 맞아⋯⋯ 저 자식들은⋯⋯."

세이나의 작은 비명에 로이잔느도 그제야 그 사람들이 주고 있는 느낌이 바로 프라네트 기지에서 본 죄수들의 느낌이라는 사실을 깨달았다. 에스퍼 능력을 갖고 있다는 이유로 체포된 죄수들. 지구인이라는 소문도 있었다. 로이잔느는 그들을 향해 버릇처럼 가슴속의 레이저 건을 뽑아 들었다. 그러나 이미 사내들은 두 사람의 시야에서 가물가물해져 가고 있었다.

"신고할까요?"

"후⋯⋯ 아니. 뭐, 증거도 없는데."

"네⋯⋯."

"아무리 군대가 모든 것을 장악했지만 느낌만으로 체포할 수는 없겠지. 안 그래? 후후⋯⋯ 으⋯⋯ 젠장, 머리야."

쾅광!

로이잔느가 자신의 머리를 감싸쥐며 세이나를 바라보고 있는 사이 술집 문이 부서지면서 사내들이 우르르 몰려나왔다. 어느새 싸움은 길가에서 벌어지고 있었고, 대등했던 세력도 일방적으로 흐르기 시작하고 있었다. 소란을 일으킨 사내와 그 친구들은 지금 장교들과 생도들로부터 뭇매를 맞고 있었다. 오직 라디날만이 자신의 친구를 거기서 떼어놓느라고 그야말로 진땀을 흘리고 있었지만 허사인 듯했다.

삐뽀삐뽀—

로이잔느의 차가 도착할 즈음 경찰차도 도착했다. 너무나도 일방적인 경찰이었다. 장교 중 한 명이 무엇이라 설명하자, 경찰들은 지저분한 사내들에게만 수갑을 채운 채 사라졌다. 군부가 모든 것을 지배하는 세상의 단면을 보여주는 장면이 연출되고 있는 것이었다.

"하하하, 만나서 반가웠습니다."

"네…… 헤헤헤. 아, 차가 왔네요. 그럼."

"네네…… 또 뵐 수 있으면 좋겠습니다. 하하하!"

"자…… 다들 2차 가자!"

생도들이 다가와 다시 말을 걸었지만 세이나는 로이잔느를 그대로 차 안으로 밀어넣었고, 로이잔느는 자리에 앉자마자 그대로 눈을 감았다. 무척 졸린 듯했다. 생도들은 술뿐만 아니라 승리에도 취했는지, 연신 손을 흔들며 사라지는 차를 바라보고 있었다. 그 속에 섞여 유일하게 취하지 않은 라디날이 무척이나 괴로운 표정을 짓고 있었다.

"전함으로 돌아가자. 휴……."

[알겠습니다, 세이나 중위님.]

"미안해…… 나 좀 잘게."

세이나는 순식간에 잠든 자신의 상관을 바라보며 한숨을 쉬었다. 어쩐지 앞날이 피곤할지도 모른다는 생각이 스쳐 지나가고 있었다.

다가오는 시간, 회피할 수 없는 시간, 그리고 그 시간에 얽매여 어디로 가는지도 모른 채 한 방향으로만 나아가는 인간들의 모습.

세이나는 생각에 잠겼다.

'천재? 그래. 나도 한때는 천재였지…… 18살에 사관 학교 입학. 그리고 20살에 졸업. 그리고 지금 22살에 중위. 그러나 내 옆의 이 사람은 뭐지? 여자도 아니면서 남자도 아니면서 동갑이지만 대령. 그리고 그 18살짜리 준장은 또 뭐지? 도대체 뭐야? 난 뭐란 말인가?'

세이나는 깊은 상념에 잠긴 채 로이잔느의 얼굴을 물끄러미 바라보았다. 전혀 화장을 안 해서 그렇지 화장만 하고 여자답게 입혀놓으면 어디에 가도 빠지지 않을 외모다.

잠시 이런저런 생각에 잠긴 세이나의 머리 속 주제가 에스퍼들과 지구인들에 대한 생각으로 옮아가고 있었다. 제국에도 에스퍼들이 있다. 그들은 법에 의해 모두 특수 부대에 들어가게 되어 있었다.

'그러나 아까 그 사람들은…… 그들은 누구일까? 정말로 지구에서 왔을까? 그들이 노리는 것은 무엇일까? 그리고 내가 탄 전함…… 설마 지구로?'

거리엔 화려한 불빛들이 계속 그 모양을 뽐내고 있었다.

제4장

의문의 의문

어둡고 침침한 방, 그 방 한구석에 모여 있는 사람들의 모습들은 하나같이 남루한 옷을 걸치고 있었다. 이리저리 쫓기며 매일같이 거주지를 옮기는 사람들. 그나마 작은 창을 통해 메크로티시(市)의 불빛이 어두운 방에 미약하나마 시야를 선사하고 있었다. 그리고 그 창문을 통해 보이는 베레시아의 수도 메크로티시의 뒷골목은 도심의 화려함과는 전혀 다른 극단적인 대조를 보이고 있었다.

삐이걱—

문이 열리자 사내들은 긴장하며 공격 자세를 취했다. 그러나 익히 낯익은 얼굴들이 기다렸던 식량과 함께 그 모습을 드러내자 안심하며 평소의 모습으로 돌아가고 있었다.

"다들 수고하셨습니다."

"응, 그래. 아무 일 없었나? 참, 오늘 그 녀석을 만나 보았다."

기다리고 있던 사내 중에 한 명이 대장격으로 보이는 사내에게 수고했다는 말을 건네자, 대장 사내는 갑자기 엉뚱한 말을 꺼냈다. 그러나 아무도 놀라지 않고 있었다. 모두들 그 녀석이 누군지 알고 있는 것 같았다.

"혹시 동지들을 구할 수 있을까요?"

"그건 아무래도…… 힘들겠지…… 그러나 그 녀석하고 접촉이 잘되면 제국과 지구간의 전쟁을 피해서 도망칠 수 있을지 모르지."

"하지만…… 잡혀간 우리들의 동료들을 이대로 버리고…… 죄송합니다, 케로스트."

다소 불만에 섞인 말투가 들려오자 케로스트는 인상을 찌푸렸다. 그러나 그럴 수밖에 없는 상황에 처해 있다는 사실을 잘 알고 있는 그였기에 그저 입술만 깨물 뿐, 즉각적인 반응은 보이지 않고 있었다.

"방금 전에 알아낸 정보다. 오늘 사파이렐이 습격을 받았다. 이제 이곳 베레시아까지 놈들이 찾아온다. 우리의 목숨도 언제 끝날지 모른다."

"차라리 다른 곳으로 옮깁시다."

"다른 곳? 어디? 제국 내의 어디로 가든지 그들이 우리에 대한 추격을 포기할 것 같나?"

쫓기는 신세. 케로스트와 그 일행은 막중한 임무를 부여받고 제국으로 침투했지만, 그들의 눈에 비친 제국은 한마디로 천국이었다.

갈등…….

서로가 싸우게 되었고 결국 찢어져서 제 갈 길을 가기 시작했다. 일부는 지구로 돌아가겠다고 주장했고, 나머지는 투항하겠다고 했다. 그러나 둘 다 결론은 비참했다. 지구로 돌아가려던 사람들은 해적들과 함께 소탕되어 버렸다. 자수하려 했던 사람들은 제국을 믿지 못했던 관계로 일단 일부만 투항했었다. 그러나 그들은 소식이 끊긴 채 돌아오지 않았다. 덕분에 제국에 대한 불신감이 극에 달해버린—지금 여기에 있는—나머지 사람들은 케로스트를 중심으로 그저 목숨만 유지하면서 메크로티시의 뒷골목을 전전하고 있었던 것이었다.

"하지만 그 녀석이 우리와 손을 잡을까요?"

"적어도 그 전함이라면 우리들만의 새 세상을 찾는 데 큰 도움이 될 것이다. 악랄한 제국의 수법으로 볼 때…… 어차피 그 녀석은 제국에서도, 지구에서도 설 곳이 없게 될 테니까……."

케로스트는 다시 한 번 입술을 깨물었다. 지금 그는 제국과 지구 양쪽에서 쫓기는 존재였다. 그나마 에스퍼 능력이 있었으니 살아남아 있을 수 있었다. 아마도 보통 사람이면 벌써 죽었을 것이다.

"이제 마법의 성 출입도 자제해야 할 것 같다."

"하지만 그렇게 되면 식량 조달은……."

"주인 놈이 우리를 신고해 버리면…… 우리 운명은 거기서 끝이다. 완전히 눈치채기 전에…… 다른 곳을 물색해 봐야지……."

케로스트와 몇몇 사람들은 마법의 성에서 불량배들을 처치해주는 일을 감당하고 있었다. 주로 해질 무렵부터 영업이 끝날 때까지만 일을 해주고 대가로 식량을 얻어오고 있었다. 그러나 몇 번에 걸친 싸움으로 인해 케로스트의 정체가 드러나고 있는 중이었다. 주인은 자신의 목적을 위해서 케로스트의 정체 따위에는 별로 신경 쓰지 않는 것 같았지만, 사람의 마음은 언제 변할지 모르는 일이었다.

"일단 로이잔느와 사파이렐에 대한 감시는 계속한다. 반드시 2인 1조로 움직이는 것을 준수해야 한다."

"알겠습니다."

케로스트는 다시 눈을 감았다. 언제까지 이런 생활을 해야 하는지 그저 갑갑하기만 했다.

자유…….

인간…….

케로스트는 그 두 단어를 떠올리며 사그라질 줄 모르는 메크로티시의 불빛을 바라보며 깊은 상념에 잠기기 시작했다.

*   *   *

미끄러지듯이 살짝 떠서 날아가고 있는 로이잔느의 전용 차는 화려한 불빛의 거리를 지나며 군 기지를 향하고 있었다. 잠시 후, 멀리 사랑의 이름 호를 비롯한 각종 전함들의 위용이 서서히 드러나기 시작했다.

사랑의 이름 호. 특별히 제작된 우주 제국의 최신함으로 뾰족한 코 밑에 숨긴 두 개의 검은 구멍—하나는 우주 제국의 모든 전함에 달려 있는 테슬라 포였고, 또 하나는 아직 장착되지 않은 그러나 무엇이 장착될지 모르는 빈 공간이었다—을 가진 은백색의 전함이었다.

큐호호호호—

"응? 뭐야? 잠깐."

[정지합니다.]

새로운 전투함 한 척이 사랑의 이름 호 바로 옆에 내려앉기 시작했다. 막 검문을 끝내고 사랑의 이름 호로 탑승하려던 로이잔느의 전용 차는 세이나의 지시대로 정지했다. 착륙하고 있는 전투함의 크기는 작았지만, 생긴 모양으로 봐서 고속 전함이라는 사실을 알 수 있었다.

'수리 팀이 왔나?'

복장으로 보아 정보국 소속인 듯한 사람들이 다소 상기된 모습으로 바삐 움직이기 시작하고 있었다. 새로운 전투함은 도착하자마자 화물칸을 열었다. 대기하고 있던 정보국 소속 사람들이 물건을 확인하려는지 재빨리 그 안으로 뛰어들어가자 세이나도 호기심에 화물칸 안쪽을 들여다보려고 노력했지만 어두워서 아무것도 보이지 않았다.

"뭐지? 칫, 그만 들어가자."

[알겠습니다.]

차가 격납고에 다다르자 세이나는 로이잔느를 살짝 흔들었다. 그러나 충분히 취했는지 로이잔느는 쉽게 일어날 생각을 하지 않고 있었다.

'이런 모습을 부하들이 본다면……?'

세이나는 고개를 흔들었다. 가뜩이나 나이가 어려 시기를 받고 있는데, 이런 모습을 보이는 건 그야말로 좋은 핑곗거리를 제공하는 것임에 분명했다.

"스크린."

징—

[스크린 가동했습니다.]

유리창이 가려지고 있었다. 분명 격납고에는 둘을 제외하고 아무도 없는 듯했다. 그러나 혹시라도 누가 볼까 봐 세이나는 미리 예방 조치를 취하지 않을 수 없었다.

"일어나요!"

세이나가 계속 흔들었지만 로이잔느는 그저 가늘게 눈을 뜰 뿐 제대로 정신을 차리지 못하고 있었다.

쿵!

"으윽!"

순간 갑자기 전함이 흔들렸다. 놀란 세이나는 창문을 통해 또 열려 있는 격납고 문을 통해 밖을 바라보았다.

'무슨 일이지?'

세이나는 재빨리 레이저 건을 뽑아 들고 밖으로 나갔다. 여기저기 뛰어가는 소리가 들려왔다. 또 무슨 일이 벌어지고 있음이 분명했다.

쿵!

"뭐야!"

애애애앵—

다시 한 번 전함이 크게 흔들리자 세이나는 자신도 모르게 소리를 질렀다. 오늘 낮에 있었던 공포의 순간이 떠오른 것이었다. 이미 짙은 어둠이 깔린 시간이었지만 지금 전함 주위는 대낮처럼 밝았고 경보음까지 울려퍼지고 있었다.

'하루에 두 번씩이나 이런 소리를 듣다니…… 도대체 뭐지?'

세이나의 얼굴이 긴장으로 굳어지기 시작했다.

콰과광!

"흐억!"

여기저기서 빛의 파편이 튀어오르기 시작하자 세이나는 또다시 비명을 지를 수밖에 없었다. 기지는 아직 방어막을 가동하지 못한 듯했다. 아니, 어쩌면 외부로부터의 공격이 아니라서 방어막을 가동하지 않은 것인지도 몰랐다.

삐리리릭—

세이나의 단말기가 울리기 시작했다. 세이나는 난감했다. 분명 로이잔느가 받지 않으니까 자신의 단말기로 연락한 것일지도 모른다.

'받아야 하나 말아야 하나?'

안 받을 수도 없고 받을 수도 없었다.

"칫!"

'로이잔느에 대해 뭐라고 둘러대지?'

받자니 핑계가 언뜻 떠오르지 않았다. 그러나 안 받자니 분명 나중에 추궁을 받을 것이 분명했다. 잠시 동안의 갈등 속에서도 단말기는 계속 울어대고 있었다.

'왜 하필이면 이럴 때…… 차라리 단말기를 부셔버려? 에잇!'

결국 세이아는 단말기의 스위치를 켰다.

'역시……'

세이나의 생각대로 흥분한 케이셀 소령의 모습이 비춰졌다. 그렇지만 이상했다. 분명 브릿지에서 연락하는 것이 아닌 것 같았다.

"어디인가? 지금!"

코오오오……

다급한 케이셀 소령의 목소리를 신호로 삼았다는 듯 격납고에 난 작은 창 밖을 통해 보여지는 하늘에는 온갖 광선들이 난무하기 시작하고 있었다. 본격적인 외부로부터의 공격이 시작되고 있는지 급격하게 보호막도 형성되고 있었다.

"무슨 일입니까, 부함장님?"

"함장님은?"

"아, 함장님은 잠시……."

"뭐라고?"

'도대체 오늘, 내가 왜 이리 식은땀을 흘려야 해?!'

세이나는 어쩔 줄 몰랐지만 최선을 다해 태연한 척했다. 그러나 벌써 케이셀은 꼬투리라도 잡았다는 듯한 표정을 짓고 있었다.

쿵!

"크흑……."

또다시 전함이 크게 흔들렸다.

'이때다!'

세이나는 재빨리 단말기를 껐다.

'핑계 좋다…….'

세이나는 미소를 지었지만 그냥 있을 수만은 없었다. 무슨 일이 있어도 무조건 로이잔느를 깨워야만 했다. 안 그러면 자신이 문책당할지 몰랐다.

"응…… 응. 으…… 무슨 일이지……."

"공격당하고 있습니다."

"고, 공격?"

콰광!

"윽!"

세이나가 심하게 흔들자 그제야 제정신을 차린 로이잔느는 오만상을 다 찌푸리며 옷을 걸쳐 입고 모자를 썼다. 이미 몇 번의 흔들림으로 어느 정도 의식이 돌아와 있던 상태였기에 쉽게 제정신으로 돌아올 수 있었던 것이다. 더욱이 '공격'이라는 말은 로이잔느의 정신을 자극하기에 충분했다. 그러나 아직 로이잔느는 이곳이 어딘지 정확히 모르고 있었다. 다만 세이나의 하얗게 질린 얼굴을 보고 사태의 심각성을 깨달았을 뿐이었다. 로이잔느는 재빨리 레이저 건을 뽑으려고 오른손을 들었다. 그러나 헛손질을 할수밖에 없었다. 전함이 계속 흔들리고 있었다.

"으…… 머리야. 브라이느스호크."

"아, 네, 잠깐만 기다리십시오."

로이잔느는 골치가 아팠을 뿐만 아니라 아직도 취기가 가시지 않고 있었기에 비상용 각성제를 주문했다. 세이나는 차 안을 뒤져 응급 장치 속의 각성제 두 알을 꺼냈다. 긴급 상황시 먹는 약이었지만 취기 제거에도 탁월한 효과를 발휘한다는 것은 공공연한 비밀 아닌 비밀이었다.

"음…… 으…… 머리가. 옥!"

쿠궁!

"어……."

막 로이잔느가 약을 삼킬 무렵 다시 한 번 전함이 흔들리는가 싶더니, 이내 격납고의 문이 닫히면서 전함이 떠오르기 시작했다.

'함장의 지시도 없이 마음대로? 부함장이 지시를 내렸나?'

세이나는 놀란 표정을 짓지 않을 수 없었다.

자신이 통신을 끊어버렸기 때문인가?

그래도 기지의 방어막이 가동되고 있는데 전함을 부상시키다니 있을 수 없는 일이었다. 만에 하나 기지 방어막과 충돌하면 상당한 피해를 입을 수도 있었다. 세이나의 걱정대로 로이잔느의 표정 또한 이미 상당히 굳어져 있었다.

"뭐야? 케이셸이? 으……."

서서히 취기가 사라지고 있는 로이잔느였지만, 아직 정상이 아닌지 비틀거리며 승강기로 향했다. 세이나는 차에 안전 장치를 하고 로이잔느를 따라 나섰다.

삐—

승강기의 문이 열리자 둘은 재빨리 올라탔다. 격납고는 전함 최하층의 바로 위에 있었기에, 최상층 바로 아래인 브릿지까지는 승강기로도 한참의 시간을 요하고 있었다.

쿵!

"윽! 젠장, 뭐야!"

다시 한 번 전함이 흔들리기 시작했고 승강기도 따라 흔들렸다. 아직 브릿지까지는 거리가 남아 있었다.

승강기가 멈추기라도 한다면?

세이나의 등줄기로 다시 진땀이 흐르기 시작했지만 승강기는 무사히 브릿지가 있는 목표했던 곳을 향하고 있었다.

"아…… 이런……."

승강기의 문이 열리자 세이나도 로이잔느도 놀랐다. 전함을 공격하고 있는 셸 수도 없이 많은 사우르스들의 모습이 브릿지로 가는 길목에 난 창들을 통해 두 사람의 눈에 비춰졌다. 사랑의 이름 호는 물론, 정박해 있던 다른 전함들의 각종 포들과 지상 무기들도 불을 뿜으면서 사우르스들을 공격하고 있었다

"케이셸 소령!"

"아…… 함장님!"

'이게 누구야? 브릿지에 있지 않았나?'

로이잔느는 앞서 뛰고 있는 케이셸 소령의 뒷모습을 발견하고

소리 높여 불렀다. 놀라는 케이셀 소령 역시 브릿지에 있었던 것이 아니었다. 그 역시 연락을 받고 지금 브릿지로 향하고 있는 중이었다.

'젠장! 그렇다면 누가 부상과 발포를? 그것도 보호막 안에서?'

로이잔느는 더 이상 술에 취해 있을 수 없었다.

윙—

"젠장!"

"함장님 브릿지."

"아…… 함장님!"

"무슨 일이지?"

간신히 브릿지에 도착한 세 사람은 상황을 파악하느라고 정신이 없었다. 가이나그 대위와 에어리얼 소위가 자신들의 자리에 앉아 있었다. 상황의 급박함 때문인지 가이나그 대위는 다소 혼비백산한 모습이었지만, 언제나 무표정한 에어리얼 소위의 표정은 여전했다.

"누구야! 발포한 것이?"

"그, 그것이."

쿵!

"윽…… 젠장, 실드 90%!"

"실드 90%…… 제어가 안 됩니다!"

"뭐?! 트헤로베!"

로이잔느의 명령이 떨어졌지만 돌아온 가이나그의 보고는 통제 불능이었다. 아직 취기가 다 가라앉진 않았지만, 로이잔느는 무엇인가를 강하게 직감할 수 있었다. 자신도 모르는 비밀이 전함에 있다는 직감이었다.

[모든 통제를 함장님께 이양합니다.]

사랑의 이름 호의 주 컴퓨터 트헤로베의 다소 충격적인 내용을 담은 목소리에 로이잔느는 컴퓨터가 스스로 발포를 결정했다는 사실을 깨달을 수 있었다.

"트헤로베…… 네가?"

[응급 상황이었습니다.]

"아, 알았다. 실드 90%!"

"이미 90%입니다."

가이나그 대위의 보고대로 이미 실드는 올라와 있었고 더 이상의 발포도 이루어지지 않고 있었다. 모두들 긴장된 모습으로 로이잔느에게 시선을 집중했다. 명령을 바라는 표정들이었다.

"공격은 지상 무기에게 맡기고 착륙한다. 착륙 후 실드 100%로 전환."

가이나그 대위가 수동 조정을 시작하자 스스로 떠올랐던 사랑의 이름 호가 다시 내려앉기 시작했다.

"착륙했습니다."

"실드 100%입니다."

잠시 후 사랑의 이름 호는 안전하게 착륙했고, 실드 또한 100%로 전환되었다. 그러나 로이잔느는 더 이상 명령을 내리지 않고 있었다. 스스로 움직인 전함에 대한 고민으로 인해 무척이나 흥분되어 있는 로이잔느였다.

쿵!

"으윽, 함장님……."

"가만있어."

이미 사우르스들의 숫자는 형편없이 줄어들어 있었다. 연신 불을 뿜어대고 있는 대공 무기들로 인해 방어막 안에 갇힌 사우르스들은 그야말로 학살을 당하고 있었다. 따라서 기지의 이곳저곳에는 사우르스들의 시체가 산더미처럼 널려지기 시작하고 있었다.

"젠장…… 뭐지? 도대체?! 트헤로베!"

[네, 함장님.]

"네 정체는?"

[전 사랑의 이름 호의 주 컴퓨터 트헤로베입니다.]

"그런 것말고!"

로이잔느는 자리에서 벌떡 일어났다. 멍한 얼굴들을 하고 있는 승무원들, 사실 놀라고 있는 것은 로이잔느뿐만이 아니었다. 세이나 중위, 케이셀 소령, 그리고 나머지 승무원들 모두 방금 발생한 트헤로베의 독자 행동에 놀라움을 금치 못하고 있었다.

"주 전원 내려!"

"함장님……."

[알겠습니다. 이상이 없으면 다시 전원 공급하여 주십시오.]

"내려! 내리고 보조 전원 전환시 트헤로베는 제외한다."

"네, 주 전원 단락. 보조 전원으로 전환합니다."

로이잔느의 명령은 트헤로베에게 전력 공급을 하지 않겠다는 뜻이었다. 그러나 그런 명령에도 불구하고 마치 말 잘 듣는 종처럼 트헤로베는 명령에 순종하고 있었다.

'절대 복종? 그런데 그런 컴퓨터가 독자 행동을 했다는 말인가?'

술에서 완전히 깨어난 로이잔느는 눈을 감은 채 깊은 생각에 잠기기 시작했다.

'도대체…….'

보조 전원으로 간신히 생명 유지에 필요한 것들만 움직일 수 있는 상황, 그러나 이미 포성이 멈춘 뒤였기에 사랑의 이름 호는 무척 안정된 상태를 유지하고 있었다. 쓰러진 사우르스들의 처리 때문인지 기지 내의 거의 모든 장병들이 분주히 움직이고 있었지만, 사랑의 이름 호 승무원들에 대한 차출 명령은 전달되지 않고 있었다. 사우르스들에 의한 일련의 공습도 어느덧 끝나가고 있는 것이었다.

"잠깐 내 방에 가 있겠습니다. 브릿지를 부탁합니다, 부함장."

"아, 네."

윙—

로이잔느는 자리에서 일어나 세이나와 함께 자신의 방으로 향했다. 약하나마 다시 취기가 올라오고도 있었지만 무엇보다도 지금의 상황을 이해할 수가 없었기에 조용히 정리를 해보고 싶었다.

'왜 사우르스들이 여기까지 왔지? 설마, 이 전함을 노리는 것인가? 또 트헤로베는?'

로이잔느의 머리 속이 복잡해질 대로 복잡해져 있었다.

잠시 후 무척이나 넓은 함장실과 거기에 걸맞은 커다란 책상에 턱을 괸 채 생각에 잠겨 있던 로이잔느는 무슨 결론이라도 내렸는지 갑자기 벌떡 일어났다. 비상 통신 장치로 걸어가 스위치를 올린 로이잔느가 호출하고 있는 곳은 총장실이었다. 공간을 항해 중일 때는 화면 전송이 불가능했지만, 기지에 착륙했을 때에는 기지간의 통신 연결 장치의 도움을 받아 느리지만 화면 송출이 가능했다.

"총장실 메이플 소령입니다."

"로이잔느 대령입니다. 총장님과 통화하고 싶습니다."

"아…… 네, 지금 좀 바쁘신데…… 그리고 지금은 심야예요."

"죄송합니다. 저도 급합니다."

"네, 그래요? 그럼 잠깐만."

겸연쩍은 웃음을 띤 메이플 소령의 모습이 화면 속에서 사라지자 로이잔느는 눈을 감았다. 사파이렐 준장을 습격한 천사의 얼굴을 한 사내들과 그 배를 노리는 사우르스. 독자 행동을 하는 컴퓨터. 분명 무엇인가 범상치 않은 일이 일어나고 있음이 분명했다.

"무슨 일이오, 로이잔느 대령?"

"충성! 총장님. 사우르스들의 습격이 있었습니다."

"음, 알고 있소. 이미 보고는 받았소……."

"네, 그보다…… 주 컴퓨터 트헤로베가 독자적으로 전함을 움직였습니다. 설명이 필요합니다."

"아…… 하하하. 그랬소? 음…… 그놈이 좀 잘난 척을 했구먼. 미처 설명을 안 해서 미안하구려."

순간 로이잔느의 눈이 커졌다. 분명 이 전함은 다른 오메가-1형과는 다르다. 장갑이 강화되고 테슬라 포와 실드 등이 모두 최신형이었지만, 무엇보다도 있을 수 없는 컴퓨터의 독자 행동은 다른 전함과는 크게 틀린 것이었다.

"설명이요?"

"그렇소. 트헤로베는 다른 컴퓨터와는 다르오. 나중에 부관을 시켜 설명해 주리다. 지금은 조금 바빠서…… 미안하오. 하하, 참! 거기 컴퓨터실의 그 누구더라…… 아, 제네드 박사에게 물어보면 알 것이오."

"네, 알겠습니다."

화면이 사라지자 로이잔느는 다시 눈을 감았다. 워낙 총장과 친한 관계였기에 망정이지 다른 사람이었으면 어림도 없는 일이었다.

'도대체 트헤로베에 무슨 비밀이 있다는 것일까?'

통신을 끝낸 로이잔느는 컴퓨터실로 향했다. 그러나 브릿지 맞은편에 있는 컴퓨터 실을 그저 한번 힐끔 바라보기만 했을 뿐, 로이잔느가 도착한 곳은 다시 브릿지였다.

윙—

"함장님 브릿지."

"모든 상황이 종료되었다는 연락이 들어왔습니다."

"그래요? 부함장! 사우르스들의 시체는 어디로 가져 간다고 합니까?"

"네? 그건 모르겠습니다."

로이잔느는 화면을 유심히 바라보았다. 언제 나타났는지 멸균복을 입은 사람들이 쓰러진 사우르스들의 시체를 치우고 있었다. 우주 공간에서야 여러 번 봤지만 이렇게 가까이 쓰러져 있는 사우르스들을 보는 것은 이번이 처음이었다. 10여 미터도 넘는 키와 두꺼운 가죽, 그리고 바닥에 흘려놓은 시뻘건 피. 이미 다 죽었겠지만 이상하게도 다들 처량한 표정을 짓고 있는 것처럼 보였다.

"모두들…… 어떻게 생각하지?"

"네?"

"트헤로베 말이야……."

"저기…… 우리들이 모르는 최신 프로그램이 탑재되어 있는 것이 아닐까요?"

"그럴지도……."

주 오퍼레이터인 가이나그 대위가 돌아서며 대답했다. 사랑의 이름 호의 주 오퍼레이터인만큼 실력도 실력이었지만, 비교적 잘생긴 외모와 범상치 않은 날카로움도 갖고 있었다. 그런 가이나그를 보면서 로이잔느는 잠시 고개를 끄덕였지만, 이내 다시 고개를 저었다. 분명 아니라는 느낌이 다시 강하게 찾아오고 있었다.

"바이오 컴퓨터 같습니다."

"응?"

"어……."

나지막한 목소리로 대답한 것은 부 오퍼레이터인 에어리얼 소위였다. 로이잔느가 전함에 처음 탑승했을 때 케이셀 소령의 지시로 함장실로 안내했던 바로—그 헝클어진 푸른 머리를 가진 그리고 어딘가 모르게 소녀 티가 물신 풍기는—그녀였다.

"그게 무슨 뜻이지?"

"제가 알기로 바이오 컴퓨터는 자신이 살아 있다고 착각한다고합니다."

'저 녀석의 정체는 뭐지?'

아무리 느끼고 싶어도 느낌이 없다.

마치 기계음 같은 느낌의 에어리얼 소위의 목소리를 듣고 있는로이잔느의 눈은 이미 동그래져 있었다. 그런 로이잔느의 모습과에어리얼의 모습을 번갈아 바라보던 세이나의 표정도 다소 놀라는 표정으로 바뀌어지고 있었다.

브릿지의 뒤 중앙에 위치한 함장석과 부관석. 그리고 그 옆에달린 부함장석에 앉은 세 사람은 그렇게 잠시 에어리얼 소위를바라보고 있었다. 전혀 세 사람의 눈빛을 의식하지 않고 있는 듯한 무표정한 얼굴. 화면 앞 정 가운데 좌석에 위치한 가이나그 대위 역시 직속 부하의 발언에 다소 놀라는 표정을 짓고 있었다.

"바이오 컴퓨터가 이론상으로만 존재하는 줄 알았는데……"

"저도 소문만 들었습니다."

"소문이라고? 어디서 들은 거지?"

"죄송합니다. 잘 기억이 안 납니다. 몇 년 전에 소문으로 들었던 것 같습니다."

여전히 냉랭한 에어리엘 소위는 언뜻 에리카를 연상시키는 듯한 모습을 지니고 있었다. 그러나 지금 로이잔느에게 비춰지는 그 모습은—너무나 여자 같은 에리카의 모습과는 사뭇 다른—마치 인형 같은 느낌을 지니고 있을 뿐이었다.

그렇게 잠시 모두들 다소 긴장한 채 소곤거리고 있는 동안 로이잔느는 자리에서 일어났다. 로이잔느는 다시 브릿지를 케이셀에게 맡기고 컴퓨터 담당인 제네드 박사를 찾으러 갔다.

"세이나."

"네?"

"이상해……"

"아…… 네."

브릿지 문 앞에 서서 잠시 생각에 잠겨 있는 동안 오가는 승무원들이 로이잔느에게 경례하고 있었지만 로이잔느는 형식적으로 답례만 하고 있었다.

잠시 후 뜻하지 않은 함장의 방문으로 컴퓨터 통제실은 순식간에 난리를 피우며 주변을 정리하기 시작했다.

"제네드 박사?"

"아, 함장님. 그렇지 않아도 연락드리려던 참이었습니다. 사고인 줄 알았는데…… 트헤로베의 전원을 공급해 주십시오. 갑자기 이러시면……"

"그 전에 물어볼 것이 있습니다."

"예? 예……."

제네드 박사는 30대 후반의 금발을 가진 평범한 외모의 남성이었다. 그러나 박사 학위를 돈 주고 딴 것은 아닌 듯, 꽤 실력이 있을 듯한 인상도 가지고 있었다. 제네드 박사가 전원 연결을 촉구하자, 로이잔느는 냉정한 표정을 바꾸지 않은 채 자신의 질문을 먼저 꺼냈다.

"트헤로베…… 바이오 컴퓨터인가요?"

"아…… 예."

"그래요? 왜 진작 보고하지 않았습니까?"

"보고 올리라고 말씀하신 적이 없는 것 같은데요?"

냉정하게 잘라 말하는 제네드 박사의 태도에 로이잔느는 다소 화가 나기 시작했다.

'나를 무시하는 것인가?'

로이잔느 앞에선 중년의 남자는 로이잔느를 그저 젖비린내 나는 어린 여자로 보고 있었다. 그리고 로이잔느 또한 그것을 느끼고 있었다.

"훗, 오늘 저녁까지 트헤로베에 대한 보고서를 가지고 오십시오. 보조 컴퓨터가 살아 있을 테니까…… 전송 후 직접 보고하세요. 주 전원의 재연결 여부는 그때 결정 짓겠습니다."

"하지만……."

"난 함장입니다, 박사."

"그래도 보고서는 안 됩니다."

"그래요? 왜지요? 훗, 세이나! 총장실 대."

"네."

제네드 박사가 손을 저으며 보고서를 거부하자 로이잔느는 씁쓸한 웃음을 띠며 총장실을 호출했다. 세이나가 명령에 따라 통신 단말기에 다가가 총장실을 호출하자 늘 그랬듯이 화면에 메이플 소령의 얼굴이 비춰졌다. 세이나는 화면을 향해 재빨리 경례를 했다.

"충성!"

"무슨 일이지요, 중위?"

"아…… 저 로이잔느 대령님께서……."

"로이잔느입니다. 총장님 좀 부탁합니다."

"또 무슨 일이시죠?"

"급합니다."

"호호…… 항상 그렇군요."

총장과 친한 만큼 총장 비서인 메이플 소령과도 친한 로이잔느였기에 잠시 후 화면에는 총장의 얼굴이 비춰지고 있었다. 그러나 총장의 얼굴은 다소 짜증난다는 모습을 감추지 못하고 있었다. 아무리 친해도 대령이 마음대로 대장을 호출하는 것은 결례였다. 그것도 두 번씩이나 마음대로 호출하는 것은 솔직히 있을 수 없는 일이었다.

다소 겸연쩍은 얼굴이 된 로이잔느는 카메라의 앵글을 조절하여 방 전체가 비춰지도록 했다. 알 수 없는 복잡한, 마치 실타래와도 같은 기구들이 엉클어져 있는 컴퓨터실의 모습이 비춰지자 총장은 다소 놀라는 표정을 지었다.

"무슨 일이지, 로이잔느 대령?"

"네, 총장님. 전 트헤로베의 비밀을 지금 알아야 하겠습니다. 이자에게 명령을 내려주십시오."

"하하하, 난 또 뭐라고…… 급하군, 로이잔느. 제네드 박사? 자네가 알고 있는 것이라면 모두 말해 줘도 좋네."

"아…… 예……."

"그럼, 다음에 또 보세, 로이잔느. 난 바빠서……."

'자네가 알고 있는 것이라면?'

화면을 향해 경례를 하던 로이잔느는 잠시 고개를 갸웃거리다가 살짝 미소를 띠며 세이나를 바라보았다. 세이나는 로이잔느가 왜 웃는지 몰랐지만 따라 웃었다.

다시 고개를 돌려 겸연쩍어하는 제네드 박사를 노려본 로이잔느는 갑자기 에리카 생각이 났다.

베레시아 대학의 신기록을 연거푸 갱신한 천재. 만 2년 만의 학부 졸업, 그리고 그 후 3년 동안에 물리학과 생화학, 그리고 컴퓨터의 세 분야에서 박사 학위를 받은 에리카는 베레시아 대학의 살아 있는 전설이었다. 군에서 주는 장학금을 받은 덕분에 할 수 없이 의무적으로 사관 학교에서 강의를 맡고 있지만, 지금 그녀를 노리는 대학은 무척 많았다. 따라서 에리카에게 있어서 트헤로베의 비밀 해독 정도의 문제는 그리 어렵지 않은 일이지도 몰랐다. 때문에 로이잔느는 지금 같이 있지 않은 에리카가 아쉬워지고 있었다.

그렇게 트헤로베에 대한 일이 사태가 일단락되자 당직 사관과 교대 근무를 하는 헌병들을 제외하고 모두들 늦은 잠자리로 들어갔다.

아침 일찍 잠에서 깬 로이잔느는 3일 예정이라는 수리 팀의 전자 문서 보고를 받았다. 그렇게 밀린 서류 업무를 대충 마치고 난 로이잔느는 당직과 보초를 서야 하는 일부를 제외한 대부분의 장교들과 사병들에게 잠시나마 2박 3일간의 휴가를 주었다. 세이나까지 휴가를 주었기에 지금 사랑의 이름 호에 남아 있는 사람은 거의 없었다. 물론 보조 컴퓨터를 이용해서 투덜거리며 보고서를 작성하고 있는 제네드 박사는 예외였지만.

잠시 후 함 내는 이내 낯선 사람들로 꽉차기 시작했다. 예정된 시간에 맞춰 수리 팀이 들이닥친 것이었다. 로이잔느에게 간단한 형식적인 신고를 마친 정보국 직원들과 수리 팀은 엔진실과 주포를 비롯해서 전함의 모든 부분을 점검하기 시작했다. 또한 주포 밑의 빈 공간에도 무엇인가를 열심히 설치하기 시작했다. 무척 궁금했지만, 로이잔느는 일일이 간섭하지 않았다.

그렇게 늦은 오후가 될 때까지 수리는 계속되고 있었다. 수리 팀이나 정보국. 아니, 남아 있는 부하들까지 아무도 찾지 않는 함장실. 로이잔느는 서류들을 정리하면서 제네드 박사의 보고서를 기다리고 있었다.

잠시 후 제네드 박사가 화면에 그 모습을 드러냈다.

"보고서…… 보내드렸습니다."

"아, 그래요? 수고했습니다. 박사께도 2박 3일의 휴가를 드리리다. 이틀 뒤에 탑승하시면 됩니다. 아침 9시까지입니다."

"예, 알겠습니다. 그럼."

짧은 대화를 마친 제네드 박사가 다소 불만스러운 얼굴로 화면에서 사라지자, 로이잔느는 제네드 박사가 보내온 보고서를 보기 위해 프로그램을 돌리기 시작했다. 트헤로베와 분리되어 있는 세 대의 컴퓨터. 그중 하나는 함장실에 소속되어 함장 개인용으로 쓰이고 있었고, 하나는 브릿지에서 주 컴퓨터를 대신하는 역할로, 또 다른 하나는 컴퓨터실에서 컴퓨터실 요원들 용으로 쓰이고 있었다. 물론 세 개의 컴퓨터는 상호 통신이 가능하도록 연결되어 있었다.

"666프로젝트?"

읽어가면서 이해가 되지 않는 부분이 많았기에 로이잔느는 고개를 갸웃거리고 있었다. 그렇지만 꾸준히 읽어 내려갔다. 각종 안내 그림까지 동원되고 있었지만, 사관 학교 1등 졸업의 로이잔느조차 이해하기 어려운 무척 어려운 내용이었다.

트헤로베. 바이오 컴퓨터의 창시자는 원인 모를 사고로 사망한 것으로 되어 있었고, 그 후 그 제자들이 지난 18년간 연구를 거듭한 결과 완성한 것이 바로 바이오 컴퓨터 트헤로베였다.

반도체 소자를 이용하여 만든 일반 컴퓨터와는 달리 바이오 컴퓨터는 하나의 살아 있는 인간과도 비슷한 존재였다. 인간의 뇌 같은 생체 조직이 기존의 반도체 중앙 처리 장치를 대신하고, 전선 대신에 생물 신경계가 그 역할을 수행하는 것이었다. 트헤로베는 그 기술의 결정체로써 사랑의 이름 호의 주 컴퓨터가 되기 위해 제작된 최신 컴퓨터였다.

보고서를 다 읽은 로이잔느는 자신의 통신 단말기를 꺼내 어딘가를 호출하기 시작했다.

삐리리릭—

'받아라, 에리카……'

그러나 계속 신호만 갈 뿐 에리카는 모습을 드러내지 않고 있었다. 해석이 안 되는 부분을 에리카에게 물어볼 심산이었던 로이잔느의 표정이 여지없이 그 답답함을 드러내고 있었다.

"예, 에리카입니다. 어?! 로이잔느?"

"뭐야, 에리카! 왜 화면이 안 보이고 목소리만 들리지?"

"아…… 미안. 나 방금 샤워하고 나왔어. 잠깐만…… 1분 있다가 할래?"

"응."

로이잔느는 에리카가 카메라를 가린 채 단말기 스위치를 켰음을 깨달았다. 상대가 로이잔느였음을 확인했다면, 즉 목소리만 전송하는 타키오느 통신이라고 판단했다면 카메라를 가린 무엇인가를 치울 법도 했지만 에리카는 계속 카메라를 가리고 있었다.

'자식…….'

로이잔느는 다소 서글퍼졌다. 자신의 알몸을 노출시키지 않으려는 것은 여자로서 당연한 것이었지만, 생명보다 더 귀하게 여기는 친구지간에 1분이라니…… 로이잔느는 어딘가 모르게 슬퍼지고 있었다.

1분. 짧은 시간이었지만 로이잔느의 머리 속에 과거의 시간들이 스쳐 지나가고 있었다. 기억. 아물거리며 기억의 파편들이 이지러졌다.

"로이잔느…… 난…… 그냥 여자가 되겠어."

"에리카…… 그래! 하하, 잘됐어. 난 반드시 남자가 될 거야."

"그, 그래. 넌 멋있는 남자가 될 거야."

"그래! 그럼…… 우리 그때 결혼하자."

"결혼?"

"응…… 하하."

"후후."

로이잔느와 에리카가 실험관에서 나온 지 딱 1년이 되기 전날 밤에 벌였던 둘만의 파티. 지금 로이잔느는 에리카와 밤을 지새웠던 그때를 생각하고 있었다. 같이 목욕하고 차를 마시며 나누었던 수다. 그때가 그리워지고 있는 것이었다.

"무슨 일이야, 로이잔느? 그리고 거긴 어디야?"

"아…… 나…… 훗, 여기야."

"어?"

눈이 동그래지는 에리카. 자신의 단말기로 화면이 송출되고 있다는 것은 지금 둘이 같은 행성이 있다는 뜻이었다. 에리카의 모습이 미소와 함께 밝아졌다.

약 한 달하고도 보름 전, 로이잔느가 대령 진급 휴가를 받았을 때 둘은 고향인 페네로트에서 만났었다. 따라서 둘은 그렇게 오래간만에 서로의 얼굴을 보고 있는 것은 아니었다. 짧다면 짧은 기간. 그러나 가족과도 같은, 아니, 어쩌면 가족보다도 더한 두 사람이었기에 지금 에리카는 눈물을 글썽거리고 있었다.

같은 행성에 있다니…….

그럼 당장이라도 만날 수 있다는 뜻이었기에 에리카는 눈물을 훔치며 다시 미소를 지었다.

"녀석…… 시간 있니? 지금?"

"응, 물론이야! 헤헤."

"그래, 그럼 지금 내가 그리로 갈게……."

"어, 그렇게 할래? 기다릴게. 헤헤."

순진한 에리카의 모습이 화면을 채우고 있었다. 언제나 그랬었지만 로이잔느는 에리카의 모습을 보면 기분이 좋아졌다. 트헤로베에 대한 걱정도 잠시 잊혀지는 듯했다.

책상을 정리한 로이잔느는 자리에서 일어났다. 어차피 정보국에서 파견한 수리 팀에 의해서 사랑의 이름 호는 점령 아닌 점령을 당하고 있었기에—굳이 일일이 찾아다니면서 간섭하지 않을 것이라면—함장실에 버티고 앉아 있어도 별로 할 일이 없었다.

"제독 전용 무기인가?"

격납고로 향하던 로이잔느는 창가로 비춰지는 작업 모습을 물끄러미 바라보면서 혼자말로 중얼거렸다. 거대한 포가 선수 밑에 뚫린 큰 구멍에 장착되어지고 있었다. 투명해서 마치 진짜 유리처럼 보이는 창—실제로는 평면 화면 소자를 이용하여 실사를 구사해 주는 장치였지만—을 통해 로이잔느는 계속해서 제독 전용 무기를 바라보고 있었다. 그러나 보고 있다고 정체를 알 수 있는 것이 아니었기에 얼마 안 가 로이잔느는 격납고를 향해 이동하기 시작했다.

[어서 오십시오.]

"그래…… 사관 학교로 가자."

[네, 알겠습니다. 5분 30초 후에 도착합니다.]

"알았다."

로이잔느는 자신의 전용 차에 탔다. 창 밖으로 여전히 신중하게 거대한 장치를 운반하고 있는 사람들의 모습이 비춰지고 있었다. 전용 차는 곧바로 군 기지를 빠져 나왔다.

맑은 하늘. 이곳 베레시아의 하늘도 자신의 고향인 페네로트와 비슷했다. 그러나 어딘가 모르게 이곳은 그 어디보다도 더 사람 사는 곳 같았다.

인구가 많아서인가, 아니면 역시 우주 제국의 심장부라서 그런가?

어쨌든 살아 있는 도시였다.

군 휴양소도 마찬가지였지만 사관 학교 역시 군 기지 옆에 바로 붙어 있었다. 간단한 검문을 마친 로이잔느는 곧 주차장에 도착했다. 차에서 내린 로이잔느는 들뜬 마음으로 걷기 시작했다. 그래도 공과 사를 꽤 구분하는 로이잔느였기에 도착하자마자 에리카를 찾지 않고 있었지만, 솔직히 마음은 늘 에리카를 생각하고 있었다.

"거기 있는 생도. 강사 휴게실이 어디지?"

"옛, 충성! 1층 중앙에 있습니다."

"고맙다."

지나가는 모든 생도들이 쳐다본다.

'여자로 보여서? 아니면 역시 계급장 때문인가?'

에리카라면 미모 때문이었겠지만, 로이잔느를 바라보는 이유는 역시 어울리지 않는 계급장 때문이었다.

'훗, 미모? 내가 여자라면 난 예쁘지 않은 것인가?'

로이잔느는 씁쓸한 웃음을 지으며 강사 휴게실 문 앞으로 다가섰다. 에리카. 비록 한 달 반만이었지만 로이잔느는 꿈에도 에리카를 잊은 적이 없었다.

윙―

"어? 수업이 있나?"

방안에는 두 명의 중년이라고 하기에는 조금 젊은 남자들이 자리를 지키고 있었을 뿐, 에리카의 모습은 없었다. 로이잔느는 에리카의 자리를 찾아가 앉았다. 에리카의 성격을 잘 아는 로이잔느였기에 어느 자리가 에리카의 자리인지 금세 구별되고 있었다. 로이잔느의 계급장이 신기한 듯 두 명의 사내는 로이잔느를 멀뚱멀뚱 바라보기 시작했다.

윙—

"어, 로이잔느!"

"아, 에리카!"

"바보……."

"하하, 만나기만 하면 첫 인사가 그거야?"

그리운 나의 친구…….

문이 열리자 에리카는 자신과 떼어놓을래야 떼어놓을 수 없는 친구에게로 달려가 안겼다. 다 큰 처녀라고 믿어지지 않는 행동이었다. 로이잔느의 가슴팍에 파고든 에리카의 얼굴엔 벌써 눈물이 흐르고 있었다.

"에리카…… 여전하구나."

"흑…… 그래, 너도. 한 달 반만이지?"

"응…… 하하하."

두 명의 다른 강사의 시선을 무시한 채 그렇게 둘은 서로를 반가워하며 방을 나섰다. 벌써 베레시아의 밤이 찾아오기 시작하고 있었다. 로이잔느는 자신의 차로 적절한 장소를 물색하기 시작했다.

"어디가 좋은 곳이지? 맛있는 것 사줘야 하는데…… 하하……."

"응? 아, 나도 한 달이 되어서 마침 오늘 월급 받았어."

"응? 하하하! 강사 월급이 얼마나 되는데?"

"응…… 좀 적지만…… 그래도 내가 사고 싶어…… 늘 네가 냈잖아?"

"그렇게 할래? 하지만 나도 대령이 돼서 급여가 많이 올라갔거든?"

"아, 그렇구나. 헤헤."

시내 주차장에 차를 세워놓은 둘은 그럴싸한 장소를 찾아 걸으며 못다 한 이야기를 나누기 시작했다. 화려한 거리의 불빛들. 그러나 아직 에리카에게 이 거리는 생소했고, 로이잔느 또한 전혀 아는 곳이 없었다.

"마법의 성?"

"아…… 거긴 싫어. 그리고 비쌀 거야."

"그래? 하하. 네가 낸다고 했으니 네 맘대로……."

"사실은……."

너무나 눈에 확 띄는 분위기의 건물. 그러나 에리카의 반대로 둘은 다시 걷기 시작했다. 에리카는 지크리트와 미팅했던 일들을 떠올리며 그 미팅에 대해서 떠들기 시작했고, 로이잔느는 다소 심각한 얼굴로 듣기 시작했다. 그렇게 잠시 후, 둘은 결국 호텔로 가서 그럴싸한 식당에 자리를 잡았다.

계속되는 에리카의 수다. 주문이 끝나고 잠시 후 식사가 나올 때까지 에리카는 쉴새없이 떠들고 있었다. 늘 그랬듯이 로이잔느는 주로 듣기만 하고 있었다.

"그랬구나…… 큰일날 뻔했네. 역시 이곳도 에스퍼들이……. 호신용 총이라도 가지고 다녀. 아, 그런데 물어볼 것이 있어."

"뭔데?"

에리카의 수다를 들으며 식사를 마쳐 가던 중 로이잔느는 갑자기 정색을 하며 말을 돌렸다. 덕분에 에리카도 덩달아 눈을 크게 뜨며 잡고 있던 포크를 놓았다.

"666프로젝트."

"666프로젝트? 음…… 뭐지? 아, 설마? 바이오 컴퓨터 개발 계획?"

"아…… 알고 있구나."

"응, 나도 한때 그 프로젝트에 참여한 적이 있어. 하지만 극비라고 하던데…… 난 생체 프로그램에서 물리 쪽만 맡아서……"

'에리카가 그 프로젝트에 있었다니……'

로이잔느는 일단 반가움의 미소를 지었다. 에리카만큼 똑똑한 사람이 흔치 않다는 사실을 잘 알고 있었기에 로이잔느의 미소는 당연한 일인지도 몰랐다.

"그랬구나. 네 실력이면 안 낄 리 없으리라 생각했지. 그런데…… 물리 쪽만 맡았어?"

"어, 그게…… 사실 원래는 그랬는데…… 생물 쪽과 화학 쪽도 결국 내가 도와주기는 했어. 다들 실력이…… 헤헤. 하지만 결국 팀장이 마지막으로 손을 보았거든. 하지만 프로그램의 50% 이상은 내가 한 거나 다름없어……. 헤헤."

"푸훗, 그랬구나."

"웃지 마…… 그런데 도대체 왜 그래?"

"응…… 내가 함장이 된 전함에 바이오 컴퓨터가 실렸어."

"뭐? 함장? 와~ 로이잔느!"

로이잔느의 함장 취임을 안 에리카는 너무나 기쁜 나머지 다소 놀란 표정을 지었지만, 곧바로 방긋방긋 웃으며 로이잔느를 바라보았다. 그러나 언제나 그랬듯이 로이잔느는 대수롭지 않다는 듯 무덤덤한 표정을 짓고 있었다.

"전함의 이름은 '사랑의 이름'이야. 내가 지은 것이 아니고, 제독이 지었다고 하더군. 그런데… 제독이…… 18살짜리 꼬마 여자야. 내참."

"그, 그래? 와~ 대단한 여자구나…… 너보다 더 어린데 제독이라니……"

'18살의 제독?'

에리카 역시 놀라고 있었다. 군대라는 곳을 잘 모르기는 하지만 18살의 제독이라는 것은 이해할 수 없는 것이었다. 그러나 에리카는 로이잔느가 그것에 대해서 별로 이야기 나누고 싶어하지 않는 것 같았기에 더 이상 묻지 않았다.

"그래, 그건 그렇고 주 컴퓨터가 바이오 컴퓨터로 이름은 트헤로베야."

"트헤로베? 내가 프로그램 한 것은 '메카바로'라는 이름으로 불렸는데……"

"그래?"

고개를 끄덕이며 잠시 주위를 돌아본 로이잔느는 도청의 위험이 있을 수 있다고 생각했는지 바짝 의자를 끌어당겨 앉았다. 에리카도 같이 의자를 끌어당겼다.

"666은?"

"그건 성경에 나오는 숫자야. 악마의 숫자, 또는 짐승의 표라고도 하지."

"아…… 그래, 옛날 지구에서 바코드가 666이라고 해서 소란이 일어났었지? 그래…… 역사 책에서 본 바로 그 숫자구나."

"응…… 성경의 마지막 장 요한계시록에 나오는 숫자의 이름이고, 또한……"

"또한?"

설명을 하던 에리카는 살짝 웃음을 지었다. 마치 재미있는 이야기가 준비되어 있다는 듯한 미소였기에 로이잔느는 몹시 궁금해지기 시작했다.

도대체 무슨 비밀이 있는 것일까?

"고대 지구어 중에서 영어라는 것이 있어. 지금도 더러 쓰이기는 하지만…… 당시에는 거의 세계 공용어 수준이었는데……."

"아! 알아."

"26개의 철자로 되어 있는데…… 'a, b, c'로 시작해서 'x, y, z'로 끝나지."

"그런데?"

에리카는 종이 쪽지를 꺼내서 고대어를 쓰기 시작했다. 로이잔느는 도대체 에리카가 무슨 이야기를 하려고 하는 것인지 몰랐기에 다소 무심히 쪽지를 바라보고 있었다.

'분명 그 고대어와 666이 무슨 상관이 있기는 한 것 같은데…… 666과 고대어라……'

로이잔느의 두 눈이 깜박거리기 시작했다. 언제나 냉정한 로이잔느였지만, 에리카 앞에서의 모습은 너무나도 부드러워져 있었다.

"a를 6, b를 12, c를 18 이렇게 6의 배수로 z까지 매긴 후에……."

"응……."

"컴퓨터를 고대어로 표기하면…… 'computer'. 원래 계산기라는 뜻이지. 그럼, 'computer'를 더해볼래……."

"아…… 그래…… 18+90+78+96+126+120+30+108…… 응?"

사관 학교 1등 졸업과 초특급 대령 진급이 증명하듯 이 정도의 암산은 그리 어려운 일이 아니었기에 로이잔느는 중얼거리며 암산을 시작했다. 그리고 자신이 낸 결과를 믿지 못하며 의아해하는 눈을 크게 뜨고 있었다.

도대체 무슨 뜻이지?

놀라는 로이잔느를 보며 에리카는 살짝 웃고 있었다. 어떤 글자든 간에 111로 합성할 수 있다면 666은 쉽게 형성되는 숫자였다. 그러나 'computer'라는 문자, 우연이라고 보기에는 어딘가 모르게 상당한 기연인 것 같아 보였다.

"사실, 조금만 머리를 쓰면 다른 문자를 수식화해서 666을 만들어낼 수 있어. 그렇지만 컴퓨터는 상당히 쉽게 666이 되거든."

"응…… 그렇구나. 그런데 왜 하필 그 악마의 숫자를?"

"그건 나도 몰라. 그때 팀장으로 있었던 베로티에 박사가 명명한 것이니까."

"베로티에 박사?"

"응."

생소한 이름이었기에 로이잔느는 잠시 멀뚱멀뚱 에리카를 바라보다가 생각에 잠겼다. 바이오 컴퓨터, 그리고 666프로젝트. 기분이 별로 좋지 않은 이름들이었다.

"사실…… 그 사람. 그 뒤로 행방이 묘연해. 그리고 그 밑의 수석 연구원이 제네드 박사였어."

"제네드?! 그랬군!"

제네드 박사라는 말에 로이잔느는 자신도 모르게 나지막이 소리를 질렀다. 사랑의 이름 호 컴퓨터실 실장인 제네드 박사. 그 역시 바이오 컴퓨터 개발 팀이었던 것이다. 로이잔느가 계속 놀라기만 하자 에리카는 조금 재미있다는 생각이 들었는지 빙긋이 웃기시작했다.

그렇게 둘이 이런저런 얘기를 하며 호텔을 빠져 나왔을 때, 이미 시간은 밤 11시를 넘어가고 있었다.

"아, 숙소는 어디야?"

"응…… 사관 학교 앞에 독신자 아파트."

"그래? 그럼, 오늘 신세 좀 질까?"

"헤헤…… 얼마든지."

로이잔느는 차를 불렀고, 에리카는 계속 이런저런 살아가면서 겪고 있는 쓸데없는 이야기를 지껄이기 시작했다. 에리카와 오래 있게 되면 늘 그래왔지만 로이잔느의 냉정한 모습은 이미 사라지고 없었다. 그러나 그런 화기애애한 분위기 덕분에 로이잔느는 다가오는 검은 그림자를 미처 눈치채지 못하고 있었다.

"에리카 박사?"

"예? 누구시죠?"

소리도 없이 다가온 네 명의 사내들은 마치 영화 속의 갱단이라도 연상시키는 듯한 짙은 회색의 바바리를 걸치고 있었으며, 하나같이 무서운 눈매를 가지고 있었다. 에리카가 눈을 크게 뜨며 놀라자 로이잔느는 오른손을 품에 넣어 레이저 건이 있음을 암시시켰다. 싸움이 벌어질 것 같다고 판단했는지 영문도 모르는 사람들이 구경거리가 생겼다는 듯 어느 정도 거리를 둔 채 모여들기 시작했다.

"둘 다 죽어줘야겠다."

"위험해!"

피빙—

사내들이 거의 동시에 품속에서 레이저 건을 꺼내 에리카를 먼저 겨냥했다. 그러나 로이잔느의 행동이 조금 더 빨랐다. 로이잔느는 에리카를 덮치면서 동시에 한 사내를 조준하며 레이저 건을 발사했다. 놀라며 엎드리는 사람들과 비명을 지르며 도망치는 사람들 사이로 로이잔느가 발사한 레이저는 정확히 회색 바바리를 걸친 한 사내를 향해 날아갔다.

"흐억!"

피빙—

"으으윽……."

로이잔느가 발사한 레이저가 한 사내를 정통으로 맞추었다. 덕분에 그 사내가 발사한 레이저는 허공을 가르고 있었다. 그러나 나머지 세 명이 쏜 레이저들은 정확히 에리카와 로이잔느를 향하고 있었다. 로이잔느는 에리카를 껴안은 채 몸을 굴리고 있었지만, 결국 그중 하나가 로이잔느의 다리를 스쳐 지나갔다. 피가 흐르는가 싶더니 격심한 통증이 밀려오기 시작했다. 로이잔느는 고통을 참으며 에리카를 밀친 후, 다시 반대 방향으로 몸을 뒹굴면서 레이저 건을 발사했다.

'이놈들은 또 누구지? 에스퍼는 아닌 것 같은데. 그리고 그때 빛의 검을 든 사내들은? 그리고 지금 이 바바리를 입은 놈들은? 사우르스? 지구?'

너무나도 짧은 순간 로이잔느의 머리 속에 많은 의문의 편린들이 스쳐 지나가고 있었다.

피빙—

"흐헉!"

로이잔느의 손을 떠난 레이저가 또 한 사내를 쓰러뜨렸다. 그러나 그사이 나머지 두 사내는 정확히 로이잔느를 향해 레이저 건을 정조준하고 있었다. 너무나 무서운지 그저 엎드려 벌벌 떨고만 있는 에리카를 보며 그 짧은 순간 로이잔느는 다시 몸을 굴려 사내들을 향해 레이저 건을 조준했지만 시간이 모자랐다.

피빙—

"으윽, 안 돼!"

로이잔느가 발사한 레이저는 사내들을 지나 그저 허공을 가를 뿐이었지만, 두 사내가 쏜 레이저는 또다시 로이잔느의 한 팔을 스쳐 지나갔다. 다행히도 레이저 건을 잡고 있는 오른팔이 아니었지만 또 다른 극심한 고통이 찾아들고 있었다.

'이대로 여기서 끝낼 수는 없다.'

고통이 온몸을 휘감고 있었지만 로이잔느는 자세의 불리함을 깨닫고 재빨리 일어났다. 이미 두 명의 사내는 또다시 로이잔느를 향해 정조준을 하고 있었다.

번쩍—

"윽!"

"흐어억!"

피빙—

'늦었다!' 라고 생각이 머리를 감싸기 시작한 순간, 무엇인가가 번쩍이더니 비명 소리가 들려왔다.

'살아 있나?'

로이잔느는 자신이 쏜 레이저 건이 또다시 허공을 가르고 있음을 알았다. 그리고 그와 동시에 아직 자신이 살아 있음도 알았다. 에리카 역시 무사했다.

'그렇다면……?'

쓰러진 것은 두 명의 사내였다.

'그 사이에 경찰이 왔나?'

주변을 둘러보았지만 로이잔느의 눈에 비친 것은 이제 막 일어서기 시작한 형형색색의 머리 색을 지닌, 벌벌 떨면서 웅성거리고 있는 사람들뿐이었다. 그들 역시 레이저의 난무와 방금 그 빛 때문에 모두 엎드렸다가 일어서고 있는 중이었다. 이들 중 누군가가 이상한 빛을 내뿜은 것임이 분명했다.

애애앵—

'혹시 에스퍼인가? 그런데 왜 나를 도와주었지?'

경찰들이 달려오기 시작했다. 로이잔느는 여전히 떨고 있는 에리카를 일으켜 세웠다. 창백해진 얼굴의 에리카는 정말로 벌벌 떨고 있었다. 거리만 나오면 벌어지는 이상한 일들 때문에 에리카는 무척이나 놀란 상태였다. 지크리트와의 미팅 때도 그랬지만, 이번 역시 놀라지 않을 수 없었다. 따라서 거듭된 충격으로 인하여 에리카는 입술마저 부들부들 떨고 있었다.

"괜찮으십니까? 신분을 확인하겠습니다."

"윽! 음…… 로이잔느 대령이다. 그리고 여긴 내 친구인 에리카 박사. 으……."

"네, 알겠습니다. 구급차를 부르겠습니다."

"아니, 필요없다. 경상이야. 윽……."

"네, 괜찮으시겠습니까? 사건 경위를 위해 연락 후 방문드리겠습니다."

"훗…… 알았다. 으…… 젠장!"

로이잔느가 내민 개인 신분증으로 신분을 확인한 경찰은 경례를 하고 시체들을 치우기 시작했다. 군인. 그것도 대령 정도라면 겁날 것이 없는 사회. 로이잔느의 귓가에 계속해서 웅성거리는 소리들이 들려왔다. 아무나 얻을 수 없는 특권. 계속해서 피를 흘리고 있는 로이잔느는 자신의 차가 도착하자 재빨리 에리카를 밀어넣고 자신도 차에 올라탔다.

"으…… 도대체 무슨 일이지? 에리카, 주소를……."

"……."

"에리카?"

"응? 미안……. 3425-2234 베레시아 사관 독신자 아파트."

[알겠습니다.]

지상에서 30cm 정도 붕 뜬 로이잔느의 전용 차가 경찰들과 웅성거리는 사람들을 뒤로하고 움직이기 시작했다. 에리카는 계속해서 완전히 겁에 질린 창백한 얼굴을 유지하고 있었다. 로이잔느는 레이저에 맞아 흘러내리고 있는 팔과 다리의 피를 닦으며 물끄러미 에리카를 바라보았다.

"젠장, 으…… 어떻게 된 일이지? 혹시 봤어?"

"아…… 몰라. 어디선가 이상한 빛이 번쩍이는 것 같더니……."

"으…… 너도 봤구나. 그 빛……."

계속 놀란 표정을 짓고 있는 에리카와 심각한 표정의 로이잔느는 잠시 말이 없었다.

'도대체 그 빛은 무엇이었을까? 주변에 사람들이 어느 정도 있었다. 그렇다면 분명 그들 중에서 누군가가 에스퍼였을까? 이상한 에네르기를 쓰는 에스퍼?'

로이잔느의 머리 속이 점점 더 복잡해져 오고 있었다.

"으, 그래…… 그 이야기는 집에 가서 하자."

"응…… 몸은? 괜찮아? 피, 피가 나잖아?"

"훗, 뭐 이 정도는 아무것도 아니야. 으……."

로이잔느는 응급 세트를 꺼내서 지혈을 하기 시작했다. 가까스로 제정신을 차린 에리카가 지혈을 도와주기 시작했다.

"정말 괜찮아?"

"후후, 그래. 이제 괜찮아…… 이 정돈 늘 있는 일이었어……."

"로이잔느……."

"바보같이 울긴……."

에리카는 울고 있었다.

너의 고통은 나의 고통…….

너무나 절친한 두 사람이었기에 그 눈물은 진심이었다. 로이잔느는 웃으며 에리카의 눈물을 닦아주었다.

"흑…… 아, 미안. 함장 생활은 어때?"

"아, 그냥, 뭐. 늘 나이 많은 부하만 있었는데…… 이제는 나이 어린 상관을 모시게 됐으니까……."

"아, 그래……. 그런데 팔하고 다리 정말 괜찮아?"

"하하, 전혀 문제없어."

"그래…… 그만하길 다행이야."

에리카는 애써 웃음을 지었다. 그런 에리카를 보며 로이잔느도 따라 웃었다.

'이제 3일 후면 또 기약없이 헤어지겠지?'

그렇게 둘은 서로를 위해 방금 있었던 이야기를 꺼내지 않고 대신 별로 중요하지 않은 이야기를 나누며 에리카의 아파트로 향했다. 이야기를 하면서 로이잔느는 차 안에 있는 응급 의료 기구들을 사용하여 팔과 다리에 난 상처를 치료했다. 어느 정도 치료가 끝나자 에리카는 정성을 다해 붕대로 상처를 동여맸다. 비록 통증 제거제를 먹긴 했지만 여전히 상처가 쑤셔오고 있었다. 스쳐 지나갔기에 망정이지 제대로 맞았으면 지금쯤 병원 침대에 누워 있을 것임에 분명했다.

잠시 후 아파트에 도착한 로이잔느는 주차장으로 차를 보내고 난 뒤 에리카와 함께 에리카의 집으로 향했다. 투명한 창이 있는 전망 승강기였기에 서서히 베레시아의 수도 메크로티시의 화려한 전경이 눈에 들어오기 시작했다. 에리카의 집은 꼭대기는 아니었지만 꼭대기 바로 밑층이었기에 전망이 무척 좋았다.

"높은 곳에도 사는구나."

"응, 낮은 층에는 빈 집이 없다고 해서."

윙—

[어서 오십시오, 주인님.]

문이 열리자 아담한 전형적인 독신자 아파트 내부가 로이잔느의 눈에 들어왔다. 에리카의 성격을 대변하듯 온통 예쁘고 아기자기하게 꾸며진 집이었다. 분명 박사 학위를 세 개나 갖고 있는 사람의 집 같은 분위기는 주지 않고 있었다.

"여전히 붉은색 계통으로 통일했구나……."

"응, 헤헤…… 알잖아. 저기…… 그런데 정말 병원에 안 가도 될까?"

"병원? 훗, 이 정도는 정말 상처도 아니라니까. 그리고 전함 내에도 병원이 있어. 굳이 돈 들여서 병원 갈 필요 없거든. 그리고 병원 가면 일일이 캐물어서 귀찮아. 하하, 뭐…… 그건 그렇고 정말로 네 머리 색이 싫으면 염색이라도 하지 그래?"

"염색? 아…… 그럴까? 하지만……."

"왜?"

"아니야…… 화장도 한번 안 해봤는데…… 염색은 뭘……."

에리카의 말대로 그녀는 화장기 없는 얼굴이었다. 화장을 하지 않아도 충분히 아름다운 얼굴이었기에 굳이 화장할 이유도 없었지만, 화장을 하면 그야말로 미친 듯이 달려올 남자들이 더 많아

질까 봐 두렵기도 한 그녀였다.

"음료수?"

"응…… 고마워……"

에리카가 내민 음료수를 마시며 로이잔느는 무심코 벽에 걸린 화면을 켰다. 아까 사건에 대해서 이야기를 나누고 싶었지만 에리카가 완전히 진정될 때까지 눈치를 보고 있는 중이었다. 마감 뉴스 시간이었기 때문에 화면엔 아나운서들이 뉴스를 진행하고 있었다.

'오래간만에 뉴스나 들어볼까?'

에리카도 로이잔느 옆에 앉아 화면을 주시했다.

"음…… 별 내용도 없네……."

"응, 그렇지 뭐…… 응?"

순간 아무런 생각도 없이 화면을 주시하던 에리카의 눈이 커졌다. 로이잔느가 고개를 돌려 에리카를 바라보았지만 여전히 에리카는 못 볼 것이라도 본 듯한 표정을 짓고 있었다.

[다시 한 번 말씀드리겠습니다. 오늘 밤 9시 저민트계 제7행성 푸레의 군 연구소가 폭발했습니다. 군 당국이 직접 수사를 나섰지만 아직 이렇다 할 증거를 발견하지는 못하고 있습니다.]

"왜 그래?"

"저 연구소……. 바로 바이오 컴퓨터를 제작했던 그 연구소야."

"뭐?"

로이잔느의 눈이 동그래졌다.

'설마? 에리카가 바이오 컴퓨터 제작 프로젝트에 참여했었기 때문에 에리카를 노린 것인가?'

그렇다면 휴가를 나간 제네드 박사 또한 위험했다.

[이어서 다시 속보입니다. 방금 벌어진 살인 사건입니다. 오늘 저녁 10시 20분쯤 친구들과 식사를 마치고 나오던 군무원 제네드 박사가 괴한들에 의해 죽음을 당했습니다. 목격자에 따르면 범인들은 회색 바바리를 걸쳤으며, 20대 후반으로 보이는 남자들이었다고 합니다. 아…… 새로운 뉴스입니다. 비슷한 사건이 방금 전에 있었습니다. xxx호텔 앞에서 회색 바바리를 걸친 사람들과 신분이 밝혀지지 않은 두 사람과의 총격전으로 회색 바바리를 걸친 네 사람이 모두 사망했다는 보고입니다. 경찰에 따르면 이들 회색 바바리의 사내들은 소속이 불분명한 안드로이드들로 추정된다고 합니다. 또한 목격자들에 따르면 이들은 갑자기 나타난 사내들이 내뿜은 이상한 빛에 의해 사망했다고 합니다.]

"이, 이런……."

"아……."

로이잔느도 에리카도 놀랄 수밖에 없었다. 이제 분명해졌다. 바이오 컴퓨터 제작에 참여했던 모든 사람들을 누군가가 죽이고 있는 것이었다.

'왜일까? 도대체 무엇 때문에?'

에리카는 오들오들 떨기 시작했다. 그나마 로이잔느가 옆에 있다는 사실이 그래도 위안을 주고 있었지만, 아무래도 잔뜩 겁을 집어먹은 것 같았다.

"전함으로 가자! 여기는 위험해!"

"하지만 내가 맘대로 들어갈 수 있어?"

"아, 괜찮아. 나랑 같이 들어가면."

"그래, 그럼…… 부탁해."

너무나 무서웠던지 에리카는 쉽게 로이잔느의 제안을 받아들였다. 잠시 후 에리카가 다소 진정이 되자 로이잔느는 에리카에게 짐을 챙기라고 말한 뒤 발코니를 향해 걸어갔다. 깜깜했지만 아파트와 군 기지로부터 새어나오는 불빛이 어둠을 밝혀주고 있었다. 자세히 주변을 살폈지만 큰 이상을 느끼지 못한 로이잔느는 자신의 차를 호출했다. 잠시 후 차가 아파트 현관 앞에 다다르자, 로이잔느는 에리카와 함께 재빨리 움직이기 시작했다.

"전함으로 돌아가자."

[예, 알겠습니다.]

둘이 모두 자리에 앉자 로이잔느의 전용 차는 재빨리 움직이기 시작했다. 여전히 불안해하는 에리카의 모습이었지만, 그래도 군 기지 내에 있다면 아무래도 안심이라는 듯 서서히 안정을 찾아가고 있는 중이었다.

"지금 트헤로베를 정지시켜 놓았으니까 가서 한번 분석해 봐. 분명 사람들을 죽이는 이유가 있겠지……."

"응…… 그래."

제네드 박사의 죽음. 아마도 컴퓨터실에서 그와 함께 근무하던 두 명의 안드로이드들은 바이오 컴퓨터의 제작과는 직접적인 상관이 없을 것이었다.

'그렇다면?'

로이잔느의 입가의 미소가 떠올랐다. 에리카를 전함에 태울 핑계가 이리저리 떠오르고 있는 중이었다.

"666프로젝트에 참가했던 사람은 모두 몇 명이지?"

"모두는 몰라. 다만 프로그램은 팀장인 베로티에 박사가 맡았고, 내가 물리 논리, 제네드 박사가 화학 논리, 그리고 밍카델 박사가 생물 논리 프로그램을 맡았어. 그리고 기계 쪽에 3명인가 있었고, 전자 쪽으론 4명?"

"꽤 많구나. 그 사람들을 다 조사해 보면 알겠지."

"……."

대답이 없는 에리카를 보며 로이잔느는 잠시 눈을 감았다. 사우르스들의 출현. 에스퍼들의 출현. 18살짜리 준장을 노리던 천사의 얼굴을 한 사내들. 바이오 컴퓨터와 그 제작진들의 죽음. 아까 자신들을 구해준 알 수 없는 빛. 분명 이 모든 사건들이 하나의 연관성을 가지고 있는 듯했지만 쉽게 정리가 되지 못하고 있었다.

그렇게 로이잔느가 고민하고 있는 사이, 아파트를 빠져 나온 로이잔느의 전용 차는 아파트 바로 옆에 붙어 있는 넓디넓은 군 기지의 정문을 향하고 있었다.

"사실 이상한 일이 있었어."

"무슨 일?"

다소 겁에 질린 눈을 뜬 채 놀라는 에리카를 향해 로이잔느는 또다시 생각에 잠긴 듯 눈을 감았다. 횡설수설하지 않으려는 듯 머리 속을 정리하는 중이었다. 워낙 똑똑한 에리카였기에 대충 이야기해도 무관하겠지만 그래도 제대로 이야기를 해주어야지 빠른 시간 내에 좋은 분석이 나올 것이라고 믿었기 때문이다.

로이잔느는 에리카에게 사파이렐 준장을 만나러 갈 때 겪은 일을 차근차근 이야기하기 시작했다. 이야기 도중 에리카는 도저히 믿을 수 없다는 표정을 지었지만, 로이잔느가 자신에게 절대로 거짓말하지 않는다는 사실을 잘 알고 있었기에 고개를 끄덕이고 있었다.

"혹시?"

"혹시 뭐, 에리카? 짚이는 것이 있어?"

"응…… 이건 베로티에 박사한테서 들은 건데…… 자신의 옛 스승인 꼬레아돌 박사가 소위 초능력에 관한 연구를 많이 했었대. 그가 바이오 컴퓨터의 기본 설계를 한 사람이고…… 음…… 연구소 폭파 사고로 일찍 죽었는데 상상도 할 수 없는 천재였던 것 같아."

"아…… 그런데 그 이야기는 갑자기 왜?"

"그 사람…… 그 사람의 죽음이 좀 의문이라서……."

"응? 의문?"

"……."

에리카는 분명 무엇인가를 로이잔느에게 해석해 줄 것만 같았다. 그러나 에리카는 잠시 생각을 정리하려는 듯 더 이상 아무런 말이 없었다. 로이잔느 역시 너무나도 에리카를 잘 알고 있었기에 더 이상 보채지 않았다.

그사이 로이잔느의 전용 차가 군 기지 검문소 앞에 도착했지만 헌병들은 민간인의 출입을 허락하지 않았다. 로이잔느가 다소 으름장을 놓았지만 전혀 통하지 않고 있었기에 에리카는 다소 불안해하기 시작했다.

"제길! 이 바보들아, 당직 사령 호출해!"

"네, 잠시만 기다려주시기 바랍니다."

로이잔느가 당직 사령의 호출을 요구하자 헌병은 재빨리 당직실에 연락했다. 아마도 난처한 입장을 회피할 수 있어서 잘됐다는 듯했다. 베레시아를 담당하고 있는 사람은 제2함대의 함대 사령관으로 로이잔느와 어느 정도 친분이 있는 로이펠 중장이었다. 그러나 지금 이곳 메크로티시의 수도 기지는 로이잔느와는 그리 친분이 없는 멜카드레 소장이 책임자로 있었다.

"메잉트 소령입니다."

"아, 나 로이잔느 대령입니다."

"네, 무슨 일이십니까?"

"군에서 보호해야 할 사람을 군 기지 내로 들여보내 주었으면 합니다."

"네? 그건 정식 절차를 밟으셔야 합니다."

"시간이 없으니까 연락한 겁니다."

깜짝 놀라는 메잉트 소령의 모습을 보며 로이잔느는 다소 언성을 높였다. 그녀 역시 사우르스들의 급작스러운 공습으로 인해 무척 긴장한 상태로 근무하고 있던 중이라 수긍이 가는 표정을 짓고 있었지만, 자신이 해결할 수 있는 사항은 아니라는 듯했다.

"잠깐만 기다려보십시오. 제가 사령관님께 연락해 보겠습니다."

"네, 부탁드립니다."

사단의 통제 사령인 메잉트 소령과의 통신이 끊기자 로이잔느는 자신의 차를 옆으로 비껴세웠다. 늦은 시간이라서 출입하는 차량이 없기는 했지만 굳이 입구를 막아서 있을 이유도 없었다.

"후…… 젠장, 왜 이렇게 기다리게 하는 거야?"

"로이잔느…… 무사히 들어갈 수 있을까?"

"걱정하지 마. 안 되면 전함을 끌고 나와서라도 널 태울 테니까…… 후후."

"헤헤…… 여전하구나, 너."

"하하하, 그래?"

그렇게 둘은 농담을 주고받으며 시간을 때우고 있었지만 연락은 오지 않고 있었다. 답답했는지 로이잔느가 문을 열고 재차 경비실로 다가갔다. 로이잔느가 다시 다가오자 헌병들은 더욱 긴장된 모습으로 바뀌고 있었다.

"아직…… 아무런 연락도 못 받았습니다."

"그래? 응? 에어리얼 소위?"

막 헌병의 보고를 듣고 있을 때 인기척에 놀란 로이잔느는 뒤를 돌아보았다. 거기에는 전혀 변할 것 같지 않은 무표정한 얼굴의 에어리얼 소위가 천천히 걸어오고 있었다. 어딘지 모르게 슬픈 눈동자의 눈을 가진, 그리고 마치 갓 자라난 풀잎과도 같은 느낌의 머리를 한, 이제 막 20살이 된 소녀의 이미지를 벗지 못한 신출내기 소위였다.

"충성!"

"왜? 휴가가 싫은가?"

"잘 곳이 없습니다."

"뭐?"

"네, 함 내의 제 방에서 자겠습니다."

'이곳에 전혀 연고가 없나 보지?'

보통 특별 휴가를 받으면 모두들 미친 듯이 나가는 것이 군인들의 공통적인 습성이었다. 그러나 지금 에어리얼 소위는 외박을 마다하고 함 내의 자신의 방을 찾아가고 있는 중이었다.

"뭐…… 그건 자네 마음대로지만……."

"네, 안녕히 주무십시오."

여전히 감정이라고는 전혀 섞이지 않은, 그야말로 뻣뻣한 에어리얼의 목소리를 들은 로이잔느는 잠시 어깨를 으쓱거리다가 에리카에게 돌아가기 위해 차를 향해 돌아섰다.

핑—

"헉."

"엎드려!"

순간 한 줄기 광선이 번쩍였다. 그리고 그와 동시에 로이잔느 바로 앞에 있던 에어리얼이 피를 흘리며 쓰러졌다. 돌아서지 않았다면 지금 피를 흘리고 있는 것은 분명 자신이었을 것이었기에 로이잔느는 소리를 지르며 직감적으로 몸을 땅으로 날렸다.

피비비빙!

이내 붉은빛의 레이저들이 정문 초소를 급습하기 시작했고, 헌병들도 고함을 지르며 응사하기 시작했다.

"젠장!"

피비비비빙—!

로이잔느의 전용 차 또한 레이저의 세례를 받고 있었다. 비록 웬만한 레이저 강도에 버틸 수 있는 방탄 차였지만, 그래도 걱정이 되기는 마찬가지였다. 그러나 그것보다도 더 걱정스러운 일이 있었다. 납작 엎드린 로이잔느의 눈에 비쳐지고 있는 것은 계속해서 피를 흘리며 고통스러운 표정을 짓고 있는 에어리엘의 모습이었다.

"으…… 에어리얼, 에리카."

로이잔느는 에어리얼이 더 이상 같은 목표가 되지 않도록 하기 위해 몸을 데굴데굴 굴려 자신의 전용 차를 향해 다가갔다.

'혹시? 또 에리카 때문인가? 분명 적은 에어리얼을 조준한 것이 아니었을 것이다…… 그렇다면 날 조준했다는 것인데? 설마 내가 적이 많아서 날 암살하려 했던 것인가? 아니면 에리카와 같이 있어서? 그래서 이렇게 무수한 레이저를 지금 쏟아붓고 있는 것인가?'

부웅…… 끽!

다행히 로이잔느의 전용 차가 로이잔느 앞을 막아서며 다가오는 레이저들을 막아내고 있었다. 아마도 에리카가 명령을 내린 것 같았다. 로이잔느의 전용 차는 대령의 차답게 레이저들을 잘 반사시키고 있었다.

"에리카, 조금 이쪽으로……"

"응……"

로이잔느는 차에 기댄 채 레이저 건을 꺼내 응사하면서 에어리엘이 누워 있는 쪽으로 자신의 차를 유도했다. 지금 피를 흘리고 있는 사람은 분명 자신의 부하. 그대로 놔둘 순 없는 노릇이었다.

위이이잉…….

전투 로봇들이 일제히 레이저가 날아오는 방향을 향해서 움직이기 시작했다. 덕분에 날아오는 레이저의 빈도가 훨씬 줄어들었다. 어디서 숨어 쏘고 있는지 정확히 몰랐지만, 철수를 시작하고 있는 것 같았다.

"에어리엘! 에어리엘!"

중무장한 병사들이 뛰어가는 모습을 바라보며 로이잔느는 에어리엘을 흔들었다. 그러나 이미 죽었는지 에어리얼은 꼼짝도 하지 않고 있었다.

"젠장!"

로이잔느의 등뒤로 땀이 흐르기 시작했다. 제네드 박사의 죽음에 이어 또다시 부하들 잃은 것이었다. 따라서 로이잔느는 허탈한 심정이 될 수밖에 없었다.

"아앗!"

에어리얼을 일으켜 자신의 차로 옮기려던 로이잔느는 에어리얼이 갑자기 눈을 뜨자 소스라치게 놀라고 말았다. 여전히 슬픈 눈동자. 그 눈동자가 자신을 뚫어지게 바라보고 있는 것이었다.

"죄송합니다."

에어리얼은 레이저를 맞아 피를 흘렸던 사람이라고는 도무지 생각되지 않는 냉정한 표정을 유지한 채 비틀거리며—여전히 피를 흘리고 있음에도 불구하고—자리에서 일어나기 시작했다. 로이잔느는 또다시 충격을 받을 수밖에 없었다. 구멍난 하얀 제복 사이로 붉은 피가 계속 흘러나오고 있지만, 지금 에어리엘의 표정은 도저히 그런 사람의 표정이 아니었다.

"허, 헌병…… 구급차!"

"네!"

로이잔느는 구급차를 부르라고 지시했다. 에어리엘은 계속 자리에서 일어나려고 애쓰고 있었다. 총성이 멎었음에도 불구하고 로이잔느가 돌아오지 않자 궁금했는지 차 안에 있던 에리카가 고개를 내밀었다. 흔하지 않은 초록의 머리. 자신의 파란 머리와 언뜻 비슷한 느낌을 주고 있는 피범벅이 된 에어리얼을 본 에리카는 너무나 놀란 나머지 손으로 입을 가리고 말았다.

"괜찮아? 조금만 기다려. 구급차가 올 거야."

"아니…… 괜찮습니다. 가서 쉬겠습니다."

"뭐? 안 돼! 가만있어. 피를 이렇게 흘리는데……"

말은 그렇게 했지만 로이잔느는 꾸역꾸역 일어나고 있는 에어리얼을 멍하니 바라볼 수밖에 없었다. 이미 하얀 제복은 물론이고 바닥이 흥건히 피로 젖고 있었지만, 에어리얼은 계속 혼자서 중심을 잡으려고 노력하고 있었다. 고통이 극에 달하고 있었는지 에어리얼의 얼굴은 일그러질 대로 일그러져 있었다.

삐뽀삐뽀—

군 기지 내에 있던 구급차가 도착하자 차에서 내린 요원들이 재빨리 에어리얼을 구급 침대로 옮기기 시작했다. 서 있는 것조차 무척 힘이 들었는지 결국 에어리엘은 자신의 몸을 그대로 그들에게 맡기고 말았다.

'도대체 저 아이는?!'

문이 닫힌 구급차가 기지 안으로 사라지고 있었지만 다소 멍한 로이잔느의 표정은 변하지 않고 있었다. 상황이 어느 정도 종료가 되었다는 것을 알았는지 차 안에 있던 에리카가 밖으로 나왔다.

"로이잔느……."

"아…… 에리카. 괜찮아, 다 지나갔어."

"그런데…… 아까…… 그 사람은."

"응…… 에어리엘 소위인데."

"느낌이……."

"그렇지? 도대체 알 수 없군. 도대체 아는 것이 하나도 없어."

에리카 역시 에어리얼의 느낌이 너무나도 이상했던 것이었다. 붉은 피를 흘리는 것으로 봐서는 분명 안드로이드나 사이보그는 아니었다. 성격으로 봐서 모태에서 태어난 것도 아닌 듯했다. 그렇지만 그 정도의 피를 흘리고도 제정신으로 자리에서 일어나다니, 아무리 자기와 같은 실험관 인간이라고 쳐도 보통의 정신력은 아닌 듯했다.

"가서 조사해 봐야 할 것이 늘었군."

"응, 그런데…… 누구를 공격한 거지? 설마…… 또 나를?"

"후…… 글쎄? 병력이 출동했으니까 누군가 잡혀서 돌아온다면 알게 되겠지……."

에리카는 여전히 떨고 있었다. 그렇게 한바탕 소란을 피웠지만 당직 사령으로부터의 연락은 오지 않고 있었다. 잠시 후 소란 덕분인지, 아니면 시간이 되어서였는지 로이잔느의 전용 차의 착신 표시등이 번쩍이기 시작했다.

"네, 로이잔느 대령입니다."

"나 멜카드레 소장이다."

"네, 충성!"

"무슨 일인가? 웬 소란이지?"

보기 싫은 얼굴. 절대로 로이잔느의 부탁을 들어줄 만한 그런 느낌의 사람은 아닌 듯했다. 그렇지만 민간인을 군 기지 내에 들여놓으려면 정식으로 허락받은 사유서가 있든지, 아니면 기지 사령관의 허락이 필요했기에 로이잔느는 침착한 마음으로 말을 이었다.

"소란은 괴한들의 레이저 급습입니다. 그리고 저의 요청은 괴한들로부터 쫓기고 있는 에리카 박사의 신분 보호입니다."

"뭐라고? 하하, 그건 경찰에서 할 일이네, 대령."

"하지만 에리카 박사는…… 잉? 젠장!"

통신은 어느새 두절되어 있었다. 로이잔느는 너무나 화가 났고 에리카는 이미 두려움에 휩싸여 있었다.

그렇다면 어디로 갈 것인가!

분명 지금 누군가가 자신과 에리카를 노리고 있다면 군 기지가 아닌 다른 곳은 어디나 위험했다.

"할 수 없지. 음…… 나랑 같이 지내자. 일단 정식으로 절차를 밟을 동안 경찰서에라도 가서 신분 보호를 요청해야겠어."

"응……."

"휴…… 경찰서로 가자."

[예, 알겠습니다.]

'젠장…… 나 혼자 들어가서 총장을 불러내?'

또다시 총장이라도 불러내면 좋으련만 그러나 사사건건 총장을 불러내는 것도 한두 번이었다. 덕분에 잠시라도 에리카를 떠날 수 없는 로이잔느가 선택할 수 있는 길은 이제 하나였다.

잠시 후 로이잔느의 전용 차는 여전히 화려한 불빛을 쏟아붓고 있는 시내를 질주하고 있었다.

슈웅…… 쾅!

"아악!"

"윽! 뭐, 뭐야? 분석!"

차가 크게 흔들리자 에리카와 로이잔느는 동시에 비명을 질렀다. 그러나 역시 군인답게 로이잔느가 재빨리 먼저 침착함을 찾고 컴퓨터에게 분석 명령을 내렸다.

[후방에서 지그-5형 발사 추정.]

"지그-5형?"

지그-5형은 개인 소장 무기 중에서는 가장 강력한 것이었다. 마치 개인이 휴대하는 대포와도 같았다. 분명 누군가가 에리카를 노리고 있는 것이다.

'왜지? 도대체 왜지? 역시 바이오 컴퓨터 때문인가?'

이리저리 곡예 운전을 하고 있는 로이잔느의 전용 차의 뒤로 계속 쏟아지며 폭발하고 있는 지그-5의 굉음이 울려퍼지고 있었다. 경찰까지 출동했지만 적들은 전혀 아랑곳하지 않는 듯했다.

슈슝, 쾅!

"아악! 로이잔느!"

"제길! 수동으로 전환해야겠어. 꽉 잡아!"

한 방 제대로 맞았는지 로이잔느의 전용 차가 검은 연기를 내기 시작했다. 방탄이 되어 있어서였지 보통 차 같으면 벌써 박살이 나도 몇 번 박살이 날 상황이었다.

"제길, 통신 장치까지⋯⋯."

재빨리 수동으로 전환한 로이잔느는 최대한 후미진 골목으로 향하고 있었다. 그러나 따라오고 있는 차들은 한두 대가 아닌 것 같았다. 무슨 일이 있더라도 박살내고야 말겠다는 의지가 서려 있는 추적자들이었다.

사실, 장군만 되었더라도 날 수 있는 전용 차를 받았을 것이다. 그러나 대령이 받을 수 있는 차는 그저 지상에서 살짝 떠서 날아가는 차였다. 그나마 소령과 중령들은 방탄 장치마저 없었다.

"젠장! 빌어먹을 경찰 놈들. 뭐 하고 있는 거야?"

슈슝⋯⋯ 쾅!

"아악!"

애애앵—

한 대 두 대 서서히 경찰차들이 나타나고 있었지만, 적들은 아랑곳 않고 계속 로이잔느의 차를 추적하고 있었다. 로이잔느는 후미진 골목을 헤매면서 경찰서를 향하고 있었다. 아무래도 경찰서로 가까이 갈수록 경찰차의 숫자가 늘어날 것이라고 판단한 때문이었다.

콰광! 쿵—!

정체 불명의 차들이 부서지는 소리가 들려오기 시작했다. 드디어 전투 로봇들이 출동한 것이었다. 시끄러운 소리를 내며 날고 있는 전투 로봇들이 쏟아내는 강렬한 빛에 노출된 차들이 하나둘씩 부서지기 시작했고, 덕분에 로이잔느는 다소 숨을 돌릴 수 있었다.

"젠장, 휴……."

"로이잔느……."

"괜찮아…… 응? 이런, 제길!"

잠시 여유를 찾는 동안 시동이 꺼져 버렸다. 간신히 버티고 있었던 로이잔느의 전용 차는 그만 그 기능이 완전 정지되고 만 것이다. 뒤를 돌아본 로이잔느는 아직 한 대의 차가 자신들의 뒤를 쫓고 있다는 사실을 확인할 수 있었다. 적들을 피하느라고 진입한 어두운 골목길. 둘은 일단 뛸 수밖에 없었다.

"빨리 내려!"

로이잔느는 문을 열고 에리카를 떠밀었다. 그 순간 무엇인가가 로이잔느의 전용 차를 향해 날아오기 시작했다.

"젠장!"

콰광—!

"아악!"

"흐억!"

로이잔느는 몸을 날려 에리카와 함께 뒹굴었다. 간발의 차, 로이잔느의 전용 차는 폭발음을 내고 그 자리에서 터져 버렸고, 로이잔느와 에리카는 비명을 지르며 바닥을 뒹굴어야만 했다.

"젠장!"

붕대를 맨 상처가 다시 아파온다. 얼굴 이곳저곳으로 흐르는 피를 느끼며 로이잔느는 입술을 깨물고 에리카를 일으켜 세움과 동시에 레이저 건을 뽑아 들었다.

콰광!

"아아악!"

어느새 날아온 전투 로봇들이 마지막까지 로이잔느를 괴롭혔던 적의 차를 부셔버렸다. 이제 막 차에서 내리기 시작하고 있는 울부짖는 회색 바바리의 사내들이 로이잔느의 시선에 들어왔다.

'또 저들인가? 도대체 목적이 뭐지?'

피비빙—

"으어억……"

아직 살아남아 있던 회색 코트의 사내들은 차에서 기어 나오기 시작했지만, 역시 전투 로봇에서 발사한 레이저 건에 맞아 그대로 꼬꾸라지고 있었다. 그러나 적은 앞에만 있는 것이 아니었다.

"으악!"

잠시도 쉴 틈을 주지 않겠다는 듯 벌벌 떨고 있던 에리카의 비명 소리가 로이잔느의 귓가에 울려퍼졌다. 서서히 착륙하고 있는 전투 로봇들의 반대편, 즉 로이잔느가 향하고 있던 반대 방향에 웬 낯선 사내가 무서운 속도로 다가와 서 있었다. 비록 남루한 옷을 걸치고 있지만 중후한 느낌을 전해주고 있는 사내는 분명 어디선가 본 듯한 인상이었다.

"역시…… 네 녀석이었구나."

"윽, 제길! 넌 또 뭐야?"

"죽어라, 버러지들."

콰과광!

짧은 대화. 로이잔느가 사내에게 레이저 건을 겨누는 순간, 사내의 손에서 뻗어나간 희미한 빛의 덩어리들이 순식간에 로이잔느와 에리카를 지나 막 착륙한 전투 로봇들을 강타하기 시작했다.

"젠장!"

피빙—

부서지는 로봇들을 보며 다시 고개를 돌린 로이잔느가 놀라며 레이저 건을 발사했지만, 이미 사내는 앞에 없었다. 로이잔느는 급히 반대 방향으로 고개를 돌렸다.

탁!

"헉!"

무엇인가가 뒤통수에 내리꽂히는 느낌. 로이잔느는 무서워서 그저 벌벌 떨고만 있는 에리카를 남겨둔 채, 그대로 기절하고 말았다.

그렇게 얼마나 시간이 지났을까? 고요한 느낌. 로이잔느는 눈을 떴다. 청결하지 못한 누런 때가 낀 회색 빛의 천장이 눈에 들어왔다.

"윽⋯⋯."

로이잔느는 움직이려 애를 썼지만 도무지 몸이 말을 듣지 않았다. 지금 로이잔느의 두 팔목과 발목은 침대에 묶여 있었다. 할 수 없이 로이잔느는 눈알만 굴려 에리카를 찾았다. 하지만 에리카는 없었다.

그렇게 창문도 없는 방에서의 무료한 시간이 흘러갔다. 로이잔느는 계속해서 빠져 나오려고 애를 썼지만, 그럴수록 육체적 고통만 더해질 뿐이었다.

삐이걱⋯⋯.

낡은 문이 열리자 한 사내와 에리카의 모습이 나타났다.

'아⋯⋯ 살아 있었구나.'

로이잔느는 일단 안심이 되었다.

'그런데 왜 나는 묶어놨지? 저 사람은?'

로이잔느의 머리 속에 의구심이 강하게 일어나기 시작했다.

"훗, 깨어나셨나? 소란을 피우지 않겠다면 풀어주마……."

"좋다."

로이잔느는 에리카의 표정을 읽었다. 말없이 고개만 끄덕이는 에리카. 로이잔느의 짧은 대답과 함께 사내는 끈을 풀기 시작했다. 두 발목의 끈이 풀리고 막 오른손의 끈이 풀림과 동시에 로이잔느는 재빨리 가슴에 손을 갖다 대었다. 그러나 거기엔 레이저 건이 없었다. 다소 비웃는 듯한 사내의 표정은 분명 어디서 본 듯한 느낌을 전해주고 있었다.

"말썽을 피우지 않기로 하지 않았던가?"

"그, 그래. 좋다."

사내는 남은 끈을 마저 풀기 시작했고, 로이잔느는 에리카를 바라보았다. 여전히 떨고 있었지만 어떤 해를 당한 것 같아 보이지는 않았다. 잠시 후 끈이 완전히 풀리자 로이잔느는 침대에서 내려왔다.

"이리로 가지."

"여기는 어디지? 그리고 내 레이저 건은?"

"이 장소는 말해 줄 수 없다. 그리고 네 레이저 건은 이야기가 다 끝난 후 돌려주마."

로이잔느와 에리카는 사내를 따라 금방이라도 주저앉을 것 같은 긴 복도를 지나 다른 방으로 들어갔다. 역시 허름한 방. 그러나 회의를 할 수 있도록 탁자와 의자가 준비되어 있었고, 의자에는 몇몇의 누추한 사내들이 앉아 있었다. 로이잔느는 다소 놀라지 않을 수 없었다. 프라네트 기지에서 본 포로의 느낌, 그들은 바로 소문 속의 지구인 에스퍼들이었다.

"당신들은?"

"그래, 우리는 지구인이다."

"역시…… 에리카, 괜찮아?"

"응, 난 괜찮아."

로이잔느는 앉으면서 에리카를 바라보았다. 다소 떨고는 있지만, 그래도 잘 버티고 있었다. 사내들이 잘 대해준 것 같다는 느낌이 로이잔느의 뇌리를 스쳐 지나가고 있었다.

'역시 여자는 예뻐야 하는 것인가?'

아무도 알 수 없는 야릇한 미소가 로이잔느의 얼굴에 떠올려지고 있었다.

"이렇게 당신들을 데리고 온 것은 우리가 공통의 목적을 지닌 사람들이라는 것을 이야기해 주고 싶어서다."

"공통의 목적?"

"내 이름은 케로스트…… 지구에서 왔다."

케로스트. 그 이름을 로이잔느가 알 리 없었지만, 지금 로이잔느의 눈앞에 있는 사람들은 어제 저녁 베레시아 사관 생도들과 어울릴 때 잠시 스쳐 지나갔던 사람들이었다. 또한 이들 중 두 명은 조금 전 호텔 앞에서 목숨을 구해준 사람들이기도 했다.

'지구에서?'

덩그러니 매달려 있는 창문 하나가 짙은 어둠의 밤임을 암시하고 있는 허름한 방. 사내들이 잠시 침묵을 지키자 사내들과 마주한 보기에도 가냘픈 이제 막 소녀 티를 벗어 던진 에리카와 여자라고 생각하기엔 너무나도 매서운 눈빛을 내뿜고 있는 로이잔느역시 잠시 침묵을 지키고 있었다.

"진짜로 지구에서 왔는가? 에스퍼인가?"

"그렇다. 이야기가 긴데…… 한번 들어보겠나?"

"후…… 물론. 무사히 돌려보내 준다면."

"너희들을 죽일 생각은 전혀 없다."

침묵이 싫었는지 로이잔느는 먼저 말을 꺼낸 후 사람들을 둘러보았다. 모두들 그렇게 큰 악의가 있어 보이는 모습들은 아니었다. 그렇지만 그렇게 선해 보이지도 않았다. 그저 평범한, 그리고 다소 꾀죄죄한 모습들일 뿐이었다.

"너희들이 떠나간 후, 우리 지구는 그야말로 죽음의 행성이 되었다. 그러나 인간들은 살아남았다. 많은 기형이 태어나고, 서로를 죽이고 약탈하는 끔찍한 세상이 되었지……. 그러나 나름대로 서서히 안정을 찾아가고 있었다."

"그랬나?"

"그러던 어느날. 너희 우주 제국으로부터 한 사내가 제법 큰 우주선을 타고 돌아왔다. 우리는 걱정 반, 환호 반으로 그 사내를 맞이했다. 그 사내는 우리를 빈곤과 무지, 그리고 질병에서 건져 주었지……."

굵은 목소리를 내리깔던 케로스트는 그 중후한 얼굴에 더욱 무게를 잡기 시작했다. 로이잔느는 왠지 모든 의문이 풀릴 것 같아 바짝 긴장한 채 케로스트의 얼굴을 바라보았다. 에리카 또한 마찬가지였다.

"사람들의 지지를 받자 그는 어렵지 않게 모든 권력을 장악해 나가기 시작했다. 그가 가져온 고도로 발달된 문명의 이기를 통해 사람들은 옛날 수준의 문명을 서서히 회복하기 시작했다. 아주 짧은 기간이었지만 놀라운 발전을 한 것이었다. 그리고…… 드디어 사내는 일부 추종자를 앞세워 지구의 왕이라는 자리에 올랐다."

"지구의 왕?"

로이잔느뿐만 아니라 에리카 역시 왕이라는 단어가 주는 생소함에 다소 놀란 듯했다. 물론 우주 제국도 사실상 왕이 다스리고 있는 것이나 마찬가지였다. 그러나 우주 제국의 평의회 의장인 가스터멜은 계속 연임을 하고 있을 뿐이었지, 그래도 의원들의 투표로 뽑힌 지도자였다.

　　"그래, 왕이다. 그러나 문제는 거기서 끝나지 않았다. 짧은 기간에 문명이 어느 정도의 수준으로 회복되자 그는 새로운 인간, 즉 신인류를 만들어야 한다며 인간들을 개조하기 시작했다."

　　"그렇다면?"

　　"그렇다. 우리는 바로 개조된 인간들이다. 그의 능력에 의해 우리의 몸은 변했고, 이상한 능력이 생겨났다."

　　"수술을 통해서 에스퍼가 되었다는 말인가요? 이상하네요. 에스퍼들은 모태에서 태어난 인간들만 있는 줄 알았는데……."

　　에리카조차 잘 이해할 수 없는 말이었기에 로이잔느 역시 이해할 수 없었다.

　　'왜 지금 이 사람이 우리에게 그런 이야기를 하는 거지?'

　　그것조차도 도무지 이해할 수 없는 로이잔느였다.

　　"이해가 안 가겠지. 하지만 너도 익히 보았듯이 사실이다."

　　"궁금하군."

　　"궁금하겠지. 흐흐…… 그가 시술하는 수술을 받은 우리들은 모두 이상한 능력을 지니게 되었다. 그리고 그는 계속해서 다른 변종 인간들을 만들어내기 시작했다."

　　"그렇다면…… 빛의 검을 든 놈들?"

　　"후…… 잘 아는구나. 하지만 지금부터의 이야기가 더 중요하다."

"그렇다면 당신은 어떻게 여기에 온 것이지? 그리고 왜 나와 같은 목표를 지니고 있다고 하는 것이지?"

"후후, 도망쳤지. 그리고 네 녀석도 그 사람의 제거 목표 중에 하나야."

"뭐?"

'목표 중의 하나라고?'

로이잔느에게 그 말은 쉽게 와닿지 않고 있었다. 지구의 왕이 왜 자신을 제거하려는지 도무지 이해할 수 없었다. 단지 관련이 있다면 사랑의 이름 호일 것이었다.

"전혀 모르고 있구나. 그 전함에 탈 제독…… 응?"

막 중요한 이야기가 시작되려는 순간, 케로스트는 말을 멈추고 주변을 두리번거렸다. 무엇인가 불길한 낌새를 눈치챈 것 같았다.

'설마? 그놈들이?'

로이잔느는 떨고 있는 에리카를 바라보다가 다시 케로스트를 바라보았다.

챙, 콰광!

"뭐야?"

유리창이 깨지는 소리, 그리고 무엇인가가 부서지는 소리에 모두들 자리에서 일어났다. 분명 누군가가 침입을 한 것이다. 로이잔느는 버릇처럼 오른손을 가슴에 집어넣었지만, 그곳에는 아무것도 없었다.

"젠장! 내 레이저 건!"

로이잔느는 얼어버린 에리카의 손을 잡고 재빨리 문으로 향했다. 그러나 지구의 에스퍼들은 어느 정도 예상을 하고 있었는지 다소 침착한 모습으로 적들을 맞이할 준비를 하기 시작했다. 가까이에서 비명 소리가 들려왔다. 아마도 경비를 보던 동료들의 비명 소리 같았다.

"놈들이군……."

"뭐라고?"

콰당!

혼자말로 중얼거리는 케로스트와 뒤돌아보며 되묻는 로이잔느. 그러나 시간이 없었다. 로이잔느가 막 문을 열려고 하는 순간, 문이 먼저 열리면서 일런의 사내들이 들어왔다. 너무나도 익숙한 얼굴들. 바로 빛의 검을 든 천사의 얼굴을 한 사내들이었다.

"악!"

"아……."

로이잔느와 에리카는 비명을 지르며 뒤로 물러섰다. 레이저 건을 튕겨낸 존재들. 언제 보아도 냉정하기만 한 표정들을 유지하고 있는 빛의 검을 든 존재들이 뒷걸음질을 치고 있는 로이잔느와 에리카를 비웃듯이 바라보며 방안으로 꾸역꾸역 몰려들기 시작했다.

"죽어라! 버러지들!"

케로스트의 입에서 욕설이 튀어나오는가 싶더니, 이내 그의 손에서 매우 강한 빛의 덩어리가 퍼져 나가기 시작했다. 그리고 그와 동시에 다른 에스퍼들의 손에서도 빛의 검을 든 사내들을 향해 희미하지만 빛의 기둥들이 번져 나가기 시작했다. 로이잔느는 에리카를 안고 재빨리 뒹굴었다. 로이잔느의 눈에 비친 빠르게 뻗어나가는 빛의 기둥들. 그러나 빛의 기둥이 사라진 그곳에는 천사의 얼굴을 한 사내들이 아무런 충격도 받지 않았다는 듯 서서히 일행을 향해 다가오기 시작했다.

"개자식들!"

"케로스트! 결국 배신인가?"

케로스트가 일어나고 있는 로이잔느와 에리카를 보호하려는지 앞으로 튀어나왔다.

케로스트를 보자, 빛의 검을 든 사내들은 묘한 웃음을 띠기 시작했다. 그러나 익히 서로에 대해서 잘 알고 있는 듯, 더 이상의 대화는 없었다. 다만 빛의 검이 목표를 찾아 돌진하고 있을 뿐이었다.

"창문으로 피해라!"

"윽!"

로이잔느를 밀친 케로스트가 앞으로 두 손을 쭉 뻗자 아까보다도 더 강한 느낌의 빛이 그 손에서 빠져 나가기 시작했다. 로이잔느가 보기엔 마치 테슬라 포가 터지는 것 같은 느낌이었다. 그러나 이번에도 다소 뒤로 밀리기만 했을 뿐, 빛의 검을 든 사내들은 그 정도의 공격으로는 아무런 충격도 받지 않는다는 듯 여유있는 표정으로 다시 다가오기 시작했다.

"흐흐흐…… 우리가 계속 개량되고 있다는 사실을 잊었는가?"

쿠과과광!

"헉……"

빛의 검을 든 사내들이 다시 칼을 겨누고 다가오기 시작할 무렵, 로이잔느가 에리카의 손을 잡고 창문으로 향하고 있을 때, 거대한 굉음이 울려퍼지면서 순식간에 모든 것이 무너져 내리며 엉망이 되기 시작했다.

"꺄악!"

"젠장! 엎드려!"

로이잔느는 비명을 지르고 있는 에리카를 안은 채 바닥에 납작 엎드렸다. 무너져 내리는 건물, 그리고 그 사이로 보이는 전투 로 봇들. 어떻게 알았는지 경찰용 전투 로봇들이 건물을 그야말로 무 식하게 박살내고 있었다. 군대에 있는 전투 로봇들처럼 강하지는 않았지만 그래도 사람보다야 훨씬 강했기에 건물은 순식간에 아 수라장이 되고 있었다.

피비비빙—

무너지는 건물 사이로 목표를 찾은 전투 로봇들이 일제히 광선 을 난무하기 시작했다. 그리고 무너진 건물 사이로 떠오르고 있는 빛의 검을 든 사내들도 보이기 시작했다. 바야흐로 하늘에서는 빛 의 검을 쥔 사내들과 전투 로봇들의 대결이 펼쳐지려 하고 있는 것이었다.

"에리카!"

잔뜩 먼지더미를 뒤집어썼던 로이잔느는 일어나면서 거의 실신 한 듯한 에리카를 안았다. 로이잔느의 팔과 다리에 매여 있던 붕 대는 더 이상 하얀색이 아니었다. 또다시 고통이 밀려온다. 아니, 이제 안 아픈 곳이 없다. 다행인 것은 그래도 자신들이 서 있는 곳이 완전히 무너지지 않았다는 것이다. 무너졌다면 분명 목숨이 위태로웠을 것이었다. 로이잔느는 이를 악물고 자리에서 일어났 다. 일단 이 일련의 사태에 대한 정보를 알고 있는 케로스트를 찾 아봤지만, 집이 부서지면서 내뿜어져 나온 연기 때문에 누가 누구 인지 전혀 구분이 가지 않고 있었다. 할 수 없이 로이잔느는 에리 카만 데리고 조심조심하면서 무너진 건물 사이를 헤치고 밖으로 나왔다.

"에리카, 정신 차려!"

"으…… 응."

에리카 역시 이미 만신창이가 되어 있었다. 그래도 피를 흘리고 있지는 않았다. 빨갛게 물들어가고 있는 제복을 입고 있는 것은 로이잔느였다. 그야말로 고통이 온몸을 휘몰아치기 시작하고 있었다.

피비비빙—

"헉!"

"으악!"

밖으로 나온 로이잔느를 기다리고 있던 것은 무자비하게 날아오는 레이저들이었다. 재빨리 몸을 굴린 로이잔느는 너무나 화가 났다. 상대는 경찰의 전투 로봇. 그렇다면 아무리 피범벅이 되어 있어도 충분히 자신의 제복을 확인할 수 있었을 텐데, 어떻게 프로그램된 것인지 지금 전투 로봇은 무차별 사격을 개시하고 있었다.

콰광!

하늘에서의 전투는 싱겁게 진행되고 있었다. 그저 폭발하기만 하고 있는 전투 로봇들. 빛의 검을 든 사내들의 공격력은 무서웠다. 빛의 검은 그야말로 어떤 재료든지 단숨에 두 동강이로 내고 있었지만, 이에 반해 전투 로봇에서 뿜어져 나오는 레이저는 빛의 검을 든 사내를 제대로 맞추지도 못하고 있었다. 저번에도 그랬듯이 레이저들은 사내들에 몸에 닿기도 전에 휘어져 나가고 있는 것이었다. 지금 수적인 우세만 아니었다면 전투 로봇들은 벌써 다 전멸하고 말았을 것이다. 따라서 그들은 하얀 제복이고 뭐고 그저 레이저를 난사만 하고 있었다.

"으…… 고물 같으니라고…… 에리카! 뛰어!"

"흑흑······."

로이잔느는 일단 이 장소를 벗어나야 한다는 생각뿐이었다. 에리카는 너무나도 정신이 없었던지 울기 시작했다. 하긴 울 만도 했다. 쉴새없이 몰아쳐 오는 운명의 파도. 그저 평범한 인생을 살고 싶었던 에리카에게는 시련이 아닐 수 없었다.

"젠장! 빨리!"

하늘에는 점점 전투 로봇들의 숫자가 줄고 있었다. 따라서 일부였지만 빛의 검을 든 사내들이 뛰고 있는 로이잔느와 에리카를 발견하고 방향을 돌리고 있었다. 로이잔느는 그 사실을 알고 있었지만 대항할 방법이 없었으므로 그저 뛰기만 했다. 고통이 계속해서 온몸을 휘감고 있었지만 여기서 멈추면 곧 죽음이라는 사실도 잘 알고 있었다. 여기가 도대체 어딘지 몰랐지만, 일단 큰 거리로 나가면 지나가던 차라도 빼앗을 요량이었다.

"죽어라!"

어디서 나타났는지 에스퍼들이 다시 공격을 시작했다. 덕분에 다가오던 빛의 검을 든 사내들은 움찔하며 잠시 뒤로 물러섰다. 에스퍼들은 마치 두 사람에게 시간을 벌어주려는 듯했다. 도와줄 방법이 없는 로이잔느였기에 뒤도 돌아보지 않고 계속 뛰기 시작했다.

"헉, 헉······."

"흑흑······."

"에리카!"

그렇게 얼마나 뛰었을까? 메크로티시의 화려한 거리가 눈에 들어오기 시작했다. 그리고 바삐 움직이는 경찰차와 새로 출동한 전투 로봇들의 모습도 눈에 띄기 시작했다.

"정지!"

"헉!"

"로이잔느 대령이다."

"아, 타십시오."

로이잔느는 도로로 뛰어들어 다가오던 경찰차 하나를 세우고 자신의 신분증을 보여주었다. 온몸이 피투성이인 로이잔느와 에리카의 모습에 놀라기는 했지만, 신분을 확인한 경찰은 공손히 두 사람을 차에 태웠다.

"고맙소. 일단 안전한 경찰서로 갑시다."

"네, 알겠습니다, 대령님. 그런데 도대체 무슨 일이…… 아, 일단 보고부터 하겠습니다."

"네, 그렇게 하세요. 아, 에리카, 괜찮아?"

"응……."

대답은 했지만 온 전신에 흙먼지를 뒤집어쓴, 여기저기에 피멍이 든 채로 멍한 표정을 짓고 있는 에리카였기에 괜찮을 리 없었다. 군인인 로이잔느야 이보다 더한 상황도 겪어보았지만, 에리카에게는 감당할 수 없는 순간순간들이었던 것이다.

"도, 도대체……."

"미안해. 나도 모르겠어……. 분명한 건…… 이제 나도 표적이 되었다는 거지. 후후…… 젠장, 윽!"

"아…… 몸은 괜찮아……? 흑흑."

"괜찮아, 걱정하지 마. 젠장."

그랬다. 분명 처음에는 에리카만을 노렸지만, 이제 자신이 그 일행임을 안 적들이 자신마저 노리고 있는 것이었다.

'도대체? 누구일까? 분명 그놈들은 사파이렐 제독을 공격하던

놈들……'

지구에서 왔다는 에스퍼들조차도 상대가 안 되는 것을 보면 상당한 세력인 듯싶었다.

"그, 그 사람."

"응?"

"그 사람…… 그 꼬레아돌 박사……."

"꼬레아돌 박사?"

기어 들어가는 듯한 에리카의 목소리를 들은 로이잔느는 무엇인가 에리카가 감을 잡아가고 있음을 알았다. 로이잔느는 에리카를 물끄러미 바라보았다. 앞에 앉은 두 명의 경찰도 뒤에 앉은 두 사람이 나누는 이야기가 다소 이상했는지 신경을 곤두세우고 있었다.

"응, 그래……."

"아…… 뭔가 짚이는 것이 있구나. 나중에 이야기해. 지금은 안정하는 것이 중요하니까……."

"그래."

그사이 경찰차는 멀리서나마 경찰서가 보이는 지점까지 다다르고 있었다. 하늘엔 계속해서 출동하고 있는 전투 로봇들이 메크로티시를 뒤덮고 있었고, 서서히 멀어지고는 있었지만, 계속해서 시끄러운 폭발 소리도 들려오고 있었다.

후이이이잉, 쾅!

"윽!"

"아악!"

갑자기 로이잔느가 탄 차가 흔들리기 시작했다. 누군가의 공격을 다시 받기 시작한 것이었지만, 누구의 공격인지 알 순 없었다.

로이잔느는 고개를 들어 하늘을 바라보았다.

"으…… 사우르스."

"사, 사우르스?"

또다시 메크로티시를 공습하기 시작한 사우르스들의 무리는 엄청난 숫자였다. 경찰차가 더욱 빨리 달리기 시작했지만 셀 수도 없이 많은 사우르스들의 공격 범위를 벗어나기에는 역부족이었다.

어느새 하늘을 황톳빛으로 메우고 있는 사우르스들, 그중 한 마리의 입에서 뻗어나온 알 수 없는 에네르기 덩어리가 경찰차를 스쳐 지나갔다. 그러나 그건 전주곡에 불가했다. 로이잔느와 에리카가 탄 경찰차의 정면으로 거대한 사우르스 한 마리가 돌진해 오고 있는 것이었다.

"흐억!"

"멈춰!"

끼익—

전함에 부딪혀 와도 다소나마 충격을 주는 사우르스이었기에, 이까짓 경찰차쯤이야 언제든지 종잇장이 될 수밖에 없는 운명이었다. 그렇기에 로이잔느는 차의 속도가 줄자마자 문을 열고 에리카의 손을 잡고 뛰어내릴 수밖에 없었다.

"뛰어!"

"윽!"

"아……."

아무리 속도가 줄어들고 있었다지만 역시 달리는 차에서 뛰어내리는 것은 고통을 동반하는 행동이었다. 아직 뛰어내리지 못한 두 명의 경찰은 정면으로 날아오던 사우르스의 거대한 발에 찍힌 채 자신들이 탄 차와 함께 어디론가 날아가고 있었다.

"젠장······."

"로이잔느······. 흑흑."

"에리카, 이리로!"

다시 울기 시작하는 에리카의 손을 잡은 채 로이잔느는 사우르스들을 피해 골목길을 찾았다. 빤히 경찰서가 보이지만 그곳으로 가기 위해서는 대로를 뛰어야 한다. 분명 사우르스의 표적이 되어 목숨이 끊어질 것이 분명했다. 후미진 골목길, 이제 사우르스가 상대라면 어떻게 하든 군 기지 내로 들어가는 것이 최상의 안전책이었다.

'젠장, 어떻게 하지?'

그러나 지금으로써는 별 뾰족한 방법이 떠오르지 않는 로이잔느였다.

좁은 골목길이었기에 따라 들어오지 못한 사우르스들이 골목 위를 뱅뱅 돌며 날고 있었다. 로이잔느는 일단 건물 안으로라도 들어갈 요량으로 주변을 살폈다. 다행히도 뒷문이 나 있는 건물이 있었다. 로이잔느는 에리카를 붙잡은 채 그 건물을 향해 뛰기 시작했다.

쾅!

에리카를 세워놓고 있는 힘껏 몸을 부딪힌 로이잔느의 체구는 그리 큰 편이 아니었지만, 그래도 산전수전 다 겪은 몸답게 육체적 충격을 마다하지 않고 있었다. 덕분에 잠시 잠잠해졌던 고통이 다시 몰려오기 시작했다.

후이이잉······.

"피해!"

문이 채 열리기도 전 좁은 골목길의 하늘을 빙빙 돌고 있던 사우르스의 입에서 뿜어져 나온 알 수 없는 에네르기가 두 사람에게로 다가왔다. 재빨리 몸을 날린 두 사람이었지만, 이제 더 이상 피할 곳도 없었다.

"캬아악……!"

"안 돼!"

쿵!

다시 자리에서 일어나고 있던 두 사람의 눈에 골목을 비집고 들어오고 있는 비교적 작은 체구의 사우르스 두 마리가 비쳐졌다. 절대절명의 순간. 이미 완전히 얼어버린 에리카를 끌고 로이잔느는 다시 한 번 문을 향해 돌진했다. 그러나 문은 여전히 로이잔느를 허락하지 않고 있었다.

"캬아악!"

점점 다가오는 사우르스들. 그러나 그와 동시에 마치 구세주라도 되는 듯 전투 로봇들이 다가오기 시작했고, 곧 살벌한 싸움이 펼쳐졌다. 빛의 검을 든 사내들과 전투 로봇들의 전투는 빛의 검을 든 사내 쪽이 훨씬 강했지만, 사우르스의 경우는 아니었다. 아직 너무나 어린 듯 두 마리 사우르스들은 전투 로봇들과 비등한 승부를 겨루고 있었다.

"에리카, 도와줘!"

"으응……."

대답이야 했지만 여전히 에리카는 정신이 없었다. 다행히도 이제 문은 어느 정도 열려질 기미를 보이고 있었다. 그러나 그만큼 로이잔느의 어깨 피멍도 점점 더 심해져 가고 있었다.

쿵!

사람이나 겨우 들어갈 수 있는 작은 문이 열렸다. 아직도 전투를 벌이고 있는 전투 로봇들과 사우르스들을 뒤로하고 둘은 건물 안으로 들어갔다. 분명 무엇인가를 파는 가게인 듯했지만 깜깜한 건물의 용도는 쉽게 파악되지 않았다. 심야. 당연히 사람이 있을 리 없었다. 보안 장치가 빽빽 울어대고 있었지만, 그런 것에 아랑곳할 여유가 두 사람에게 없었다.

"에리카, 괜찮아?"

"응…… 로이잔느는?"

"응, 나야……. 그나저나."

로이잔느는 흐르는 피와 땀이 섞인 애매 모호한 액체를 닦으며 생각에 잠겼다. 지구의 에스퍼들은 분명 빛의 검을 든 사내들과 사우르스들과는 적인 것 같았다. 더욱이 이제 분명해진 것은 사파이렐 준장과 에리카, 그리고 자신까지 사랑의 이름 호와 직·간접적으로 관련이 있는 모든 사람들을 그들이 노리고 있다는 사실이었다. 그렇다면 정말로 큰일이었다. 휴가를 준 부하들이 걱정이었다.

쿵!

"꺄악!"

"젠장!"

부서진 문으로 사우르스가 머리를 들이밀었다. 전투 로봇과의 대결에서 승리한 듯했다. 또다시 놀란 에리카의 손을 잡은 로이잔느는 위로 난 계단을 향해 뛰어가기 시작했다. 계속해서 헉헉거리며 뛰고 있는 두 사람은 쉴 수가 없었다. 사우르스들은 이미 부서진 건물 안으로 들어온 상태였다. 계단이 비좁아 사우르스들이 올라오기가 힘들어 보였지만 부셔버리면 그만이었다.

"젠장! 에리카, 빨리!"

"헉헉, 흑흑⋯⋯."

"울지 마!"

로이잔느는 뒤도 돌아보지 않은 채 계속 뛰고 있었다. 그러나 속도를 낼 순 없었다. 너무나 지쳤는지 에리카가 잘 따라오지 못하고 있었다. 건물의 계단이 곡선이었으니 망정이지, 직선이었으면 사우르스이 내뿜는 알 수 없는 에네르기에 벌써 당했을 것이다.

"어?"

순간 전투 로봇들의 공격 때문인지, 아니면 다른 사우르스들의 공격 때문인지 건물이 흔들리기 시작했다. 이미 계단 입구 또한 사우르스들의 공격으로 인해 무너져 내린 듯했다.

번쩍—!

"캬아악!"

순간 너무나도 눈부신 빛이 로이잔느의 등뒤에서 비춰지는가 싶더니 비명 소리가 울려퍼졌다. 누군가의 공격에 의해서 사우르스들이 비명을 지르고 있는 것이었다.

슈슝— 콰과과과광!

"헉헉⋯⋯ 응?"

놀란 로이잔느가 고개를 돌려 아래를 바라보려는 순간, 거대한 소리가 들려오기 시작했다. 로이잔느는 에리카의 손을 잡은 채 2층에 난 커다란 창가로 다가갔다. 창가에는 드디어 출동한 최신 전투기와 전투 로봇들이 하늘을 뒤덮기 시작하고 있었다. 경찰의 전투력 약한 전투 로봇이 아닌, 군대가 출동한 것이다.

"휴⋯⋯ 젠장⋯⋯."

로이잔느는 여전히 떨고 있는 에리카를 창가에 앉혀놓은 다음 계단 아래를 내려다보았다. 부서진 계단과 그 옆에 흉측하게 피를 흘리며 쓰러진 사우르스 두 마리의 시체가 눈에 들어왔다. 정신이 없는 에리카의 옆으로 돌아온 로이잔느는 잠시 눈을 감았다.

"이제…… 내려가 보자."

"하지만…… 아, 알았어."

잠시 후 다소 에리카가 진정한 기미를 보이자, 로이잔느는 에리카의 손을 잡고 부서진 계단을 타고 살살 아래로 내려왔다.

"잠깐, 보지 마. 눈감고 내 손을 놓치 마."

"으응……"

에리카가 놀랄 것에 대비하려는 듯 로이잔느는 에리카에게 눈을 감으라고 했다. 보기에도 끔찍한 사우르스들의 시체를 건너 문이 달려 있던 장소에 도착한 두 사람에게 웅웅거리는 시끄러운 소리가 들려오고 있었지만, 이 혼란도 어느새 막바지로 접어들고 있는 것 같았다. 우주 제국의 심장을 강타한 사우르스들과 빛의 검을 든 사내들. 만약 그들이 지구에서 온 것이 확실하다면 이제 정탐이고 뭐고, 곧바로 지구 원정군이 파견될지도 모를 상황이 된 것이다.

"괜찮아?"

"응……"

이제 어느 정도 제정신으로 돌아온 에리카가 아직도 피가 흘러나오는 로이잔느의 어깨를 보며 걱정스러운 눈빛으로 물었다. 사실 어느 정도 긴장이 풀리자, 로이잔느 또한 상처가 아파옴을 느끼고 있었다. 그러나 에리카가 옆에 있는 이상 티를 낼 수도 없었다. 그렇게 두 사람이 부서진 문을 통해 밖으로 나서자, 여기저기 부서진 전투 로봇들의 잔해가 그들을 맞이했다.

"젠장!"

"흑흑……."

로이잔느는 다시 울기 시작한 에리카를 붙잡고 큰길을 향해 걷기 시작했다. 하늘을 메우고 있는 군용기들과 그 밑으로 지나가는 각종 군 차량들이 거리를 질주하고 있었다. 로이잔느는 길가로 뛰어들어가 마침 지나가던 군용차 하나를 세웠다

"정지!"

"헉…… 추, 충성!"

"나 로이잔느 대령이다."

"네, 알키드 중위입니다. 벼, 병원으로……."

"아니, 수도 기지로 가자."

"네? 네……."

운전을 하고 있는 병사와 옆에 탄 중위 계급의 장교는 온통 피투성이인 로이잔느의 모습에 무척 놀란 듯 급히 차에게 명령을 내리기 시작했다. 차에 탄 로이잔느와 에리카는 일단 안심이 되었다. 그러나 그런 여유도 잠시, 얼마 안 가서 로이잔느의 날카로운 목소리가 튀어나왔다.

"정지!"

타키오느 통신이 가능한 장치를 실은 이동형 통신 센터가 보이자 로이잔느는 재빨리 차를 세운 것이었다. 문이 열리고 에리카가 내리자 로이잔느는 재빨리 통신 센터를 향해 다가가기 시작했다.

"나 로이잔느 대령이다."

"아…… 추, 충성!"

"제2함대 사령관실 대."

"네, 알겠습니다!"

온통 피투성이인 로이잔느의 모습에 이들 역시 놀라고 있었다. 신분증을 확인한 장교와 병사들은 로이잔느의 명령대로 제2함대 사령관실을 호출하기 시작했다.

"나왔습니다."

"로이잔느 대령입니다."

"헉…… 네, 충성! 무슨 일이시지요?"

"로이펠 중장님 부탁합니다."

"지금 총장님 회의에 참석 중이십니다."

"젠장! 총장실로 돌려주십시오!"

"네?"

"총장실!"

"네……."

짧고도 긴 대화. 로이펠 중장의 부관은 다소 신경질적으로 명령을 내리는 로이잔느의 모습에 놀라 긴급히 채널을 돌렸다. 이윽고 화면에는 낯익은 메이플 소령의 얼굴이 비쳤다. 총장과는 먼 친척 뻘이었지만, 그와는 상관없이 능력이 뛰어났기에 총장의 비서로 발탁된 것이었다.

"아…… 로이잔느 대령님? 저런, 무슨 일이시죠? 피투성이시네요?!"

놀라는 메이플 소령의 모습이 비치자 로이잔느는 다소 안심이 되었다. 원래 직접적인 타키오느 통신은 목소리만 전해지지만 지금은 직접 연결이 아니었다. 제2군 사령부에서 프라네트 기지를 호출했기 때문에 화면이 비치고 있는 것이었다.

"이야기가 깁니다. 총장님 연결 가능합니까? 안 된다면 회의장에 있는 로이펠 중장이라도 연결시켜 주십시오."

"아…… 또 무슨 급한 일이 있나 보군요. 지금 긴급 회의 중이라서…… 잠시 기다려보세요. 제가 그쪽 번호로 연결해드리겠습니다."

"네, 고맙습니다."

"그럼……."

통신이 끊기자 로이잔느는 구급차 호출을 지시했다. 그러나 이미 로이잔느가 타고 왔던 차량이 연락했는지 저 멀리 구급차가 달려오고 있었다. 구급차를 발견했는지 에리카가 다소나마 안도의 숨을 내쉬고 있었다.

'로이잔느…….'

에리카에게 유일한 친구는 로이잔느였다. 대학 시절 초반엔 새로운 친구도 많이 사귀었지만, 워낙 능력이 출중했던 탓에 결국 에리카는 제대로 된 친구를 사귈 수가 없었다. 그런 그녀였기에 로이잔느가 치료받을 수 있게 되었다는 사실에 다소 안도의 한숨을 내쉬고 있는 것이다.

"응급 치료만 해줘."

"예? 아, 알겠습니다."

막 도착한 구급차의 문이 열렸다. 간이 침대 두 개에 나란히 로이잔느와 에리카가 눕자 일단 응급 처치가 시작되었다. 그렇게 10여 분…… 진통제 덕분에 어느 정도 통증도 가라앉고 있었지만, 아직 아무런 연락도 오지 않고 있었다. 그 사이 로이잔느는 이 일련의 사태에 대해서 잠시 생각에 잠겼다. 에리카의 생각을 물어보고 싶었지만, 아직 에리카가 완전한 제정신도 아닌 것 같았고 주위의 귀들도 너무나 많았다.

"대령님, 호출입니다."

"그래, 알았다. 에리카, 더 누워 있어……."

"아, 아냐…… 같이 가."

시간이 흐르고 막 깜박 잠이 들 무렵, 연결이 되었는지 사병 하나가 헐레벌떡 뛰어왔다. 로이잔느가 침대에서 일어나 통신 장치 앞으로 가자, 에리카도 따라 침대에서 일어났다. 지혈은 끝났지만 여전히 피로 물든 로이잔느의 제복이 에리카의 눈살을 찌푸리게 만들고 있었다. 로이잔느 또한 아무 옷이라도 갈아 입고 싶었지만, 만약 총장이나 로이펠 중장과의 통신이 이루어진다면 이런 피 묻은 제복이 혹시 효과를 더해줄지 모른다는 생각도 하고 있었다.

"충성! 로이잔느입니다."

"아, 로이잔느 대령, 무슨 일이지? 도대체 그게 무슨 꼴인가?"

"네, 이야기가 깁니다. 일단 여기 있는 에리카 박사의 군 기지 출입을 허락해 주십시오. 목숨을 위협받고 있습니다. 수도 기지 멜카드레 소장 앞으로 부탁드립니다."

"허허, 음…… 알겠네. 자네 말이라면 일단 믿지. 우리도 지금 회의 중이네. 잠시 휴식 시간인데, 뭐, 회의에 보탬이 될 만한 정보는 없겠나?"

"예, 적들은 모두 세 부류입니다. 빛의 검을 든 사내들, 그리고 사우르스, 마지막으로 회색 바바리의 사내들입니다. 그런데 이 모두가 한패인 것 같습니다. 그리고 그들은 사랑의 이름 호와 거기에 탑재된 바이오 컴퓨터 관련자들을 모두 죽이고 있습니다."

"음…… 바이오 컴퓨터. 어쩐지…… 알겠네. 몸조리 잘하게. 내가 에리카 박사의 출입은 조치하겠네."

"네, 감사합니다."

로이펠 중장의 모습이 사라지자, 곧 화면도 사라졌다. 총장과 친한 로이펠 중장. 따라서 로이잔느와도 친한 편이었다.

'역시 군대는 인맥인가?'

로이잔느는 돌아서면서 씁쓸한 웃음을 떠올렸다. 다소 안도하는 에리카의 모습이 눈에 들어왔다.

"가자."

"응."

로이잔느는 에리카와 함께 다시 구급차에 올라타고 수도 기지를 향했다. 15분 정도면 도착할 거리였지만, 로이펠 중장의 성격으로 봐서 그 전에 모든 공문이 처리되어 있을 것임이 분명했다.

침대에 나란히 같이 앉은 로이잔느와 에리카는 끝나 가는 공습 아닌, 공습이 펼쳐졌던 하늘을 바라보았다. 아직도 한쪽 하늘에서는 빛이 번쩍이고 있었지만 거의 상황은 종료된 듯했다. 무지막지한 힘을 가진 빛의 검을 지닌 사내들도 군대의 힘 앞에서는 역부족인 것 같았다. 아마도 수적인 열세를 극복하지 못한 것 같았다.

'만약 저런 사내들이 셀 수도 없이 많다면?'

로이잔느는 그 결과를 생각도 하기 싫은지 창가로 고정시켰던 고개를 돌렸다.

"에리카, 괜찮아?"

"응…… 로이잔느는?"

"나야 뭐…… 좀 쉬자. 긴 이야기는 전함에 가서 하고……."

"응."

그렇게 잠시 후, 두 사람은 어렵지 않게 군 기지 내로 들어갔다. 아직도 한참 무엇인가 작업 중인 사랑의 이름 호 앞에 구급차가 정지하자 둘은 재빨리 차에서 내렸다. 그저 멀리서 언뜻 보기만 했던 사랑의 이름 호의 위용은 에리카가 다소 놀라기에 충분했다.

크기도 다른 전함보다 컸지만 은백색이라는 색깔은 전함치고는 무척 생소한 색깔이었다.

"가자."

"응."

피범벅이 된 제복으로 인해 놀라는 사람들을 헤치고 로이잔느와 에리카는 함장실을 향했다. 이미 새벽 4시. 피로가 몰려오기 시작했다. 잠시라도 눈을 붙이고 싶었다. 함장실에 도착한 로이잔느는 당직 사관에게 자신이 돌아왔음을 알리려고 통신 장치의 스위치를 올렸다.

"나 함장이다."

"네, 충성! 아니?! 함장님!"

중위 계급장의 장교는 놀랄 수밖에 없었다. 시뻘건 제복이 문제였다.

"내일 아침 8시를 기해서 휴가 나간 모든 사람을 호출하여 소재를 파악해서 10시까지 보고바란다. 아…… 그리고 모두 12시까지 귀함하라고 그래. 비상 사태니까."

"네, 알겠습니다."

다소 의외의 명령이었지만 익히 상황을 인식한 듯 중위 계급장의 장교는 재빨리 대답했다. 통신을 끊고 난 로이잔느는 다소 여유를 찾은 듯 천천히 개인 침실로 들어가는 문 앞으로 다가섰다.

윙—

"여기가 내 방이야."

"응……."

"먼저 씻을래? 저기야, 샤워실은. 난 그 동안 옷을 좀 준비할게."

"응……."

함장실 옆에 딸린 로이잔느의 숙소는 제법 컸다. 거실에는 작은 소파가 있었고, 그 옆으로 두 개의 문이 있었는데, 샤워실과 침실이었다. 에리카에게 욕실의 위치를 가르쳐 주고 난 로이잔느는 밖으로 나갔다. 에리카가 입을 만한 옷을 준비하기 위해서였다. 그러나 막상 구할 곳이 없었다. 전함 내부에 자동 상점이 있기는 했지만 옷을 파는지는 잘 기억이 나지 않았다. 새벽 4시. 아무도 없는—단지 군데군데 감시 카메라의 모터 소리만이 적막을 깨고 있는—복도를 지나고 있는 로이잔느는 생각에 잠겨 있었다.

거대한 폭풍의 전주곡. 오늘의 일은 분명 그 느낌이었다.

"체육복이 있구나……."

자동 상점에 도착한 로이잔느는 신용 카드를 삽입한 후 그래도 에리카에게 제일 잘 어울릴 것 같은 체육복 하나를 선택했다. 여성용인 연한 분홍색에 흰 줄무늬가 들어간 체육복을 꺼내 들면서 로이잔느는 다시 함장실로 향했다.

윙—

"로이잔느?"

"응, 나야……."

문이 열리는 소리가 나자 샤워실의 문이 열리면서 에리카가 고개를 빼꼼 내밀었다. 피곤해 보였지만 여전히 아름다운 얼굴과 고운 피부를 가진 에리카가 수건으로 몸을 가린 채 밖으로 나왔다. 그런 에리카의 모습을 보며 로이잔느는 또다시 옛날 생각이 나기 시작했다.

친구…… 친구…… 애인? 너와 나는 뗄 수 없는 운명…….

그러나 현실은 그렇지 않았다.

"여기, 이거라도 입어. 내일 나가서 제대로 된 옷을 구해 올게."

"응, 고마워…… 로이잔느는?"

"응, 나도 샤워하고…… 뭐 제복은 여벌이 있으니까. 이건 빨면
되고."

"응, 내 옷도 같이 빨아줘. 아침에 다시 입지 뭐."

"하하, 그래."

로이잔느는 웃으면서 샤워실로 들어갔고, 에리카는 침실로 들어
갔다. 함장실은 일반 장교들의 방과는 다르다라는 것을 증명이라
도 하려는 듯 침실에는 둘이 자기에도 충분히 큰 침대가 덩그러
니 놓여져 있었다. 에리카는 혹시나 감시 카메라가 있는가 싶어
두리번거리다가 걸치고 있던 수건을 벗고 체육복의 포장을 뜯었
다.

잠시 후 로이잔느가 나왔을 땐 이미 에리카는 잠이 들어 있었
다. 기다리기는 했지만 결국 몰려오는 피곤을 이기지 못한 것이다.
로이잔느는 빙그레 웃으며 잠옷으로 갈아 입었다. 그리고 자신도
그 옆에 누웠다.

시간. 한 방향으로만 흐르는 존재. 타임 머신이라는 그럴듯한 기
계에 대한 많은 연구가 있었지만, 또 에리카가 물리학 박사 학위
를 딸 때 2차원 우주론을 제시하여 시간의 왕복 운행 가능성을 제
시하기도 했지만, 아직 시간은 편도였다.

그렇게 시간이 지나 아침이 되었다. 그러나 두 사람은 일어날
줄을 몰랐다. 새로운 당직 사관도 전임 당직 사관에게 위임받은
대로 10시까지 보고서를 올리면 그만이었기에 임무 교대 후 아무
런 연락도 취하지 않고 있었었다.

삐리리릭—

"응……."

아직 무척 피곤했지만 로이잔느는 버릇처럼 침대 머리맡에 놓인 통신 장치의 스위치를 올렸다. 새로운 당직 사관의 모습이 비쳐졌다. 아마도 보고서가 다 준비된 듯했다.

"뭐지?"

"네, 충성! 어제 라메이드 중위에게 명령하신 보고서입니다."

"그래…… 알았어. 내 사서함으로 이송했지?"

"네, 방금 이송했습니다."

"알았다."

"충성! 그럼."

화면이 사라지자 로이잔느는 자리에서 일어났다. 아직 세상 모르고 잠이 들어 있는 에리카를 바라보면서 로이잔느는 빙그레 웃음을 띠었다. 오래간만에 같이 잠이 들었지만 옛날같이 침대에서의 수다는 없었던 것이 못내 아쉬운 로이잔느였다.

로이잔느가 세수를 마치고 돌아올 때까지 에리카는 계속 일어날 생각을 하지 않고 있었다. 로이잔느가 여벌의 제복으로 갈아입고 방문을 나서려고 하자, 그때서야 에리카가 눈을 떴다.

"응……."

"아, 일어났어? 더 자도 돼."

"아…… 로이잔느."

"하하, 아마 빨래가 다 말랐을 거야. 잠시 기다려."

에리카는 낯선 환경에 다소 놀란 눈치였다. 로이잔느는 샤워실로 가 세탁기에서 자신의 옷과 에리카의 옷을 꺼냈다. 구겨지기는 했지만, 이미 옷은 입을 수 있을 정도로 잘 말라 있었다.

"네 옷, 세탁소로 보내서 다릴까?"

"아니, 괜찮아…… 적당히 펴면 돼."

"응, 그래⋯⋯."

무슨 일인지 다소 얼굴을 붉히는 에리카를 보며 그제야 무엇인가를 깨달은 로이잔느는 에리카가 마음놓고 옷을 갈아 입을 수 있도록 여벌의 제복을 들고 밖으로 나가 집무실의 자신의 자리에 앉았다. 컴퓨터를 켠 로이잔느는 당직 사관이 보내온 보고서를 읽어 내려가기 시작했다.

"휴⋯⋯."

다행이었다. 개인 호출기 덕분에 오늘 아침 8시부터 10시 사이에 사망한 제네드 박사말고는 모두 연락이 되었고, 12시까지 귀환 예정이었다. 단말기의 스위치를 내린 로이잔느는 잠옷을 벗고 제복으로 갈아 입었다.

"로이잔느⋯⋯."

"응, 에리카? 아, 배고프지? 늦었지만 아침 먹으로 가자."

"응⋯⋯ 그보다⋯⋯."

"그보다 뭐?"

"아⋯⋯ 정리를 좀 하고 싶어."

"그래, 그러자."

로이잔느와 에리카는 다시 방으로 들어가 침대 옆에 딸린 작은 의자에 앉았다. 솔직히 로이잔느도 지금까지 벌어지고 있는 일들을 정리하고 싶었다. 에리카의 어두운 표정으로 봐서 분명 무엇인가 감을 잡은 듯도 했다.

"단지 추측이야⋯⋯."

"그래."

"난⋯⋯ 갑자기 바이오 컴퓨터의 창시자인 꼬레아돌 박사가 생각났어. 아마 지구에 갑자기 나타났다는 그 사람이 그 박사가 아닐까 해······. 초능력에 대한 관심이 워낙 높았던 사람이라고 들었거든. 그리고 그 사람 분명 죽었다고 했지만 아닐 수도 있어······. 그 정도로 천재였다면 자신의 죽음도 감출 수 있었겠지."

"아, 음······ 그렇겠지?"

"그래서 생각해 보았는데······ 그 사람이 지구로 돌아가서 왕이 되고······ 그 이상한 검을 든 사내들과 에스퍼들, 그리고 그 공룡처럼 생긴 괴물들······."

"사우르스."

"아······ 그래, 사우르스들을 만든 다음 제국을 침범하기 시작한 것 같아."

"하지만 왜지? 그리고 왜 우리를 노리는 거지?"

로이잔느는 에리카를 바라보며 의구심에 가득 찬 표정을 지었다. 분명 지구인 케로스트가 말했던 그 사람이 꼬레아돌 박사일 수도 있었다. 그러나 그건 중요한 것이 아니었다. 왜 그들이 사랑의 이름 호와 바이오 컴퓨터의 관련자들을 죽이고 있느냐에 대한 해답이 중요했다.

"그건 아마도 그가 이 제국에 남긴 자신의 흔적을 없애려는 건지도 몰라······."

"흔적?"

"응······ 그가 바이오 컴퓨터의 기초를 만들었고, 그 컴퓨터 이론이 에스퍼나 사우르스들의 개발에 어떤 큰 역할을 했을지 몰라. 따라서 바이오 컴퓨터를 분석하면 그들의 실체가 드러날지 모르기 때문이겠지. 물론 또 다른 이유도 있겠지만. 헤헤······ 뭐, 아직 추측이야······. 그런데······ 나 이제 배고파."

"아, 그래. 결국 추측이 맞는다면 그 사람이 제국에서 바이오 컴퓨터가 실제화되었다는 사실을 알고 공격을 시작한 것이로군. 음…… 아, 일단 내려가자!"

억지로 웃는 에리카의 모습을 보며 로이잔느는 고개를 끄덕였고, 배가 고프다는 에리카의 말에 두 사람은 식당으로 향했다. 식당은 자리의 구분이 없었지만, 함장과 제독을 위한 전용 식탁만은 따로 있었다. 아직 식사 시간이 아니었기에 식당은 다소 썰렁했지만, 외박을 나가지 않았거나 다른 이유로 인해 늦잠을 잔 사람들이 더러 늦은 아침을 먹고 있었다.

잠시 후 식사가 나오자 로이잔느는 머리 속을 정리하면서 천천히 먹기 시작했다. 이미 죽은 제네드 박사의 후임으로 에리카를 밀어붙이는 것이야 당연한 결론이었지만, 아무래도 사파이렐 준장과 세나리트 중령을 안전한 전함으로 옮기는 것이 낫겠다는 생각이 들고 있는 중이었다.

에리카는 꽤 배가 고팠는지 열심히 먹고 있었다. 에리카를 물끄러미 바라보던 로이잔느의 머리 속에 옛일들이 스쳐 지나가기 시작했다.

실험관 인간. 최초의 실험관 인간은 인공 자궁의 개발에 의해서 이루어졌다. 그들은 모태에서 태어난 인간과 다를 바 없었다. 정상적인 모태에서 태어난 남자의 정자와 여자의 난자를 인공 수정하여 인공 자궁에 착상시킨 것이었기 때문에, 10개월 후 인공 자궁을 벗어나 출생을 하였고, 인간과 똑같은 권리가 주어졌다. 따라서 실험관 인간이라는 말은 아직 나오지 않고 있었다. 실험관 인간이라는 이야기가 나온 것은 소위 인공 유전자 합성에 의한 인공 수정란 개발 이후였다. 물론 인간의 정자와 난자를 기본으로 하고 있었지만, 컴퓨터가 효소를 임의적으로 제어하며 인공적으로 유전자 사슬을 변형 합성해 내어 만든 인공 수정란이 그 모태였다. 인공 수정란은 16세가 될 때까지 실험관에 의해서 배양되었다. 단순한 유전자 조작 차원이 아니었기에, 최초의 실험관 인간은 인간으로서의 대우를 받지 못했다. 그러나 그들이 고도의 생각을 하며 인간과 다를 바 없다는 사실이 밝혀지자 인간으로서의 모든 권리를 누리게 된 것이다.

그러나 그럼에도 불구하고 그들에게는 공통적인 고민이 있었다.

영혼. 즉, '그들에게 영혼이 있느냐 없느냐'의 논쟁이 계속되고 있는 것이었다. 대부분의 모태 인간들은 그들 자신에게는 영혼이 있다고 믿었다. 그러나 그들은 실험관 인간에게는 영혼이 없다고 믿었으며, 그 때문에 다시 그들에게 인간으로서의 권리를 박탈해야한다는 주장을 내세우는 사람들이 늘고 있는 추세였다. 특히 기술이 발전함에 따라 실험관 인간들 중에서 똑똑하고, 잘생기고, 예쁜 인간들이 많이 나오자 이런 주장은 더욱 거세게 일어날 수밖에 없었다. 모태 인간. 그들은 자신들의 기득권에 대한 불안함을 느끼기 시작한 것이다.

따라서 로이잔느는 그런 인간들을 상당히 증오하고 있었다. 자신의 출세를 달가워하지 않은 많은 사람들. 로이잔느는 그 틈바구니에 끼여서 여기까지 온 것이다. 그러나 로이잔느 역시 영혼이라는 단어가 생각날 때마다 부르르 온몸이 떨리곤 했다.

'영혼. 우리에게는 정말로 영혼이 없는 것일까?'

"무슨 생각을 그렇게 골똘히 해?"

"응, 아무것도 아니야. 다 먹었구나. 그럼 내 방으로 가자."

"응……."

식사가 끝나자 에리카와 로이잔느는 다시 함장실로 올라갔다.

잠시 후 차를 마시던 로이잔느는 에리카의 승선을 허락받기 위해서 총장실을 호출했다.

"네…… 메이플 소령입니다."

"네, 로이잔느입니다."

"아, 말쑥해지셨군요. 또 무슨 일이시지요?"

"이번 작전과 에리카 박사에 대한 총장님께 건의 사항이 있습니다."

"네, 잠시만 기다리십시오."

잠시 화면이 사라지자 에리카는 긴장된 모습을 감추지 못하고 있는 자신을 그대로 드러내었다. 만약 군 사령부에서 허락하지 않는다면 자신은 언제 죽을지도 모르는 저 도시로 쫓겨나게 될 판국이었다.

"충성! 로이잔느입니다."

"허허, 우리 사이에 뭐 새삼스럽게…… 일단 로이펠 중장과 메이플 소령으로부터 이야기를 듣기는 들었네……."

"네, 그럼."

"어제 부로 바이오 컴퓨터에 참여했던 거의 모든 사람이 죽었네. 깊은 관련이 있던 사람 중에서는 딱 한 사람 에리카 박사만이 살았지……."

'지금 무슨 소리를 하려는 거지?'

로이잔느는 총장의 얼굴이 무척 심각해져 있음을 깨달았다. 혹시라도 총장이 반대한다면 로이잔느가 기대할 방법은 합법적인 테두리 안에선 더 이상 존재하지 않았다.

"네, 그럼?"

"물론 승선시키고도 싶지만 잘못되는 날에는 바이오 컴퓨터의 개발이 종지부를 찍게 된다는 문제점이 있네. 에리카 박사는 꼭 그 전함이 아니더라도 우리가 잘 보호해 주겠네……."

"저…… 총장님."

"오, 그대가 에리카 박사?"

"예……."

로이잔느와 총장과의 대화를 가만히 듣고 있던 에리카는 평소의 그녀답지 않게 카메라 앞으로 나섰다. 로이잔느의 곁에 계속 붙어 있고 싶은 마음이 너무나도 강했던 나머지 자신도 모르게 행동을 취해버린 것이었다. 로이잔느의 다소 당황해하는, 그러나 웃고 있는 얼굴을 보며 에리카는 용기를 냈다.

"제가 아는 모든 것을 보고서로 남기겠습니다. 그러니 탑승을 허락해 주십시오."

"저도 부탁드립니다."

"허허…… 둘이 정말로 절친한 사이 같구먼. 음…… 알았네. 어차피 트헤로베를 조작하려면 에리카 박사말고는 없겠지……. 임무를 늦출 수도 없고. 좋아, 내 조치를 취할 테니까 에리카 박사는 내일까지 바이오 컴퓨터에 관한 모든 보고서를 내 앞으로 직접 제출하고, 로이잔느 자네는 언제든지 출발할 수 있도록 모든 점검을 철저히 하게. 에리카 박사는 정식 군무원으로 처리하겠네."

"아, 네! 감사합니다, 총장님."

"허허, 그래. 그럼 이만."

"네, 충성!"

화면이 사라졌다. 로이잔느는 눈을 감았다. 총장의 수법과 태도는 고단수였다. 분명 자신의 부탁이 아니라도 이미 결정이 나 있었던 것이다. 다만 총장은 선심을 쓰는 척했을 뿐이었다. 어쨌든 이제 에리카는 정식으로 군무원이 되었다.

결정이 나자 로이잔느는 전함 숙소 담당을 불렀다. 비어 있는 장교용 숙소 하나를 청소시킨 후, 에리카가 적어준 목록을 내밀며 독신자 아파트에 있던 에리카의 사적인 용품 몇 가지를 옮기라는 명령을 내렸다. 아파트야 담당자가 잘 처리해 주겠지만, 에리카는 여자였기 때문에 개인적으로 꼭 필요한 물건들이 몇 개 있었던 것이다.

"자, 그럼 이제 컴퓨터실로 가자."

"응…… 알았어. 근데 병원엔 안 가도 돼?"

"훗, 괜찮아. 뭐 이 정도쯤이야."

로이잔느는 의외로 담담한, 어떻게 보면 무표정해 보이기까지도 한 에리카를 데리고 컴퓨터실로 갔다. 밖에 있어도 위험하겠지만, 결국 이 전함도 호랑이 굴로 찾아가는 중이라는 것을 그녀 역시 깨닫고 있는 듯했다.

컴퓨터실에는 제네드 박사의 죽음으로 인해 두 명의 안드로이드들만이 지키고 있었다. 로이잔느가 에리카 박사를 소개했지만, 안드로이드들은 이렇다 할 반응을 보이지 않았다. 아직 과학 기술은 충분한 감정을 가질 수 있는 안드로이드들을 생산해 내지 못하고 있었다.

"잘 부탁한다."

"네, 이쪽이 물리, 가운데가 생물, 오른쪽이 화학 부분입니다."

안드로이드들의 도움을 받으면서 에리카는 보조 전원과 보조 컴퓨터를 이용하여 트헤로베에 대한 수동 분석을 시작하였다. 한 번 일에 열중하면 폭탄이 터져도 잘 모르는 에리카였기에 로이잔느는 잠자코 지켜보기만 했다. 그러나 뒤에 서 있어 봐야 아무런 도움도 될 것 같지 않았기에 로이잔느는 일에 열중하고 있는 에리카를 혼자 남겨두고 조용히 컴퓨터실을 떠났다.

여전히 무엇인가 수리 중인 사랑의 이름 호. 함장인 자신조차 들어갈 수 없는 여기저기 설치되어 있는 금지 구역을 지나면서 로이잔느는 다시 생각에 잠겼다.

'제독만이 쓸 수 있다는 최첨단 무기는 도대체 무엇일까?'

무척 궁금했지만 지금으로서는 알 길이 없었다.

잠시 의무실에 들렀다가 상처를 치료하고 함장실에 돌아온 로이잔느는 그간 있었던 일에 대한 보고서를 써내려 가기 시작했다.

그렇게 시간이 흘러간 후, 함장에게 반드시 신고를 해야 하는 브릿지 요원들과 각 부서 책임자들의 귀함 보고가 시작되었다. 그중에는 에어리얼 소위도 끼여 있었다.

"충성! 에어리얼 소위입니다."

"어? 에어리얼 소위, 벌써 퇴원했나?"

"네."

"그래, 몸은 괜찮아?"

"네."

"정말이지? 힘들면 의무실에 가서 쉬어도 좋아."

"네, 충성!"

윙—

무뚝뚝하게 대답만 하는 에어리얼. 어젯밤 피를 흘리며 쓰러졌음에도 불구하고 무척 회복이 빨랐던지, 아니면 억지로 퇴원을 고집한 것인지, 지금 로이잔느의 앞에 서 있는 사람은 분명 에어리얼 소위였다. 아무래도 에어리얼은 호출을 핑계로 퇴원한 것 같았다. 제복을 걸치고 있었지만, 아마도 아직 붕대조차 풀지 않고 있는 것이 분명했다. 에어리얼이 돌아가자 로이잔느는 에어리얼의 기록을 살폈다. 그러나 별로 이상한 점을 발견할 순 없었다. 사파이렐 준장과 같은 고향. 여자. 사파이어 제국 고아원 출신. 17세에 사파이어 사관 학교 수석 입학. 19세에 수석 졸업. 자신과도 같은 패턴의 수재. 그러나 그 이외에는 별로 특별한 것이 없었다. 로이잔느는 에어리얼이 실려갔던 수도 사단 병원을 검색했다. 진료 결과를 살펴보기 위해서였다. 에어리얼이 로이잔느의 수하로 되어 있었기에 진료 결과의 검색은 허락되고 있었다. 검사 결과는 딱 한 가지를 빼놓고 정상적인 인간임을 보고하고 있었다. 그것은 상처의 회복 속도가 보통 인간보다 무척 빨랐다는 것이다.

그렇게 고개를 갸웃거리고 있던 로이잔느에게 경찰이 찾아왔다. 회색 바바리 사내들과의 격투 등, 지난 사건의 경위를 조사하기 위해 들른 것이었다. 그러나 어디까지나 형식적이었기에 로이잔느는 성실히 대답하지 않았다. 당연히 케로스트를 만났었던 것 따위는 일절 이야기하지 않았다.

11시가 조금 넘자 세이나가 돌아왔다. 아무것도 모르는 세이나였기에 로이잔느는 군이 자신이 겪었던 이야기를 하지 않았다.

"세이나 중위, 귀함했습니다."

"세이나, 잘 쉬었어?"

"아뇨, 친한 전투 로봇 조종사들과 술에 좀 취해서 자고 있었는데, 밤중에 난리는 피우는 바람에…… 잠을 설쳤어요."

"그랬어? 하하, 음…… 미안하지만 잠깐 나갈까?"

로이잔느는 여유있게 웃으며 이야기를 하다 말고 불현듯 무슨 생각이 떠오르자 자리에서 일어났다.

"네?"

눈이 동그래지는 세이나는 로이잔느의 얼굴 표정을 읽지 못하고 있었다. 다만 점심 시간이 다 되어서 배가 고팠을 뿐이었다. 아침도 못 먹었다는 듯 세이나는 다소 울상이 되어 있었다.

"세이나 중위의 차를 좀 이용해야겠어."

"네? 아…… 예, 어젯밤에 무슨 일이라도?"

"후후, 그럴 일이 있었어."

지금 로이잔느는 18살짜리 제독을 만나러 격납고로 향하는 중이었다. 자신의 차를 요구하는 로이잔느를 보며 세이나는 대충 어젯밤에 무슨 일이 있었다는 것을 눈치챘다. 로이잔느는 간단히 지난밤 이야기를 해주었다. 세이나는 다소 놀랐지만, 성격상 더 이상 진지해지지는 않고 있었다.

그렇게 둘은 세이나의 차를 타고 밖으로 나갔다. 대령의 차만큼이나 좋지는 않았지만, 그래도 사제품이라 쿠션은 참 좋았다.

잠시 후 세이나의 차가 군 휴게소에 도착했지만, 사파이렐 준장과 세나리트 중령은 없었다. 수소문한 끝에 그들이 베레시아 사관 학교 졸업식에 참석하러 갔다는 사실을 알아내었다. 사관 학교의 졸업식은 전통적으로 11시. 식은 보통 1시간. 분명 베레시아를 담당하는 제2함대 사령관 로이펠 중장이 참석했을 것이다. 로이잔느는 로이펠 중장에게 인사도 할겸 겸사겸사 서둘러 졸업식장으로 향했다. 식후 예찬이 시작되는 시간이 보통 12시였다. 지금 시간이 11시 45분. 빨리만 간다면 12시 전에 도착할 수 있을 것이다.

"빨리 가자. 15분 남았어."

"네."

졸업식장의 만찬에 가면 배불리 먹을 수 있다는 생각에 신이 났는지 세이나는 속도를 내기 시작했고, 세이나의 차는 정확히 12

시 1분 전에 졸업식장에 도착할 수 있었다. 졸업식장은 정말로 복잡했다.

간신히 차를 주차시킨 두 사람은 차에서 내리자마자 뛰기 시작했다. 다행히도 아직 식은 계속되고 있었다. 들리는 소리로는 로이펠 중장의 도착이 늦어져서 식이 다소 지연되었다고 했다.

"이상으로 졸업식을 마치겠습니다. 연회장에 만찬이 준비되어 있으니, 모두들 그냥 가지 마시고 부디 참석해 주시기 바랍니다."

두 사람이 잠시 숨을 돌리자 거짓말처럼 식이 끝났고, 이제 갓 소위가 된 햇병아리 장교들은 탄성을 지르며 자신들의 가족들을 찾아 뿔뿔이 흩어지기 시작했다. 로이잔느와 세이나는 멀리 보이는 단상 위의 로이펠 중장을 향해 걷기 시작했다. 우주 제국에서 제일 큰 사관 학교답게 정말로 사람들이 많았다. 졸업생들과 그 가족들, 그리고 친구들. 헹가래를 하는 사람들과 서로 부둥켜안는 사람들. 로이잔느와 세이나는 로이펠 중장을 놓치지 않으려고 사람들을 열심히 헤치고 앞으로 나아가고 있었다.

"아…… 중위님? 혹시 세이나 중위님?"

"네, 맞는데요?"

"아, 접니다. 라디날입니다."

"아…… 그때."

'바쁜데 누구야?'

누군가가 세이나를 불러세웠다. 금발의 단정한 용모를 지닌 라디날이었다. 서로 다소 반가워하는 두 사람을 보며 로이잔느는 순간이나마 눈살을 찌푸렸다. 그리곤 혼자라도 가야겠다고 판단했는지 이내 몸을 돌렸다.

그러나 얼마 안 가 로이잔느의 크게 뜬 두 눈에 비행정에서 내려온 수직 이동 장치를 타고 있는 로이펠 중장의 모습이 들어왔다.

"젠장, 프라네트로 돌아가실 텐데…… 제대로 되는 일이 없군!"

너무나 허탈한 나머지 로이잔느는 모자를 벗어 손에 꽉 쥐었지만 사라져 가는 비행정을 바라볼 수밖에 없었다.

"어? 당신은? 그때…… 어……."

"아……."

일련의 무리들 중에서 라디날의 옆에 서서 약한 비명을 지른 소위 계급장의 청년은 지크리트였다. 동시에 놀라는 라디날과 지크리트, 그리고 로이잔느는 잠시 서로를 쳐다보며 말이 없었다. 어깨와 손에 들린 모자에서 찬란히 빛나는 대령 계급장을 바라보며 그날 술집에 모여 있었던 햇병아리 장교들은 모두들 숨이라도 멎은 듯 너무나 놀란 나머지 꼼짝도 못 하고 있었다.

결례. 그것이 고의든 아니든 간에 군대에서 결례는 상당히 무거운 징계를 동반했다. 따라서 햇병아리 소위들은 심장이 멎을 것만 같았다. 그러나 다행이었다. 로이잔느는 로이펠 중장을 놓쳤다는 사실조차도 잊은 듯 겸연쩍게 웃고 있었다.

"미안!"

"아…… 헤헤헤…… 미안해요. 사정이 있어서."

"네…… 네."

"추, 충성! 결례가 있었다면……."

세이나가 어색한 분위기를 깨보려고 웃었지만, 갓 임관한 소위들은 떨면서 로이잔느에게 경례를 했다. 로이잔느는 가볍게 경례를 받으며 살짝 웃었다.

'언뜻 보아도 비슷한 나이…… 그런데 대령이라니…….'

지크리트는 벌린 입을 다물지 못한 채 로이잔느에게 고정시킨
시선을 떼지 못하고 있었다. 처음 보았을 때부터 어딘가 모르게
끌리는 느낌. 다른 동료들이 모두 세이나에게 관심을 표명할 때
지크리트만은 로이잔느에게 관심을 보였었다. 로이잔느 역시 마찬
가지였다. 단 한 번의 미팅으로 인식되기에는 어딘가 모르게 낯익
은 지크리트의 얼굴이었다.

　"뭘 보지?"

　"아, 아닙니다. 대, 대령님은 누구를 찾으러 오셨습니까?"

　"응? 아니, 알 것 없고. 임관을 축하해, 다들."

　"네, 충성!"

　로이잔느는 잠시 생각에 잠긴 듯했지만, 곧 자신이 사파이렐 준
장을 만나러 왔다는 사실을 상기한 듯 다시 움직이기 시작했다.
세이나가 소위들에게 작별의 손을 흔들며 따라왔다. 그렇게 헤매
기를 5분여, 너무나 많은 사람들 때문에 두 사람은 도무지 목적했
던 두 사람을 찾을 길이 없었다.

　"이런…… 안 되겠군. 방송을 할까? 아니다. 일단 회식장으로 가
자."

　"네."

　이미 많은 사람들이 회식장으로 가고 있었기에 로이잔느는 일
단 회식장으로 가서 기다리기로 했다.

　회식장의 분위기는 그야말로 들떠 있었다. 풍성하게 차려진 음
식들, 희희낙락한 표정들, 4년간이라는—물론 능력에 따라서는 더
짧은 사람들도 있지만—그리 짧지 않은 인고의 시간을 거쳐 오늘
에 이른 만큼 갓 임관한 소위들에게는 정말로 기쁜 순간들이었다.

　"저…… 먼저 식사해도 될까요? 배가 고파서…… 죄송합니다."

"그래, 먼저 먹어."

"감사합니다."

세이나는 웃으며 식사를 시작했다. 진짜로 무척 배가 고픈 모양이었다. 세이나를 물끄러미 바라보던 로이잔느는 상처가 다시 아파오자 다소 얼굴을 찡그렸다. 불현듯 진짜로 방송이라도 해서 찾아보고 싶은 생각도 들었지만 조금 더 찾아보기로 했다.

한편 지크리트는 동료들과 헤어져 형과 만나기로 한 장소로 걸어가고 있었다. 정문 앞에 자전거 주차장이 약속 장소였다. 세나리트가 먼저 지크리트를 발견하고 달려왔다.

"지크리트!"

"아, 형."

"야…… 오래간만이다. 축하한다."

"고마워…… 응? 사파이렐?"

"응……."

이미 통신에서 여러 번 봤지만 실물을 보는 것은 이번이 처음이었다. 다소 발그스레해진 사파이렐의 뺨이 홍조를 띠고 있었다. 사복을 입고 있는 사파이렐의 모습을 직접 본 지크리트는 다소 상기되고 있었다. 지금 지크리트의 마음속에는 사파이렐을 꼭 껴안아주고 싶은 충동이 굴뚝같이 솟아나고 있는 중이었다. 사파이렐에 비해 지크리트의 나이는 네 살이 많았다. 그러나 단지 그 이유에서만은 아니었다. 작은 키가 주는 귀여움이 더해져 실제로 본 얼굴이 너무나도 귀여웠기 때문이었다.

"하하하, 반가워."

"나도."

'사파이렐. 내가 알고 있는 사파이렐 소위의 느낌보다 실물이 훨씬 좋다.'

지크리트는 방금 전까지만 해도 갖고 있었던 로이잔느에 대한 묘한 감정을 떨쳐 버리고 있었다.

"자, 어디로 갈까? 시내로 나가자."

"형, 그냥 여기서 먹어. 밖에 나가면 비싸."

"하하, 나도 이제 중령이라서 월급이 많아."

"그래? 하지만 여기 음식도 좋아. 특히 졸업식은 공짜고."

"하하하, 그럼 그럴까? 그럼, 점심은 여기서 하고 저녁은 나가서 내가 살게."

"그래."

정말로 우애가 깊어 보이는 두 사람은 나란히 회식장으로 걸어가기 시작했다. 다소 외톨이가 된 듯한 느낌의 사파이렐이었지만 오늘은 특별한 날이므로 우울해지려던 마음을 다독이며 조용히 뒤를 따라 걷기 시작했다.

'형제…… 나의 양부모님은 이미 죽었다. 그것도 나 때문에. 나의 친부모는 누구일까? 내가 무성체라서 날 버렸을까? 나에게도 형제가 있을까? 아니, 자매가 있을까? 군대는 내가 무성체라는 사실을 알고도 왜 나를 이렇게 쓰고 있는 것일까? 혹시 날 몰래 연구하고 있는 것은 아닐까? 난…… 난……'

두 사람의 뒤통수를 보며 사파이렐은 갑자기 떠오른 복잡한 생각을 억누르지 못하고 있었다. 솔직히 앞의 두 사람이 너무나 부러웠다. 부모가 없다지만, 그래도 형제가 있다는 것만도 정말로 부러운 일이었다.

그렇게 세 사람이 회식장에 도착했을 때, 세 사람을 먼저 발견한 것은 눈이 동그래진 로이잔느였다. 지크리트 소위가 누구를 닮았는지 드디어 안 것이었다.

"어? 세나리트 중령."

"로이잔느 대령님?"

그러나 놀람은 거기서 끝나지 않았다.

"아, 제독님!"

"어…… 대령님."

두 사람, 즉 세나리트와 지크리트 형제의 뒤를 따라오고 있는 밝은 파란색 바지와 노란 티셔츠의 사복을 입고 있는 사파이렐을 보자, 로이잔느의 커진 눈이 다시 한 번 커지고 말았다. 분명 그 사파이렐 준장이었다. 사파이렐도 하얀 제복이 어울리지 않는 로이잔느를 잘 기억하고 있었기에 금세 로이잔느가 누군지 알 수 있었다.

"아…… 여기는 웬일이십니까, 대령님?"

"제, 제독님? 누, 누가……?"

어색한 분위기가 어쩔 수 없이 흐르고 있는 공간에 서 있던 세나리트 또한 덩달아 놀라고 있었다. 그러나 제일 놀란 것은 역시 지크리트였다. 그러나 아직 제독이 누구를 지칭하는 것인지 몰랐다.

"헉, 충성!"

먹다 말고 놀란 세이나가 경례를 올렸지만 서로 겸연쩍은 웃음과 벌린 입들은 다물어지지 않고 있었다. 그렇게 다섯 명의 일행은 서로를 바라보며 멍하니 서 있었다.

"이 친구가 세나리트 중령의 동생?"

"네, 대령님은 누구를……?"

"네, 제독님을 안전한 장소로 모시려고 기다리고 있던 중이었습니다."

"저기…… 누가 제독……?"

지크리트는 형과 로이잔느 대령 사이의 대화에 끼여들어서는 안 된다는 사실을 잘 알고 있었지만, 너무나 궁금했기에 결국 끼여들고 말았다. 안절부절못하는 세이나 역시 놀란 눈을 계속 크게 뜨고 있었다.

"이거, 우연치고는……. 지크리트, 인사드려. 이번에 형이 타고 갈 전함의 함장님이셔……."

"네…… 아, 이미 인사드렸어요."

"아…… 그래?"

"하하, 우린 구면이라고."

웃으며 대답하는 로이잔느를 바라보며 겸연쩍은 웃음을 웃고 있는 세나리트는 가능하면 사파이렐을 지크리트의 통신 친구로 남겨두고 싶었기에 어떻게든 이 상황을 타개할 방법을 찾아보고 싶었다. 그러나 그 사실을 알 턱이 없는 로이잔느와 세이나가 문제였다.

"저기, 제독님. 어제 아무 일도 없으셨습니까?"

"예…… 아뇨……. 그게……."

"헉, 그럼…… 사, 사파이렐이……?"

"지크리트……."

로이잔느의 말에 다시 놀라는 지크리트와 고개를 푹 숙인 사파이렐의 모습이 엇갈리고 있었다. 로이잔느는 도대체 무슨 일인지 몰라 어깨를 들썩거렸다. 그와 동시에 이제 전부 납득이 간다는 듯 세이나가 웃음을 띠었다.

"그렇다면…… 설마 제독님하고 지크리트 소위가 친구?"

당돌한 말을 내뱉은 세이나를 세나리트가 잠시 노려보았지만, 이미 엎질러진 물이었다. 겸연쩍은 얼굴이 된 세이나를 바라보던 세나리트는 할 수 없이 부연 설명을 해야만 했다.

"아…… 그게 저…… 하하, 이거 참. 지크리트, 속여서 미안하다."

"아…… 죄, 죄송합니다. 제, 제독님."

"아니야, 지크리트. 그냥 우린 친구야."

너무나 황당해 말을 더듬고 있는 지크리트에게 사파이렐은 의외로 담담한 표정을 지으며 고개를 들었다. 그리고 어디까지나 친구임을 강조했다. 로이잔느도 그제야 모든 것이 이해가 되었는지 살살 웃기 시작했다.

'별 희한한 만남도 다 있군. 내가 모시게 된 제독은 18살짜리 준장. 그리고 그 부관의 동생인 갓 부임한 소위는 제독의 친구.'

그리고 로이잔느는 그 소위와 잠시 미팅(?)을 한 것이었다.

"하하…… 이왕 이렇게 된 거."

"네, 하하하."

"헤헤."

"……"

로이잔느가 웃기 시작하자 모두들 따라 웃었지만 지크리트만은 웃을 수가 없었다. 대령과 미팅을 하고, 준장과 통신 친구였다니…… 기가 막힐 노릇이었다.

식사를 하면서 이런저런 이야기가 오고 갔다. 로이잔느가 대충 어젯밤에 벌어졌던 사건들을 나지막한 소리로 간단히 이야기하자 세나리트와 사파이렐은 고개를 끄덕였다. 물론 케로스트를 만났던 일은 포함되어 있지 않았다. 어젯밤 비록 군 휴양소에는 별일이 없었지만, 혹시라도 몰랐기에 세나리트와 사파이렐은 로이잔느의 권유대로 짐을 싸서 오늘 안으로 전함에 탑승하기로 약속했다. 그리고 잠시 후, 식사를 마친 일행은 곧 헤어졌다.

로이잔느와 헤어진 지크리트와 그 일행은 같이 시내 구경을 하다가 저녁을 먹기 위해 식당을 고르고 있었다. 그러나 아직 지크리트는 자신이 새로운 전함에 타게 되었다는 말을 하지 않고 있었다. 좀더 시간이 지나서 깜짝 놀래주고 싶었던 것이다.

잠시 후, 꽤 괜찮아 보이는 식당에 자리 잡은 세 사람은 이런저런 이야기를 계속했다. 다소 어색하던 사파이렐과 지크리트의 사이도 다시 옛날 통신 친구 수준으로 회복되고 있었다. 그러나 사파이렐과 달리 지크리트는 아직 옛날처럼 '사파이렐'이라고 당당히 부르지는 못하고 있었다.

"저기…… 그럼 아까 그 대령님의 배에 타는 거야?"

"응, 난 잘 몰라. 중령님이 다 알아서 해주니까."

사파이렐이 타고 갈 전함 이야기가 나오자 지크리트는 갑자기 자신이 최신함에 타게 된다는 사실을 밝히고 싶어졌다.

"참, 형! 나도 할말이 있어."

"응, 뭔데?"

"나…… 최신함에 타. 전함 이름이 '사랑의 이름 호'라고 하던데."

"뭐?"

놀라는 세나리트와 사파이렐을 보며 지크리트가 더 놀라고 있었다. 그도 그럴 수밖에 없었다. 놀라는 형의 표정을 보며 지크리트는 재빨리 감을 잡았다. 아무리 생각해 봐도 놀라는 이유야 그것뿐이었다.

"그럼…… 사랑의 이름 호가 그 대령님이 함장인?"

"그래, 이것 참."

"와……."

"위험한 임무인데…… 어쩌자고."

"왜 그래? 난 선발된 거야!"

"그래, 알았다. 휴…… 이상하군."

걱정스러운 표정의 세나리트와는 달리 형제간의 대화를 듣고 있던 사파이렐의 표정이 무척이나 밝아졌다. 가까운 친구가 같은 전함에 탄다니……. 생각만 해도 정말로 기분이 좋은 것이었다. 이제 전함이 임무를 띠고 출항하게 되면 통신도 못할 텐데, 지크리트가 같이 간다니 너무나 신이 날 수밖에 없었다.

그렇게 또다시 놀란 가슴을 진정시키고 세나리트는 기숙사로 지크리트를 바래다 준 다음 짐을 꾸리러 군 휴양소로 향했다. 잠시 후 짐을 모두 꾸린 두 사람은 곧 사파이렐의 전용 차를 타고 수도 기지로 향했다.

어쩌면 마지막으로 보는 것일지도 모르는 메크로티시의 화려한 도심의 불빛들. 세나리트는 잠시 눈을 감았다. 아직 어린지, 아니면 아직도 지크리트의 탑승 때문에 흥분했는지 사파이렐은 다소 들떠 있었다.

잠시 후 군 기지 정문을 지나 사랑의 이름 호 앞에 이른 사파이렐의 차가 멈춰섰다. 위용을 자랑하고 있는 은백색 전투함. 멀리서 보기는 했지만 가까이서 보니 정말로 대단한 위용이었다. 고장난 부분의 수리도, 새로운 무기의 장착도 예정보다 일찍 끝났는지, 아니면 밤이 늦어서 철수를 시작한 것인지 수리 팀은 보이지 않고 있었다.

"대단하네요."

"네…… 하하, 정말 대단하군요. 자, 가시지요."

차가 격납고에 자리를 잡자 차에서 내린 두 사람은 승강기 앞을 지키고 있는 경비병에게 간단한 검사를 받고 곧 승강기를 탔다. 도착하면 연락해 달라고 했지만 사파이렐은 그냥 함장실로 갈 생각이었다. 굳이 제독이랍시고 거드름을 피우기 싫었던 것이다. 복도를 지나면서 놀라며 경례를 붙여오는 많은 병사들과 장교들. 사파이렐은 로이잔느만큼이나 어울리지 않는 하얀 제복을 입고 있었다.

윙—

"아…… 제독님 오셨습니까? 연락을……."

"아니에요, 함장님. 제 방은 어디예요?"

"네, 바로 옆입니다."

그 사이 전함에는 여러 가지 일이 있었다. 수리가 다 끝나고 제독의 전용 무기의 설치도 끝났다. 보급 물자도 충전되고, 미처 다 채우지 못했던 사병들도 승선하고 있었다. 덕분에 로이잔느는 전함의 수리 결과 보고 등 밀린 서류 업무를 처리하느라 늦게까지 잠을 자지 않고 있었다.

자리에서 일어난 로이잔느는 함장실 바로 옆에 있는 제독실로 향했다. 제독실은 함장실 오른쪽이었고, 제독의 부관실은 바로 그 오른쪽이었다. 함장실도 마찬가지였지만, 제독실 역시 본인이 아니면 자동으로 문이 열리지 않게 되어 있었다. 일종의 유전자 감식을 이용한 문이었다.

브릿지 밑 긴 복도의 중앙에 위치한 함장실과 제독실. 세나리트가 보안을 점검해 보려는 듯 혹시나 하면서 문 앞에 섰다. 그러나 역시 문은 열리지 않았다. 사파이렐이 웃으면 문 앞으로 다가섰다.

윙—

"이방은 저도 오늘이 처음입니다."

"와~ 군 휴양소만큼이나 넓고 좋아요."

사파이렐은 무척 방이 마음에 든 것 같았다. 밝고 연한 푸른빛이 도는 분위기의 제독실은 당연히 함장실보다 크고 넓었다. 침실과 샤워실은 각각 하나인 것은 마찬가지였지만, 회의가 가능한 집무실은 정말로 컸다.

각자의 짐을 풀기 위해 헤어졌던 사파이렐과 세나리트는 잠시 후에 함장실 소파에 마주 앉았다. 로이잔느가 두 사람에게 대충 전함의 구조에 대해 설명을 하는 동안, 세이나 중위는 차를 끓여서 들어오고 있었다.

"구조는 대충 다 설명드렸습니다. 어떻게…… 늦더라도 지금 함내를 돌아보시겠습니까? 아니면……."

"아뇨, 너무 늦었습니다. 내일 보지요."

로이잔느에 질문에 대답한 것은 역시 세나리트였다. 이번에도 세나리트는 사실상의 제독임을 내비쳤다. 어린 사파이렐을 데려와 소위로 임관시키고 준장까지 진급시킨 장본인이었기에 사파이렐은 그저 부모처럼 세나리트를 따르고 있었다. 하지만 단지 그뿐이었다. 이제 사파이렐도 느리기는 하지만 서서히 자신의 의지대로 행동을 해나가고 있었기 때문이다.

다음날 아침, 간단히 식사를 마친 로이잔느와 세이나, 그리고 사파이렐과 세나리트는 함 내의 이곳저곳을 둘러보기 시작했다.

"이곳은 비상 공간으로 이름은 '에파스'라고 부릅니다. 완전히 독립된 작은 구축함으로써 비상 상황이 발생했을 때 사랑의 이름 호에서 떨어져 나갈 수 있게 되어 있습니다."

"아…… 네."

"좋군요, 함장님. 그러나 이걸 사용하지 않게 되기를 바랍니다. 하하."

"훗, 물론이지요, 중령."

제일 먼저 들른 곳은 전함 최하단에 위치한 에파스였다. 에파스는 로이잔느의 설명대로 전함과는 완전히 독립된 작은 구축함이었다. 약 100여 명을 수용할 수 있었고, 전투 능력 또한 갖고 있었다.

그렇게 전함의 이곳저곳을 들른 일행은 전투기 조종사 대기실이 모여 있는 조종사들의 중앙 홀로 향하고 있었다. 문이 열리자 모든 대원들이 기립했다. 물론 그 속에는 방금 함으로 들어온 지크리트도 끼여 있었다. 모두 230명이었다. 하얀 제복의 파일럿들. 어깨에 그어진 파란 줄이 조종사임을 암시하고 있다는 것을 제외한다면 그들 역시 다른 장교들과 다를 바 없었다.

"아……."

제독이 누구라는 것이 확인된 순간, 전투기 대장 세이펠 소령의 표정이 경직되기 시작했다.

"제, 제독님께 경례!"

"충성!"

한 사람을 제외한 모두가 놀라고 있었다. 로이잔느의 부임으로 이미 한번의 충격을 받았었던 그들에게, 더욱 어린 사파이렐의 등장은 그야말로 충격이었다. 사파이렐의 표정 또한 다소 굳어져 있었다. 이렇게 많은 사람들 앞에서 자신의 신분을 공식적으로 노출시켜 본 것은 오늘이 처음이었다.

그렇게 많은 사람들의 중얼거림을 들으며 일행은 조종사용 중앙 홀을 빠져 나와 컴퓨터실로 향했다.

"에리카입니다."

"예, 사파이렐이에요."

창문도 없는 방. 꽤 넓은 방이었지만 너무나도 복잡해 보이는 장치들이 한쪽 벽면을 뒤덮고 있었기 때문에 그리 넓다는 인상을 주지 못하고 있는 컴퓨터실. 그곳에 들른 일행을 반갑게 맞이한 사람은 거의 밤을 새운 듯한 얼굴을 하고 있는 에리카였다. 무엇이든지 한번 붙들면 끝장낼 때까지 일을 하고야 마는 에리카였기에, 두 명의 안드로이드들 역시 피곤한 얼굴을 하고 있었다.

에리카와 인사를 나눈 사파이렐은 자신과 같은 특이한 푸른 머리를 한 너무나도 아름다운 에리카를 다소 넋을 잃은 듯 바라보았다.

"알고 계시겠지만, 이 전함에 탑재된 컴퓨터 트헤로베는 바이오 컴퓨터입니다."

"예, 알고 있습니다, 함장님."

"알고 계셨다고요?"

"예…… 총장님께서 휴가 가기 전에 간단히 설명해 주셨어요."

"아…… 그랬군요."

로이잔느가 가리킨 검은 기둥을 세 개 박아놓은 것 같은 바이오 컴퓨터 트헤로베의 모습을 바라보며 사파이렐은 방을 떠날 생각을 하지 않고 있었다. 에리카의 모습도 모습이었지만, 마치 컴퓨터로부터 알 수 없는 묘한 기운을 느끼고 있는 것 같았다.

"에리카, 뭐 알아낸 것은?"

"응…… 내가 프로그램했었던 바이오 컴퓨터와 큰 차이는 없는 것 같아. 다만 유전자 코드 인식에 따른 제어 장치가 확실하게 있는 것 같아."

"그래? 그럼, 누구의……."

"글쎄…… 뭐…… 너나 제독님이겠지."

"후, 난 아닌 것 같은데…… 제독님?"

로이잔느는 다소의 냉소, 그러나 절대로 비웃는 것이 아닌 애매모호한 웃음을 띠며 사파이렐을 바라보았다. 사파이렐은 다소 그 웃음에 놀라기는 했으나 크게 당황하지는 않았다.

트헤로베. 바이오 컴퓨터. 물론 주 컴퓨터 없이도 전함을 움직이는 데는 큰 무리가 없다. 세 개의 보조 컴퓨터 중 하나는 전함의 이동과 공격에 이용할 수 있도록 브릿지에 설치되어 있었고, 인간이 조금만 수동으로 도와주면 충분히 전함을 운영할 수 있었다. 그러나 역시 어느 정도의 불편은 각오해야만 했다.

"예? 아…… 예……. 트헤로베는 제 명령에 무조건 복종하게 되어 있다고 들었어요."

"아…… 그렇군요. 어때? 에리카. 트헤로베에 전원을 공급해도 될까?"

"아니…… 아직. 가능하다면 시간을 좀 줘. 애매한 문제가 남아 있어. 내가 트헤로베 제작에 참여하지 못했기 때문에……."

"그래? 후, 뭐 불가능할 것도 없지. 알았어, 당분간은 보조 컴퓨터만으로 움직여야겠군."

'보조 컴퓨터로만?'

트헤로베에게 전원이 공급되고 있지 않다는 사실을 안 세나리트의 표정이 다소 굳어졌다. 그러나 일단 로이잔느의 기분을 상하게 만들고 싶지 않았기 때문에 의의를 제기하지는 않았다.

"함장님 브릿지."
"주목! 제독님이시다."
"추, 충성! 부함장 케이셀 소령입니다."
'저 꼬마가 제독이라고?'
케이셀의 표정은 그야말로 굳어져 있었다. 로이잔느의 부임만으로도 그의 충격은 충분했다. 그러나 그 충격은 그저 예고편이었던 것이다. 지금 젖비린내조차 난다고 말할 수 없는 가냘픈 꼬마가 별 하나의 계급장을 달고 자신 앞에 서 있는 것이었다.

"충성! 주 오퍼레이터인 가이나그 대위입니다."
"충성! 부 오퍼레이터 에어리얼 소위입니다."
"충성! 부 오퍼레이터 라디날 소위입니다."
다들 놀라고 있는 가운데 오퍼레이션을 담당하고 있는 세 사람이 연이어 자신들을 소개했다. 특히, 방금 입함한 라디날은 다소 떨고 있기까지 했다. 사파이렐은 푸른 머리의 에어리얼을 유심히 보았다. 비슷한 머리 색 때문인지 어딘가 모르게 친근감이라도 느끼고 있는 듯 한동안 시선을 떼지 않고 있었다. 지금 사파이렐은 친한 친구가 하나 더 생길 것 같은 느낌을 억제하지 못하고 있는 것이었다.

"전함은 언제든지 출발할 수 있습니까, 함장님?"
"네, 어젯밤 시스템 점검 결과 이상 없었습니다. 물론 보조 컴퓨터로 움직여야 하는 불편이 있지만…… 뭐, 전혀 문제는 없습니다, 중령."

세나리트가 묻자 로이잔느는 자신감 있게 대답했다.

"그럼…… 그만 돌아가시지요, 제독님."

"예……."

전함의 중요한 모든 곳을 둘러본 사파이렐과 세나리트는 자신들의 방으로 돌아갔다. 그러나 브릿지는 조금 어수선했다.

"시스템 점검!"

보조 오퍼레이터를 맡고 안드로이드들까지 모두들 웅성거리기 시작했지만, 로이잔느가 시스템을 점검하라는 명령을 내리자 모두들 자리에 앉아 시스템을 점검하기 시작했다. 로이잔느 또한 자신의 자리에 앉아 앞으로의 일들에 대한 생각에 잠겨 있었다.

"함장님, 제독님 호출입니다."

"그래? 알았다."

'무슨 일이지?'

브릿지를 떠나간 지 30분도 채 안 된 시간, 제독의 호출로 로이잔느는 세이나와 함께 제독실로 향했다. 이제 모든 승무원이 탑승하고 모든 물자가 갖추어진 전함은 언제든지 떠날 수 있는 상태가 되어 있었기에 출발 명령이 떨어진 것 같다는 느낌이 들고 있었다. 만약 급박하지만 않다면 두 사람에게 에스퍼와 빛의 검을 든 사내들, 그리고 회색 바바리의 사내들에 대해서 물어볼 생각이 들었기에 복도가 자동으로 움직이고 있었지만, 로이잔느는 빨리 걷고 있었다.

윙—

"부르셨습니까?"

"예, 출발합니다."

"네?"

"총장 각하로부터 직접 명령을 받았습니다. 오전 10시 이륙하여 1차 목표 지점 1345-2446-8624로 이동 후 대기합니다."

'총장도 어지간히 급해졌군……'

사실 그럴만도 했다. 우주 제국의 심장부인 베레시아, 그것도 메크로티시를 강타한 빛의 검을 든 사내들과 사우르스들. 그 사건은 당장 전면전을 선포해도 아무런 무리가 없을 정도였기에 급박한 출발 명령은 당연한 것인지도 몰랐다.

"훗, 25분 전이군요."

"예, 너무 급박한 가요?"

"아닙니다. 같이 브릿지로 가시겠습니까, 아니면?"

"브릿지로 가 있는 것이 경험도 되고 더 좋을 것 같군요."

"네, 그럼 저 먼저 가 있겠습니다."

다소 겸연쩍은 웃음을 띤 로이잔느는 세이나와 함께 제독실을 빠져 나왔다. 시간이 그리 여유있는 편이 아니었기에 결국 지구에서 온 괴상한 사람들에 대해서 물어보는 것은 할 수 없이 다음으로 미루어야만 했다.

복잡한 생각을 하며 브릿지를 향하고 있던 로이잔느였기에 걷지 않고 그냥 서서 자동으로 움직이는 복도를 타고 있었다.

'도대체 그 두 사람이 맡고 있는 임무는 무엇인가? 단지 정보 수집인가? 그렇다면 굳이 이런 신형 전함을 건조할 필요가 있었을까?'

너무나 골똘한 생각에 잠겨 있었던 탓에 로이잔느는 다가오는 인기척을 느끼지 못했다. 세이나가 뒤돌아보자 그제야 로이잔느도 뒤돌아보았다. 거기엔 친숙한 척하는 두 사람, 사파이렐과 세나리트가 있었다. 어느새 쫓아온 것이었다.

"저…… 함장님과 친해지고 싶어요."

"네? 하하, 알겠습니다."

"저도 그렇습니다."

"훗, 그러지요, 중령."

그렇게 네 사람은 대화를 나누며 브릿지로 향했다.

'18살의 제독. 도대체 무슨 능력을 지녔을까? 아무래도 제독 전용 무기와 상관이 있겠지?'

로이잔느는 대화를 하면서 곰곰이 생각해 보았다. 그러나 여전히 답은 쉽게 떠오르지 않고 있었다.

윙—

"제독님 브릿지. 함장님 브릿지."

보조 오퍼레이터의 냉랭한 목소리를 들으며 일행은 각자의 자리에 앉았다.

"출발 준비한다."

"네?"

"출발 준비라고 했습니다, 부함장."

"네……."

얼떨떨한 케이셀의 표정을 시작으로 모두들 분주히 움직이기 시작했다.

'드디어 가는구나……'

사파이렐은 바삐 움직이는 사람들을 바라보다가 주 화면을 주시했다.

'군대에 들어온 지 이제 6개월 하고 며칠. 너무나도 짧은 기간. 특출한 능력 덕분에 얻은 준장이라는 계급장. 하지만 나는 아직 아무것도 알지 못한다. 그저 세나리트가 지시하는 대로 움직일 뿐.

솔직히 내가 왜 여기 앉아 있는지도 정확히 모른다. 그러나 알고 싶다. 지구. 그 사람들이 왜 날 죽이려고 하는지, 그리고 내가 누구인지. 왜일까? 그곳에 가면 모든 의문이 풀릴 것 같은 이 느낌은……'

사파이렐은 화면을 주시한 채 이런저런 생각을 하기 시작했다. 그러나 아직 성숙된 생각을 하기에 사파이렐의 사회적 경험은 너무나 빈약했다. 아니, 그 경험을 떠나서 어쩌면 그것이 사파이렐이라는 존재 자체를 대변하는 것인지도 몰랐다.

사파이렐은 고개를 돌려 에어리얼 소위를 바라보았다. 아무리 보아도 친근한 느낌. 남들에게는 너무나도 무뚝뚝한 느낌을 주고 있는 에어리얼이었지만 사파이렐에게만은 아니었다. 마치 친형제, 아니, 자매 같다는 묘한 감정이 솟아나고 있었다.

"무슨 생각하십니까?"

"아, 아니에요."

세나리트가 묻자 사파이렐은 못된 짓을 하다가 들킨 사람처럼 재빨리 주 화면을 향해 다시 고개를 돌렸다.

"전대원에게 알린다. 나 함장이다. 전함, 10시 정각에 이륙한다. 전대원 이륙 위치로."

"전대원 이륙 위치로."

"전시스템 다시 한 번 점검한다."

"시스템 다시 점검합니다."

모두들 각자 맡은 시스템을 재점검하기 시작하자, 로이잔느는 자신들의 부하들을 바라보며 어깨를 한번 으쓱거렸다. 알 수 없는 곳. 알 수 없는 임무. 어쩌면 이제 다시는 돌아오지 못할 길을 가는 것인지도 몰랐다.

"세이나, 내 차는 새로 지급됐나?"

"네."

"후, 그럼 됐어. 관제탑 교신."

"관제탑 교신합니다."

가이나그 대위가 관제탑과의 연락을 시도하자마자 곧 승인 신호가 떨어지면서 사랑의 이름 호의 수직 상공을 덮고 있었던 투명한 차폐막이 열리기 시작했고, 사랑의 이름 호에서 분출되는 엔진 출력으로부터 주변을 보호하기 위한 지상 차폐막들도 올라오기 시작했다.

로이잔느는 잠시 눈을 감았다.

'군대가 모든 것을 지배하는 사회, 그곳을 떠나간 천재 과학자 꼬레아돌 박사, 그리고 그 박사가 만든 빛의 검을 든 사내와 사우르스. 과연 그 사람은 우주 제국에 도전장을 내고 있는 것인가? 지금 나는 명령을 수행할 뿐이다. 그러나 지금 나는 과연 어디에 앉아 있는 것인가? 함장석, 대령, 남자가 되겠다는 꿈. 에리카, 나의 영혼. 자신의 의지대로 전함을 움직여 버린 바이오 컴퓨터, 그리고 그와 관련된 모든 존재들을 죽이려 했던 꼬레아돌 박사. 많은 것을 숨기고 있는 군 수뇌부……'

로이잔느의 머리 속이 혼란스러워졌다. 그러나 그뿐이었다.

눈을 뜬 로이잔느는 고개를 돌려 주 화면을 주시하고 있는 사파이렐과 세나리트를 한번 뒤돌아본 뒤 나지막한 목소리로 입을 열었다.

"자, 준비는 다된 것 같군. 그럼 여러분들의 실력과 보조 컴퓨터들이 얼마나 쓸 만한가 볼까? 목표 저민트계 7행성 푸레. 출력 50%, 실드 50%."

"에네르기 가동률 100%, 실드 50%. 좌표 수동 설정. 최종 목적지 1345 – 2446 – 8624."

"출발!"

로이잔느의 목소리와 함께 사랑의 이름 호가 출력을 올리기 시작하더니 이내 떠오르기 시작했다. 알 수 없는 곳을 향해서 알지 못하는 임무를 위해서 먼길을 떠나고 있는 것이었다.

제1권 끝.

2권에서 계속됩니다.

판타지 소설
신인작가 모집

새천년을 맞아 저희 도서출판 청어람에서는
판타지 소설 신인 작가분들을 모집합니다.
판타지 소설을 사랑하시는 분들의 많은 참여를 바랍니다.

소정의 원고 (A4용지 150매)를 메일이나 우편으로
보내주시면 검토 후 출판 여부를 알려드리겠습니다.

시작이 반이라고 했습니다.
작가의 길에 대한 보이지 않는 벽을 과감히 깨뜨리십시오!
청어람은 작가 지망생 여러분들의
멋진 방향타가 되어드리겠습니다.

주 소 : 경기도 부천시 원미구 심곡1동 350-1 남성B/D 3F
    ㉾420-011 도서출판 청어람 편집부 담당자

전 화 : 032-656-4452   FAX : 032-656-4453

E-Mail : eoram99@chollian.net

청어람@nownuri.net

jiwon96@hitel.net

성계지도

레이몽계
2함대

세인트계
2함대
13~24함대

루다니아계
5함대

9

6

10

5

11

메이슨계
4함대

4

쥬피란계
10함대

메슐라둑계
6함대

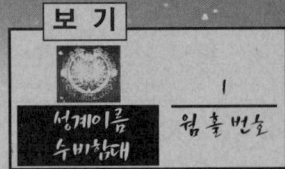

보 기

성계이름
수비함대

1
웜 홀 번호

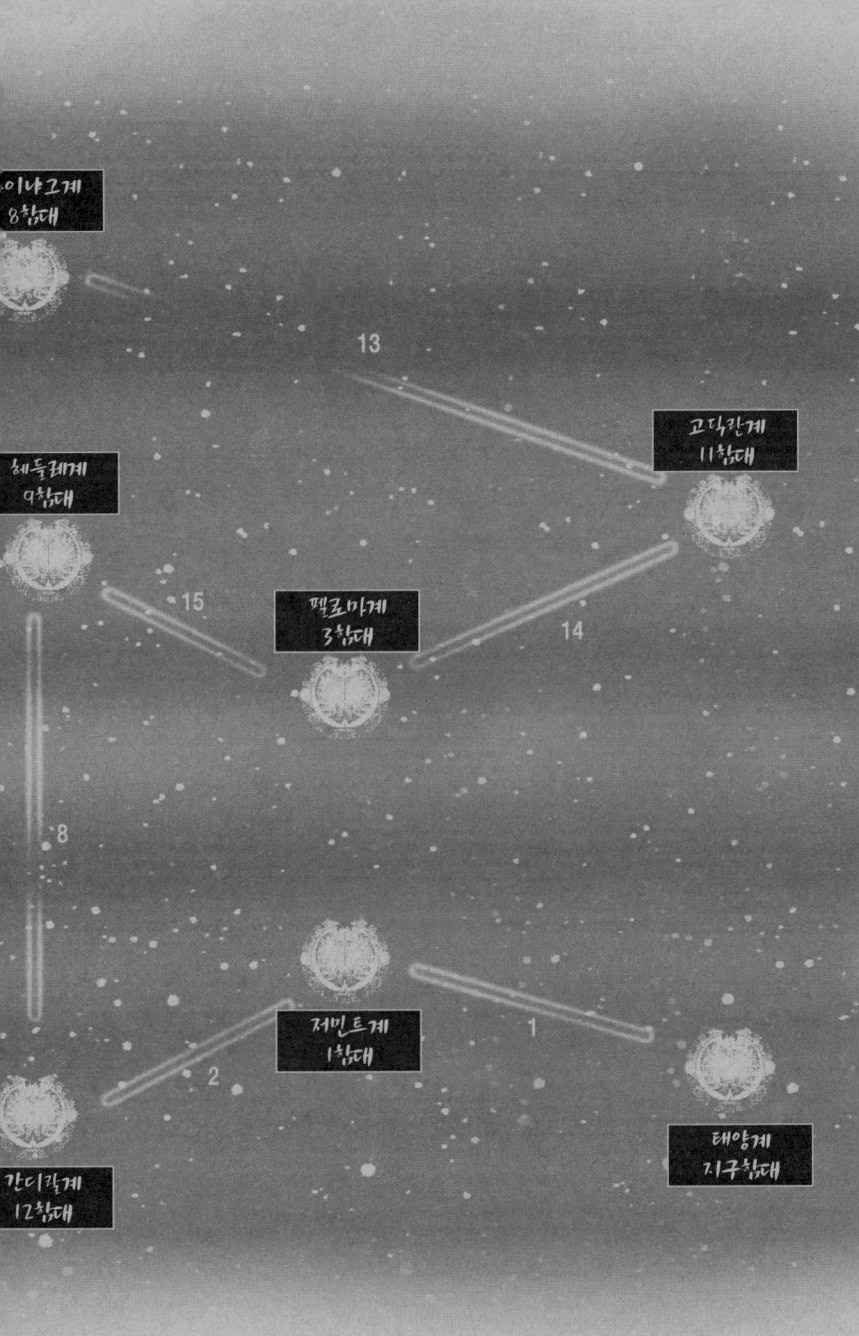